Une retraite en or

M.C. BEATON

HAMISH MACBETH
DANS
Une retraite en or

roman

Traduit de l'anglais (Angleterre)
par Florence Hertz

ALBIN MICHEL

Édition originale parue sous le titre :
DEATH OF A VILLAGE

À mon ami David Lloyd
de Lower Oddington, dans le Gloucestershire,
avec toute mon amitié.

I

« Je n'ai, de tous mes voyages, jamais rencontré d'Écossais dénué de bon sens. Il faut croire que les natifs de cette contrée se dépêchent de s'en échapper dès qu'ils en sont un tant soit peu pourvus. »

Francis Lockier

Comme chacun sait, plus on répète une idée, qu'elle soit vraie ou qu'elle soit fausse, plus on a de chances d'être cru. Ainsi va la propagande.

Hamish Macbeth, unique policier du village de Lochdubh et de ses environs, en faisait la cruelle expérience. Peu ambitieux, il avait jusque-là été parfaitement satisfait de son sort et ne s'était jamais préoccupé du regard des autres. Il était pourtant très critiqué, même par les personnes les moins actives de son entourage. Depuis des années les reproches pleuvaient : de l'avis général, il aurait dû se prendre en main et accepter les promotions pour enfin réussir dans la vie au lieu de s'endormir sur ses lauriers. Toutes ces remarques avaient glissé sur lui jusqu'à ce qu'Elspeth Grant, reporter au journal local, s'en mêle. Elle affichait un petit sourire goguenard particulièrement exaspérant quand elle le voyait déambuler oisivement dans le village. Elle manifestait aussi une naïve surprise à l'idée qu'il refuse de « faire quelque chose d'un peu mieux de sa vie », et cette longue guerre des nerfs avait fini par produire ses effets. Résultat : une sourde insatisfaction s'était emparée de lui.

Les railleries d'Elspeth l'auraient peut-être moins atteint s'il avait eu autre chose à se mettre sous la dent que l'épisodique rappel à l'ordre des braconniers et la collecte des déclarations de déparasitage des moutons. Le plus perturbant, c'était que la jeune journaliste était un peu trop charmante, mais les femmes l'avaient assez fait souffrir pour qu'il veuille bien l'admettre.

Alors il regardait des émissions de voyage à la télévision et s'imaginait sur de lointaines plages de sable blanc ou sur les sommets de l'Himalaya. Il souffrait pour la première fois de n'être jamais sorti d'Écosse, même pour les vacances.

Tant et si bien qu'un beau matin d'été, il décida de patrouiller plus sérieusement son fief, qui recouvrait une bonne partie du Sutherland. Sa première destination, aussi lointaine que possible, fut Stoyre, tout au nord, sur la côte ouest. C'était un hameau plutôt qu'un village, et aucune infraction n'était jamais commise là-bas, mais il n'avait pas besoin de se justifier : c'était son secteur, et il fallait bien y faire un tour de temps en temps.

Après un hiver de pluies incessantes et un printemps exécrable, une rare période de beau temps s'était installée sur les Highlands. La frise des pics montagneux tremblait à l'horizon dans une brume de chaleur. Un délicieux parfum de thym sauvage, d'embruns, de bruyère et de fumée de tourbe entrait par la vitre ouverte de sa Land Rover de service. Hamish s'emplit les poumons de ce bon air et sentit sa mauvaise humeur se dissiper. Elspeth avait tort ! Il menait une vie idéale. Déjà beaucoup plus heureux, il poursuivit sa route sur l'étroite voie sinueuse qui menait à Stoyre.

Les touristes s'aventuraient rarement jusque-là, ce qui semblait surprenant par une aussi belle journée. Il était pourtant bien joli, ce petit groupe de maisons blanches planté devant les eaux intensément bleues de l'Atlantique. Dans ce petit port charmant, avec sa digue de pierre, trois chalutiers oscillaient doucement dans les eaux calmes. Hamish se gara devant le pub, le Fisherman's Arms. Il descendit de la Land Rover, suivi par Lugs, son chien quelque peu étrange, qui sauta à terre.

Hamish regarda autour de lui. Personne. Le village était désert. Pas un bruit. Il trouva ce silence bizarre. Il n'y avait pas de cris d'enfants, pas de bourdonnements de radios ou de musique en provenance des maisonnettes, personne aux abords de la petite épicerie voisine du pub.

Les poils de Lugs se dressèrent et un grondement sourd sortit de sa gorge.

– Du calme, mon chien, dit Hamish.

Il leva les yeux vers le cimetière sur la colline derrière la vieille église, pensant qu'un enterrement réunissait les habitants. Mais il n'y avait personne là-haut non plus.

– Viens, dit-il à son chien.

Il entra dans le pub, une simple salle basse de plafond aux poutres apparentes et aux murs blancs. Les quelques tables en bois, brûlées de marques de cigarettes, étaient toutes vides. Personne non plus derrière le bar.

– Il y a quelqu'un ? appela Hamish d'une voix sonore.

À son grand soulagement, il entendit des pas à l'arrière. La porte de la réserve s'ouvrit sur un gros bonhomme, Andy Crummack, le patron, qu'Hamish connaissait bien.

– Salut, Andy, ça va ? Que se passe-t-il ? Tout le monde est mort ?

– Ah, Hamish ! Je vous sers quoi ?

– Juste un Schweppes.

Après avoir considéré encore une fois le bar vide, il ajouta :

– Où sont passés les gens ?

– C'est l'heure creuse, répondit Andy en versant la bouteille de tonic dans un verre.

– *Sláinte !* dit Hamish. Vous buvez un coup avec moi ?

– Pas le temps. Je fais le point sur mon stock.

Sur quoi il fit mine de regagner sa réserve.

– Hé, Andy, une seconde ! Je ne suis pas venu à Stoyre depuis un bon bout de temps, mais je n'ai jamais vu le village aussi désert.

– Nous sommes des gens tranquilles par ici.

– Il ne s'est rien passé de particulier ?

– Rien du tout. Bon, je vous demande pardon, mais…

Sans finir sa phrase, le patron se dépêcha de passer dans la réserve et de refermer la porte derrière lui.

Hamish but son Schweppes pensivement. Il remonta son képi sur ses cheveux rouge carotte pour se gratter le crâne. Sans doute se faisait-il des idées. Il n'était pas venu à Stoyre depuis des mois, en mars pour être exact. C'était alors un jour ordinaire, et il y avait du monde partout, des gens qui discutaient sur le port, et des habitués au pub.

Il posa son verre sur le comptoir et sortit. Un beau soleil brillait dehors. Dans la lumière, les maisons paraissaient encore plus blanches, et la mer d'huile, qui scintillait doucement, encore plus bleue.

Il entra dans l'épicerie.

– Bonjour, Mrs MacBean, dit-il à la dame d'un certain âge qui officiait derrière le comptoir. Il n'y a pas un chat aujourd'hui. Où sont passés vos clients ?

– Peut-être bien qu'ils sont à l'église.

– Quoi ? Un lundi ? Il y a un enterrement ?

– Non. Il vous faudra quoi, Mr Macbeth ?

Hamish se pencha en confidence par-dessus la caisse.

– Allez, à moi, vous pouvez le dire. Qu'est-ce que tout le monde fabrique à l'église un lundi ?

– Nous sommes de bons chrétiens, à Stoyre, répliqua-t-elle sévèrement. Je vous prierai de ne pas l'oublier.

Abasourdi, Hamish sortit de la boutique et monta la côte vers l'église. Il était encore à mi-chemin quand le portail s'ouvrit sur la troupe des fidèles qui se déversa sur le parvis. Les gens, vêtus de noir pour la plupart, semblaient sortir d'une cérémonie funèbre.

Il resta au milieu de la route pour les attendre, et les salua à mesure qu'ils descendaient.

– Bonjour, Jock... Belle journée, Mrs Nisbett...

Il les interpella ainsi les uns après les autres, mais la foule s'écartait en le contournant sans répondre. Tant et si bien qu'ils passèrent tous, et qu'il se retrouva seul.

Lugs sur les talons, il acheva de monter jusqu'à l'église et se dirigea vers le presbytère attenant. Il trouva le pasteur qui s'apprêtait à rentrer chez lui. C'était un prêtre nouvellement nommé qu'Hamish ne connaissait pas, un homme à la pomme d'Adam proéminente et nerveuse, la soutane usée et poussiéreuse, qui semblait mal à l'aise. Cheveux roux clairsemés, regard flou et bouche pincée, il fit face à Hamish.

– Bonjour, dit Hamish. Je suis le représentant de l'ordre de Lochdubh, Hamish Macbeth. Nous ne nous connaissons pas encore. Vous êtes récemment arrivé ?

Le pasteur, peu causant, se présenta brièvement avec un accent écossais prononcé.

– Fergus Mackenzie.

– Les gens ont l'air de vous apprécier, remarqua Hamish. C'est rare de remplir une église un lundi matin.

– Nous connaissons un fort renouveau spirituel. Bien, si ça ne vous ennuie pas, je vais...

– Pardon, mais justement si, ça m'ennuie, répliqua vertement Hamish. Il me semble que le village a beaucoup changé.

– Peut-être, mais en mieux. Vous ne trouverez pas de meilleurs croyants dans tous les Highlands.

Sur quoi le pasteur se réfugia dans le presbytère en lui fermant la porte au nez.

Très irrité, Hamish redescendit au port, toujours désert. Il se retint d'aller déranger les habitants chez eux pour les interroger. S'il voulait découvrir la source de ce renouveau religieux et de ce comportement inhabituel, mieux valait se renseigner plus subtilement. Il se tourna de nouveau vers l'église. Un peu plus loin, tout en haut, se dressait la résidence secondaire d'un militaire anglais à la retraite, le major Jennings. Une personne extérieure serait peut-être plus disposée à bavarder. Il remonta donc la côte, dépassa l'église et alla frapper à la porte du major. Pas de réponse... Le major vivait au sud de l'Angleterre et ne venait qu'une partie de l'été, Hamish ne s'en étonna donc pas. Il n'était sans doute pas encore arrivé.

Il vit en redescendant que l'activité avait repris dehors. Il y avait des gens aux abords de l'épicerie et sur le port. Cette fois, on le salua poliment. Il interpella une connaissance, Mrs Lyle.

– Que se passe-t-il à Stoyre ? demanda-t-il. Il y a un problème ?

Mrs Lyle était une petite dame toute ronde aux cheveux gris permanentés, les lunettes au bout du nez.

– Un problème ? C'est-à-dire ?

– Je trouve qu'il y a une drôle d'atmosphère dans le village, et c'est quand même bizarre que vous alliez tous à l'église en pleine semaine.

– En effet, cela peut paraître difficile à comprendre pour un garçon comme vous, Hamish Macbeth, mais ici, nous prenons la religion au sérieux. Quand on croit en Dieu, c'est tous les jours, et pas seulement le dimanche.

Je suis sans doute trop cynique, songea Hamish en remontant dans la Land Rover. Il n'y a pas de quoi s'inquiéter. Il savait que dans certains villages éloignés, un bon sermon présentait plus d'attraits que la télévision, et que certains prédicateurs pouvaient attirer les foules. Mr Mackenzie devait être un orateur éloquent.

À son retour à Lochdubh, Hamish eut malgré tout l'impression que sa visite à Stoyre lui avait fait du bien. Son insatisfaction l'avait quitté. Il prépara son repas en sifflotant, donna à manger au chien, et porta son plateau dans le jardin où il avait installé une table surmontée d'un parasol. Pourquoi rêver de terrasses de cafés françaises quand on avait encore mieux à Lochdubh ?

Il venait de terminer son assiette de haggis, de saucisses et d'œufs au plat quand une voix éclata.

– Alors, Hamish ? La vie n'est pas trop dure ?

Le portail du jardin s'ouvrit sur Elspeth Grant. Elle portait un crop top qui découvrait le ventre et un short en jean. Alors qu'elle prenait une chaise, Hamish ne put s'empêcher de s'étonner de la nouvelle couleur de ses cheveux.

– L'aubergine, ce n'est pas forcément évident, remarqua-t-il.

– À quel niveau ? demanda Elspeth, sur la défensive.

– À tous les niveaux. C'est aussi laid que le rouge à lèvres violet et le vernis à ongles noir. Tout ce qui s'éloigne autant de la couleur d'origine manque totalement de sex-appeal.

– Ah, parce que vous êtes devenu spécialiste en sex-appeal, maintenant ?

– Je suis un homme, et j'imagine que vous cherchez à plaire à l'autre sexe.

– Les femmes se font belles pour leur propre plaisir de nos iours.

– Mais oui, c'est ça !...

– Mais si, bien sûr, Hamish. Vous vivez dans votre bulle depuis tellement longtemps que vous ne comprenez plus rien à la vie. Et moi, je meurs d'ennui. Je n'ai pas un seul sujet à traiter avant les jeux des Highlands à Braikie et c'est dans une semaine.

– J'ai peut-être un tuyau pour vous. Je viens d'aller à Stoyre, et ils sont en pleine renaissance spirituelle là-bas. Ils étaient tous à l'église ce matin. Ils ont un nouveau pasteur, Mr Mackenzie, qui doit être drôlement bon orateur pour les intéresser à ce point.

– Moui... Ce n'est pas grand-chose, mais ça se tente. J'irai dimanche prochain.

– Pas la peine d'attendre dimanche. D'après ce que j'ai vu, il doit y avoir un service tous les jours.

– Vous m'accompagnez ?

Hamish s'étira paresseusement.

– J'en viens. Est-ce que les sœurs Currie vous ont vue dans cette tenue ?

Les sœurs Currie, des jumelles cinquantenaires, célibataires et très bigotes, se considéraient comme les gardiennes de la moralité à Lochdubh.

– Absolument. Jessie Currie m'a conseillé d'aller me mettre une jupe, mais Nessie a pris ma défense.

– Tiens ? Qu'est-ce qu'elle a dit ?

– Que mes chaussures étaient tellement hideuses qu'elles rendaient le reste de ma tenue respectable par comparaison.

Hamish sourit en regardant les énormes chaussures de marche d'Elspeth.

– Elle n'a pas tort.

Elspeth s'empourpra jusqu'à la masse frisée de ses cheveux aubergine.

– Je ne sais pas pourquoi je me fatigue à venir vous voir, Hamish, s'indigna-t-elle. Je vous laisse !

Après son départ, il allongea ses longues jambes et se croisa les mains derrière la tête. Il s'en voulait d'avoir été désagréable avec elle, mais Elspeth l'avait bien cherché : sans ses critiques continuelles, il n'aurait pas gâché son été à se ronger d'insatisfaction.

La sonnerie stridente du téléphone du poste de police brisa le silence de cette paisible journée.

Hamish quitta son siège avec un soupir et alla répondre. La voix de son ennemi juré, l'inspecteur-chef Blair, retentit à l'autre bout du fil.

– Macbeth, filez tout de suite à Braikie, mon garçon. L'épicerie de Teller dans la grand-rue a été cambriolée. Anderson va vous rejoindre.

– J'y vais, dit Hamish.

Il décrocha son képi de la patère à la porte de la cuisine.

– Non, Lugs, tu restes ici, dit-il à son chien qui posait sur lui son étrange regard bleu.

Il sortit et prit la Land Rover. Soulagé de retrouver l'inspecteur Jimmy Anderson sur cette affaire plutôt que Blair, il profita du trajet pour faire le point sur ce qu'il savait du commerce de Teller. C'était une épicerie fine qui vendait de l'alcool et davantage de produits de luxe que ses deux concurrentes.

Il se gara devant la boutique et entra. Mr Teller, un petit homme sévère à lunettes cerclées de métal, ne cacha pas son mécontentement.

– Vous en avez mis du temps ! J'ai appelé ce matin, dès que j'ai découvert le cambriolage, et vous voilà seulement maintenant. On m'a pris tout mon vin et mes alcools. Il n'y a plus rien.

– Je m'occupais d'une autre affaire, mentit Hamish. Comment sont-ils entrés ?

– Par l'arrière.

Mr Teller souleva la partie mobile du comptoir pour laisser passer Hamish.

Une vitre de l'entrée de service était cassée.

– L'unité de la police scientifique va arriver d'ici peu, expliqua Hamish. Je ne peux toucher à rien en attendant.

– J'espère qu'ils vont faire vite. Je dois envoyer ma déclaration à l'assurance.

– Le préjudice se monte à combien ?

– Il faut que je calcule précisément. Des milliers de livres.

Hamish eut un temps d'arrêt et baissa les yeux sur le petit épicier. Il connaissait un peu la boutique et n'avait jamais vu beaucoup de bouteilles à la vente. Juste trois étagères près de la caisse.

Mr Teller commençait à l'intéresser.

– Je ne suis pas venu vous voir depuis un moment. Vous aviez développé votre rayon d'alcools ?

– Non, pourquoi ?

– Vous n'aviez que quelques bouteilles en magasin.

– Ils m'ont aussi vidé la cave.

– Bon, voyons ça.

Mr Teller le conduisit à la porte de la cave, grande ouverte, qui se trouvait au fond de l'arrière-boutique. Le bois avait éclaté autour de la serrure. Hamish sortit un mouchoir pour appuyer sur l'interrupteur en haut de l'escalier. Il regarda en bas sans descendre. La cave était vide. Et très poussiéreuse.

En retournant dans la boutique, il vit arriver Jimmy Anderson.

– Salut, Hamish, dit l'inspecteur. Alors là, c'est criminel. L'alcool, ça se respecte. Vous avez pris sa déposition ?

– Non, pas encore. On peut se parler une minute dehors ?

– Bien sûr. Je boirais volontiers un coup. Allons au pub en face.

– Tout à l'heure.

Ils sortirent dans la rue sous le regard attentif de l'épicier.

– Que se passe-t-il ? demanda Jimmy.

– Il raconte qu'on lui a volé pour des milliers de livres d'alcools. Quand je lui ai fait remarquer qu'il n'avait que quelques étagères dans la boutique, il a répondu que sa cave avait été vidée.

– Et alors ?...

– Alors il y a plein de poussière dans la cave.

De la poussière partout par terre, sans aucune trace de pas ni de caisses entreposées, et encore moins de traces de caisses qu'on aurait traînées. À mon avis, il n'avait rien du tout dans sa cave. Il veut juste toucher l'argent de l'assurance.

– Mais l'assurance va demander à voir ses comptes et à vérifier ses factures.

– C'est vrai. Bon, prenons sa déposition et allons faire un tour chez son fournisseur.

Ils rentrèrent dans la boutique et Hamish sortit son calepin.

– Bien, Mr Teller, donc vous avez découvert que votre commerce avait été cambriolé à l'ouverture, ce matin. Quelle heure était-il ? Neuf heures ?

– Huit heures trente.

– Vous n'avez touché à rien ?

– Je suis descendu à la cave et j'ai vu qu'elle avait été vidée.

– Nous allons enquêter dans le voisinage pour demander si quelqu'un a vu ou entendu quelque chose. Vous vous fournissez chez qui ?

– Chez Frog, à Strathbane. Pourquoi ?

– La compagnie d'assurances va vouloir vérifier le stock manquant en fonction de vos factures et de vos ventes.

– Pas de problème, ils peuvent éplucher mes comptes.

– Avez-vous remarqué des personnes suspectes à Braikie, ces derniers temps ?

– C'est drôle que vous me demandiez ça. Justement, deux types pas très recommandables sont entrés dans la boutique il y a deux jours. Je ne les avais jamais vus avant. Ils n'ont acheté que des cigarettes, mais ils regardaient partout comme s'ils repéraient les lieux.

– Pouvez-vous me les décrire ?

– L'un des deux était un genre de gorille. Les cheveux noirs, l'air étranger. Un grand nez, les lèvres épaisses. Il portait une chemise à carreaux et un jean.

– Avait-il un accent ?

– Je ne m'en souviens pas.

Deux hommes en combinaison blanche et portant des mallettes de matériel entrèrent dans la boutique. Hamish s'interrompit.

– Nous reprendrons tout à l'heure, une fois que vous aurez montré aux gars de la scientifique les dégâts à l'arrière, dit-il.

– Alors, vous en pensez quoi ? demanda Hamish à Jimmy une fois l'épicier parti dans l'arrière-boutique avec les deux experts.

– Ça m'a l'air d'être un type tout à fait respectable. Mais vous avez raison, allons voir chez Frog si ça colle. Si Teller a bien été livré, alors il dit la vérité.

– L'état de sa cave me semble très suspect.

– Les gars de la scientifique sont là pour nous dire s'il y a quelque chose qui ne tourne pas rond.

Dès le retour de Mr Teller, Hamish reprit son interrogatoire.

– Donc, et l'autre homme, de quoi avait-il l'air ?

– Lui, il était petit et nerveux, répondit Mr Teller avec animation. Il portait une chemisette et j'ai vu qu'il avait un serpent tatoué sur le bras gauche.

– Les cheveux, quelle couleur ?

– Plutôt foncés, je pense, mais il avait le crâne rasé. Les joues creuses, les yeux noirs, un nez long.

– Et ses vêtements ?

– Je vous ai dit : une chemisette. Bleue. Un pantalon gris.

Hamish observa le boutiquier de son regard noisette perspicace.

– Je suis étonné par l'état du sol de votre cave.

– Quoi, le sol ?

– Il n'y a aucune marque dans la poussière. Pas de traces d'objets qu'on aurait déplacés.

– Ils ont dû soulever les caisses pour les transporter.

Jimmy Anderson avait l'air excédé d'un homme qui a grand besoin de boire un verre.

– Voyons, Hamish, lâcha-t-il impatiemment, c'est le boulot de la scientifique. Allons discuter de l'affaire en face.

À contrecœur, Hamish le suivit au pub.

– Je devrais peut-être retourner recommander aux gars d'examiner le sol de la cave.

– *Och*, laissez-les faire, ils connaissent leur boulot.

Jimmy commanda deux doubles whiskys.

– Bon, mais alors un seul, dit Hamish. Je ne crois pas un mot de ce que raconte Teller.

Lorsqu'il parvint enfin à arracher Jimmy au bar, ils trouvèrent Mr Teller en train de servir une cliente.

– Vous avez déjà rouvert la boutique ? s'étonna Hamish.

Mr Teller désigna l'arrière avec le pouce.

– Ils ont dit que c'était bon.

– Laissez-nous passer.

Mr Teller souleva la partie articulée du comptoir, et Hamish et Jimmy entrèrent dans l'arrière-boutique.

– Vous avez trouvé quelque chose ? demanda Jimmy à leurs collègues.

– Rien de particulier. C'est un cambriolage tout ce qu'il y a de plus ordinaire. Il y a du gravier dehors, alors aucune trace de pas. Il n'y a que les empreintes nettes d'une paire de chaussures taille 45 en haut de l'escalier de la cave.

– Ce sont les miennes, dit Hamish. Mais à l'intérieur de la cave ? Et dans l'escalier ? Quand j'ai regardé tout à l'heure, le sol était très poussiéreux, sans la moindre trace de passage.

– Vous n'avez pas bien vu, mon vieux. Les cambrioleurs ont balayé derrière eux, en bas et dans l'escalier.

– Quoi ? s'exclama Hamish, éberlué.

– Allez voir. On a terminé, c'est bon pour nous.

Hamish ouvrit la porte de la cave, alluma, et descendit. De grandes traces de balayage étaient visibles en bas.

– Ça n'était pas comme ça tout à l'heure ! s'emporta-t-il. Teller a dû balayer pendant que vous examiniez l'extérieur.

Furieux, il retourna dans la boutique, suivi par Jimmy.

– Vous avez balayé la cave ! lança-t-il d'un ton accusateur.

Mr Teller protesta, outré :

– Moi ? Jamais de la vie. Je suis juste sorti pour leur demander s'ils voulaient du thé. Je suis un commerçant respectable, membre du Rotary Club, et franc-maçon. Je vais me plaindre à votre supérieur.

– Plaignez-vous tant que vous voudrez, gronda Hamish. Je vous coincerai !

– Allez, venez, Hamish, dit Jimmy en se dirigeant vers la porte. Retournons au bar, ajouta-t-il une fois dehors. Un petit whisky vous fera du bien.

– J'ai assez bu, et vous feriez mieux d'arrêter aussi. Vous conduisez.

– Bah, un de plus ou de moins...

Jimmy l'entraîna dans la pénombre du bar. Une fois servis, ils prirent leurs verres pour s'asseoir à une table tranquille.

– Bien, Hamish, vous êtes sûr de vous ? On ne plaisante pas avec les francs-maçons. Le grand manitou est franc-maçon, et il vaut toujours mieux rester prudent.

Le grand manitou, c'était Peter Daviot, le commissaire.

– Je sais ce que j'ai vu !

– D'accord, mais que voulez-vous qu'on fasse si les comptes du gars sont en règle et correspondent aux factures des marchandises livrées par Frog ?

– Je ne sais pas, répondit Hamish, très préoccupé.

– Ce sera votre parole contre la sienne.

– On pourrait quand même espérer que la parole d'un policier compte un peu…

– Pas contre celle d'un franc-maçon membre du Rotary Club, ricana Jimmy.

Hamish n'hésita pas longtemps.

– Je vais interroger Frog tout de suite. Je vous laisse mon verre.

Jimmy regarda le whisky d'Hamish, puis dit après un instant d'hésitation :

– Je devrais avertir Blair de la direction que vous faites prendre à l'enquête.

– Laissez-moi un peu de temps.

– D'accord, mais appelez-moi dès que vous aurez du nouveau. Je vais essayer de mettre un peu la pression sur Teller. Je ne vois pas pourquoi on s'embête à faire venir la scientifique si c'est pour bâcler le travail comme ça.

– Ils devaient être pressés de rentrer à Strathbane. Il doit y avoir un match de foot ou je ne sais quoi.

Hamish partit pour Strathbane après avoir cherché l'adresse de Frog dans l'annuaire des Highlands et des îles qu'il gardait dans la Land Rover. Les locaux du grossiste en vins et alcools se trouvaient dans la zone portuaire, un quartier de Strathbane qu'Hamish avait en horreur. Si les rares rayons du soleil estival faisaient merveille sur la campagne écossaise, ils rendaient les quais infréquentables. À la moindre chaleur, la puanteur devenait insoutenable : un mélange de poisson avarié, de légumes pourris et d'un fumet plus humain dont les dames de l'époque victorienne disaient en termes polis qu'il « ne sentait pas la rose ».

La porte de l'établissement était surmontée d'une enseigne décolorée : *Frog's Whisky and Wine Distributors*. Il poussa la porte et entra.

– Tiens, Mary ! s'exclama-t-il en voyant la petite jeune fille installée derrière le bureau. Qu'est-ce que vous faites là ?

Mary Bisset était une habitante de Lochdubh, une gamine de vingt ans habituellement vive et joyeuse qui pour une fois n'avait pas l'air de beaucoup s'amuser.

– Je suis intérimaire, Hamish. Cet ordinateur me rend dingue, je n'y comprends rien.

– Le patron est là ?

– Non, il est parti en ville.

– Mr Frog, c'est bien ça ?

– Non, Mr Dunblane.

– Il n'y a pas de Mr Frog ?

– Il y en a sans doute eu un aux origines de l'entreprise, mais plus maintenant. Cet ordinateur ne marche pas !

– Attendez, faites-moi une petite place, je vais regarder.

Hamish plia son grand corps derrière l'ordinateur et appuya sur le bouton d'allumage. Rien. Il se contorsionna pour regarder par terre.

– Il n'est pas branché !

Cela fit rire Mary. Hamish se baissa pour enfoncer la fiche dans la prise, puis se redressa.

– Bon, vous vouliez faire quoi ?

– Me servir du traitement de texte. J'ai des lettres à taper.

– D'accord, mais avant que je vous trouve ça, est-ce que vous savez où il garde ses livres de comptes ?

– Dans le coffre.

Voyant la déception d'Hamish, Mary ajouta :

– Mais bon, comme vous êtes de la police, je peux bien vous l'ouvrir.

– Vous connaissez la combinaison ?

– Il n'y en a même pas, c'est un vieux coffre. Il s'ouvre juste avec une clé qu'il garde avec les autres sur le tableau, dans son bureau.

Hamish entra dans le bureau du patron en demandant par-dessus son épaule :

– Où sont les autres employés ?

– Il n'y a que Tam et Jerry, et ils sont partis en ville avec Mr Dunblane.

Pendant ce temps, Hamish avait trouvé ce qu'il cherchait. Les clés étaient toutes proprement étiquetées sur un panneau, et l'une d'entre elles portait le mot « coffre ».

– Mary, appela-t-il. Venez, je préfère qu'il y ait un témoin.

Hamish ouvrit le coffre devant Mary. Des piles de billets occupaient la partie basse et deux gros registres comptables se trouvaient sur l'étagère. Il les sortit et referma le coffre à clé. Ceci fait, il s'assit au bureau directorial pour vérifier les comptes.

– Ça vous ennuie de monter la garde, Mary ? Prévenez-moi si quelqu'un arrive.

– Qu'est-ce qui se passe ?

Il eut un sourire.

– Si j'arrive à trouver ce que je cherche, je vous invite à dîner un de ces soirs, et je vous raconte.

Le commissaire Peter Daviot venait de terminer son intervention au dîner de l'Association des entrepreneurs de Strathbane et regagnait sa table sous les applaudissements quand son portable sonna. Il sortit son téléphone en soupirant. Il adorait ce genre d'événement, et il aurait voulu pouvoir profiter de l'attention qui lui était portée. Il s'excusa et prit l'appel. C'était l'inspecteur-chef Blair qui attaqua sans préambule.

– Macbeth nous a encore foutus dans la merde !

– Modérez vos propos, jeta sèchement Daviot, et racontez-moi ce qui se passe.

– Teller, de Braikie, a été cambriolé. On lui a volé tout son pinard et son whisky. Macbeth accuse Teller d'avoir effacé des preuves, et Teller menace de porter plainte contre nous.

– Allons bon ! Je compte sur vous pour vous rendre sur place et calmer le jeu.

– Anderson y est déjà.

– Allez-y tout de même. Cela nécessite l'intervention d'un supérieur. Et dites à Macbeth de venir me faire son rapport immédiatement.

À son retour au commissariat, Daviot apprit avec surprise qu'Hamish Macbeth l'attendait déjà.

– Il a fait vite, dit-il à Helen, sa secrétaire. Où est-il ?

– Dans votre bureau, répondit-elle d'un air pincé qui trahissait, comme toujours, son antipathie profonde pour Hamish.

Daviot trouva Hamish qui se leva sans lâcher les documents qu'il serrait dans ses mains.

– Qu'est-ce que j'apprends, Macbeth ? Il paraît que vous avez mécontenté des gens.

– C'est Teller, l'épicier. Il prétend qu'on lui a volé des bouteilles qui lui ont été fournies par Frog. J'ai là des photocopies des comptes de Frog. C'est très instructif... La dernière livraison à Teller est bien notée dans un des livres de comptes, l'officiel, mais dans l'autre, celui de la comptabilité cachée, j'ai trouvé la trace de cinq autres détaillants de la région qui ont fait marcher leur assurance et qui ont reversé la moitié du prix de la marchandise à Dunblane, leur fournisseur !

– Comment avez-vous eu accès aux livres de comptes ?

– Il se trouve que je connais la secrétaire intérimaire. Elle m'a ouvert le coffre en profitant de l'absence de Dunblane et de ses deux autres employés.

– Macbeth ! Il vous fallait un mandat de perquisition !

– Justement, j'en ai besoin d'un tout de suite. La secrétaire ne vendra pas la mèche, mais il faut faire vite.

– J'ai envoyé Blair à Braikie pour amadouer Teller, il faudra se débrouiller sans lui chez Frog. Je remplis un mandat et nous partons de ce pas interroger Dunblane avec l'inspecteur MacNab et deux agents en renfort.

Hamish ne reprit le chemin du retour qu'en fin de soirée, très satisfait de l'issue de l'enquête. Blair n'avait pas montré son nez, retenu à Braikie jusqu'à la fin de l'opération. Teller ainsi que les cinq autres détaillants allaient être mis en examen pour fraude à l'assurance. Tous avaient fait de fausses déclarations de vol et caché la marchandise. Ils touchaient ainsi la prime tout en gardant leur stock, et obtenaient une fausse facture en reversant la moitié de la somme à leur grossiste.

Au volant de la Land Rover, Hamish traversait un paysage fantomatique, baigné de cette étrange lueur crépusculaire propre aux nuits d'été écossaises jamais tout à fait obscures : le *gloaming*. C'était l'heure, comme le croyaient encore certains anciens, où les esprits dressaient des embuscades pour surprendre les innocents voyageurs.

Au poste, Hamish fut accueilli par les aboiements mécontents de Lugs. Il ressortit pour promener son chien, puis rentra préparer le dîner. Il venait de poser la gamelle de Lugs par terre et s'asseyait à table pour se restaurer lui-même quand on tambourina à la porte.

Il alla ouvrir et trouva devant lui la mère de Mary Bisset, très en colère.

– Je vous interdis d'approcher de ma fille ! hurla-t-elle. Elle n'a que vingt ans. Allez chercher quelqu'un de votre âge !

Hamish, stupéfait, bégaya :

– Mais... Votre fille m'a simplement apporté une aide précieuse pour déjouer une arnaque à l'assurance. Comme je ne pouvais pas encore lui expliquer de quoi il s'agissait, je lui ai proposé de l'inviter à dîner un soir pour la remercier et lui expliquer ce qui se passait, rien de plus.

– Oui, c'est ça, je vous crois ! Séduisez des femmes de votre âge, pas des gamines ! Vous devriez avoir honte de vous !

Ayant dit ce qu'elle avait sur le cœur, elle tourna les talons et repartit.

Hamish claqua la porte. Ah, les femmes ! songea-t-il. Je n'ai pas encore quarante ans et elle me parle comme si j'étais un vieux satyre.

2

« L'épouse était jolie, insignifiante, puérile et velléitaire ; elle avait la tête vide et ne savait pas se taire. »

George Crabbe

Le lendemain matin, Hamish s'attela à son rapport sur les fraudes à l'assurance. Ses longs doigts volaient sur le clavier de l'ordinateur tant il avait hâte d'en finir pour profiter du beau soleil. Il n'attendait que le moment de se livrer à son activité habituelle qui consistait essentiellement à flâner dans Lochdubh en s'arrêtant pour discuter avec les gens qu'il rencontrait.

La sonnerie du téléphone fit voler ce rêve en éclats. Il regarda l'appareil en retardant le moment de répondre, mais il fallait bien décrocher.

Une petite voix tremblante se fit entendre.

– Hamish… C'est Bella Comyn.

– Bonjour, Bella. Que puis-je faire pour vous ?

– J'ai peur, Hamish. Je veux le quitter, mais j'ai peur de sa réaction.

– Il est là ?

– Non, il est parti à l'abattoir de Strathbane.

– Je passe chez vous d'ici une demi-heure.

Hamish se dépêcha de terminer son rapport, l'envoya au commissariat, puis partit voir Bella pour comprendre ce qui se passait.

Il ne savait pas grand-chose de cette relativement nouvelle venue au village, et connaissait mieux Sean, son mari. Sur la route de la ferme, il repensa à ce couple. Deux ans plus tôt, Sean, au seuil de la quarantaine, avait radicalement changé de vie. Homme solitaire et taciturne, il était un beau jour revenu d'un séjour à Inverness marié à Bella, une jeune femme de quinze ans sa cadette. De l'avis général, il n'aurait pas pu plus mal choisir. C'était une fille de la ville, coquette, vêtue en citadine, juchée sur des talons qui n'avaient rien à faire dans une ferme. Pourtant, quand on la voyait au village, elle semblait heureuse, toujours joyeuse et bavarde.

Hamish se gara devant la modeste ferme blanche et frappa à la porte. Bella lui ouvrit.

– Ah ! Hamish ! Vous voilà ! Quel soulagement ! Je suis complètement perdue.

Hamish ôta son képi et la suivit dans la cuisine.

– Un petit thé ? proposa-t-elle.

– Plus tard, peut-être. Racontez-moi ce qui ne va pas.

Elle s'assit à la table, l'air d'avoir beaucoup pleuré. Ses yeux bleu clair étaient fatigués et ses cheveux blonds en désordre étaient mangés par des racines noires de cinq centimètres.

– Je n'en peux plus, dit-elle. J'ai l'impression d'être en prison. Il n'y a rien à faire ici. Je ne peux aller ni au cinéma ni au restaurant. Je ne sors jamais.

– Il vous frappe ?

– Non, ça ne va pas jusque-là. Il lui suffit de crier, et je fais tout ce qu'il veut. Vous avez vu mes cheveux ? ajouta-t-elle en tirant sur une mèche avec un gémissement. Il menace de me tuer si j'ai le malheur de me les teindre.

– Vous avez pensé à entreprendre une thérapie de couple ?

– Vous voyez vraiment Sean aller voir un psy ? Il dit qu'on n'a besoin de personne. Il nous enferme.

– Si vous partiez, sauriez-vous où aller ?

– J'ai un ami à Inverness. C'est lui que j'aurais dû épouser. Je lui ai téléphoné. Il est prêt à venir me chercher tout de suite si je le lui demande.

– Dans ce cas, pourquoi faire appel à moi ?

– Les gens d'ici disent que vous êtes parfois prêt à contourner le règlement pour aider les gens. J'ai besoin d'un peu de temps pour faire mes bagages et pour partir, expliqua-t-elle en regardant anxieusement la pendule. Il doit rentrer dans une demi-heure. Et puis je n'ai pas mon permis. Je me disais que vous pourriez trouver un prétexte pour le mettre en cellule le temps de me conduire à l'arrêt de bus à Lochdubh.

– Non, ça, je ne peux pas faire, dit Hamish dont l'accent écossais s'était soudain accentué comme chaque fois qu'il était mal à l'aise. Il vaudrait mieux que vous parliez de vos soucis à des femmes du village.

– Je ne connais personne.

– Moi, je ne peux pas me mêler de vos problèmes de couple. *Och*, bon, attendez… Laissez-moi réfléchir. Je vous vois de temps en temps au village. Qui vous y conduit ?

– Sean. Il va au pub pendant que je fais les courses.

– D'accord, alors la prochaine fois, profitez-en pour prendre le bus pour Inverness.

– Et mes affaires ? Je ne voudrais pas tout perdre quand même. Je tiens beaucoup aux bijoux de ma mère.

– Mettez-les dans votre sac à main ou au fond de votre sac de courses.

– Il fouille mes affaires tout le temps parce qu'il a peur que je reçoive des lettres en secret. Il épluche aussi la facture de téléphone. Si je suis encore là quand il recevra le prochain relevé, il voudra savoir pourquoi j'ai appelé le poste de police. Je vais devoir lui raconter que j'ai vu un rôdeur près de chez nous.

– Comment avez-vous fait pour contacter votre ami à Inverness ?

– Je l'ai appelé de la cabine du port pendant que Sean était au pub, la dernière fois que nous sommes allés à Lochdubh. Ça m'a coûté deux livres, et maintenant je n'ai plus un sou. Il me donne seulement de quoi payer la nourriture, et quand nous rentrons, il vérifie le ticket de caisse pour s'assurer que je n'ai pas gardé la monnaie.

– Vous devez vous faire des amies ici, trouver des femmes qui vous soutiennent. Je peux vous faire rencontrer des voisines.

– Ça ne servira à rien. Il va les faire fuir.

Hamish sourit.

– Ce serait mal connaître Mrs Wellington !

Hamish retourna au poste et fit entrer Lugs avant de repartir à pied au presbytère pour parler à Mrs Wellington, la femme du pasteur. En chemin, il tomba sur Elspeth qui justement le cherchait.

– Je voulais vous parler un peu de Stoyre.

– Plus tard, Elspeth, répondit-il assez sèchement. Je suis occupé.

Elle eut un regard peiné qui étonna Hamish, et elle n'insista pas, ce qui le surprit encore plus.

Je n'aurais pas dû lui parler sur ce ton, songea-t-il en poursuivant son chemin, mais ce n'est pas le moment. Chaque chose en son temps. Stoyre va devoir attendre.

Il se rendit donc au presbytère où il fut accueilli par Mrs Wellington, une femme imposante toujours vêtue d'épais tailleurs de tweed, quel que soit le temps. Malgré la chaleur, il la trouva portant une de ses vestes et de ses jupes informes, avec un chemisier en soie, de gros collants et de robustes chaussures en cuir.

– Tiens, c'est vous, dit-elle, à moitié aimable.

– Je viens vous parler d'une situation délicate...

– Ah, ah ! beugla-t-elle de sa voix de stentor. Vous vous êtes encore mis dans le pétrin avec une femme ! La mère de Mary Bisset raconte partout que vous courez après sa fille.

– C'est complètement faux. Je peux entrer ?

Hamish la suivit jusqu'à la cuisine du presbytère, une pièce sombre où régnait une forte odeur de désinfectant. Sinistre, pensa-t-il. Pourquoi les presbytères étaient-ils toujours aussi tristes ? Comme si c'était un péché d'y voir un peu clair.

Il exposa les soucis de Bella et Mrs Wellington l'écouta attentivement avant de réagir.

– C'est une petite écervelée. Il n'aurait jamais dû l'épouser. Il faudrait qu'elle sorte un peu. Elle n'a qu'à venir à l'association. L'Union des mères cherche toujours du monde.

– Elle n'a pas d'enfants.

– Les sœurs Currie non plus, répliqua Mrs Wellington, mais ça ne les empêche pas de se mêler de tout dans l'association. Laissez-moi faire, Hamish, je m'en charge.

Au retour, Hamish passa par les locaux du *Highland Times* pour parler à Elspeth. Il la trouva assise à son bureau, très occupée à se triturer les cheveux avec un stylo.

– Vous vouliez me parler de Stoyre ? demanda-t-il.

– J'y suis passée. Je n'ai rien vu. Il n'y avait personne à l'église.

– C'est tout que vous aviez à me dire ?

– Non... Je pense que vous devriez retourner y faire un tour. Il y a une drôle d'atmosphère là-bas.

– Quel genre d'atmosphère ?

– Comme de la peur...

– C'est sans doute la peur de la colère divine. Le calvinisme n'est pas une pratique de tout repos. Ils sont devenus très dévots tout à coup.

– Peut-être, mais j'ai l'impression qu'il y a autre chose.

Hamish, qui n'avait pas pris de petit déjeuner, s'aperçut soudain qu'il mourait de faim. Il eut l'idée d'inviter Elspeth à déjeuner au restaurant italien pour se racheter d'avoir été désagréable, mais elle lui en coupa toute envie en lui disant avec un sourire goguenard :

– Alors, qu'est-ce que j'apprends ? Il paraît que vous faites les yeux doux à Mary Bisset ?

– N'importe quoi ! rétorqua-t-il avec raideur.

Et, excédé, il repartit.

De retour au poste de police, Hamish sortit une truite du congélateur. Lugs, qui n'aimait pas le poisson, fit entendre un bref grondement pour protester contre l'égoïsme de son maître. Sa déception fut de courte durée car Hamish mit à cuire pour lui des rognons d'agneau.

Une fois le repas prêt, Hamish chargea les plats sur un plateau et emmena le tout au jardin. Il posa la gamelle de Lugs dans l'herbe puis s'attabla devant sa truite panée aux flocons d'avoine, sa salade et ses frites.

Le visage pointu de Jimmy Anderson parut au-dessus de la haie.

– Hum, ça a l'air bon ! dit-il en passant le portail.

– J'espère que vous avez déjà déjeuné, dit Hamish. Je n'ai aucune envie de me remettre aux fourneaux.

– Oui, oui, ne vous inquiétez pas.

Jimmy se laissa tomber sur une chaise près de lui et balaya le jardin du regard, s'arrêtant sur la profusion de roses grimpantes qui encadrait la porte, puis sur la vue du loch scintillant sous le soleil.

– C'est le rêve, ici, Hamish, commenta-t-il. Profitez-en bien, ça risque de ne pas durer.

– Qu'est-ce qui vous fait dire ça ? s'alarma Hamish.

– En résolvant cette grosse affaire de fraude à l'assurance, vous vous êtes encore fait remarquer. Daviot dit que vos talents sont gâchés à Lochdubh, et Blair l'encourage à vous transférer.

– Blair ? Je me demande bien pourquoi ! Il me déteste.

– Il s'imagine qu'à Strathbane, vous ne seriez qu'un agent parmi tant d'autres et qu'il serait mieux placé pour vous surveiller. Il pourrait s'attribuer plus facilement le mérite de vos exploits.

– Et c'est pour me dire ça que vous êtes venu me voir ?

– Mais oui. J'ai un jour de congé et je préférais vous avertir. Ça mérite bien un verre, non ?

Hamish soupira mais alla lui chercher à boire. Il revint avec une bouteille de whisky à moitié pleine et un verre, qu'il posa sur la table.

– Tenez, servez-vous.

– Merci.

– Vous pensez qu'il y a un moyen d'éviter cette promotion ?

– Bof… Vous n'avez qu'à vous faire mal voir. Pas trop, mais un peu quand même.

– Et comment je m'y prends ?

Jimmy but une gorgée de whisky.

– Ça ne devrait pas être trop compliqué, vous avez l'habitude.

– Je ne veux pas travailler à Strathbane, insista Hamish, l'air très malheureux. Je ne peux pas perdre ça, ajouta-t-il en désignant d'un geste ce qui l'entourait.

– C'est magnifique aujourd'hui, d'accord, mais les hivers doivent être longs.

– Croyez-moi, les hivers me sembleraient encore plus longs à Strathbane.

– Je sais que je ne vous convaincrai jamais. Vous êtes un vrai bouseux. Moi, ça me tuerait d'être coincé ici en tête à tête avec les moutons.

– Si le whisky ne vous tuait pas avant.

– Mais non, je tiens très bien l'alcool, affirma Jimmy en reprenant une gorgée. Attendez voir… Ça me donne une idée. Il y a un petit nouveau que Blair a pris en affection. Un véritable acharné qui adore relever des infractions. Aujourd'hui, il s'est posté sur la grande route à l'entrée de Strathbane avec un radar mobile. Vous pourriez passer devant lui à cent cinquante à l'heure.

– Dans une voiture de police ? Il ne bronchera pas. Il pensera que je poursuis quelqu'un.

– Dans un véhicule privé, alors. Buvez ce qu'il faut, et on verra bien ce qui se passe.

– Vous voulez me faire perdre mon permis !

– On ne le retirera pas à quelqu'un de la maison ! On va étouffer l'affaire.

Hamish eut un rire de dérision.

– Parce que vous croyez que Blair va me protéger ? Vous avez bu un coup de trop, Jimmy.

– Non, moi je serai là. Le petit nouveau me cire les pompes parce qu'il veut passer à la criminelle. Je lui dirai de vous laisser tranquille, mais je transmettrai quand même l'info à Daviot. Le commissaire déteste l'alcool au volant, mais je lui rappellerai que c'est mauvais pour l'image de la police que ce genre d'affaire s'ébruite.

Hamish regarda Jimmy pensivement et lâcha après quelques secondes :

– Je vais me chercher un verre.

L'agent Johnny Peters étouffa un bâillement. Il s'ennuyait ferme et se fatiguait. Son service allait bientôt prendre fin. Comme Blair, il était natif de Glasgow, et n'avait que peu de sympathie pour les gens des Highlands. Il comprenait que l'emplacement de son radar volant avait été éventé depuis longtemps par la population, qui l'étonnait par sa capacité à se faire passer le mot de façon quasi télépathique. Les voitures défilaient devant lui à même pas soixante à l'heure alors que la limite était à quatre-vingt-dix.

Sa radio grésilla.

– Ici Peters, dit-il.

– Ici Anderson, dit une voix. Juste pour signaler un vol de voiture. Une Ford Escort blanche appartenant à Mrs Angela Brodie, de Lochdubh.

Peters venait de noter le numéro de la plaque quand il repéra de son regard perçant un petit point blanc à l'horizon. Il mit fin à la communication, courut à sa voiture et la plaça en travers de la route pour faire barrage.

Il crut bien que le véhicule, qui roulait très vite, allait le percuter, mais le conducteur freina, s'arrêta à trente centimètres de son capot et resta assis au volant, un sourire niais sur le visage.

Peters sortit et alla se pencher devant la vitre du conducteur sur laquelle il frappa. Hamish Macbeth la descendit, laissant s'échapper une forte odeur de whisky.

– Descendez de voiture ! lui ordonna Peters.

Hamish souffla dans l'alcootest, et Peters lui passa les menottes pour conduite en état d'ivresse et vol de voiture. Hamish descendit de la Ford d'Angela, soulagé. Il avait conduit avec la plus grande prudence avant d'arriver en vue du radar et d'accélérer.

Anderson les attendait devant le commissariat.

– Peters, gronda ce dernier. Qu'est-ce qui vous prend d'arrêter Hamish Macbeth ? C'est le héros du jour. Il vient de résoudre une grosse affaire de fraude à l'assurance.

– Je ne fais que mon devoir, répondit Peters d'un ton pincé. Il est soûl comme une vache et il était au volant d'une voiture volée.

– La Ford Escort que je vous ai signalée ?

– Oui.

– Désolé, mais c'était une erreur. Le docteur Brodie vient de nous appeler. C'est sa femme qui nous avait signalé le vol parce qu'elle ignorait que son mari l'avait prêtée à Hamish.

– N'empêche que…

– Ne faites pas d'histoires. Enlevez-lui les menottes. Vous devez comprendre que nous évitons de faire des vagues dans la presse. Je vais parler à Daviot. Il se chargera de régler ça.

Peters hésita, mais, sans doute impressionné qu'Anderson soit écouté par le patron, il libéra les poignets d'Hamish.

– Venez, Hamish, dit Jimmy.

Hamish le suivit, marchant d'un pas raide et lent d'équilibriste qui ne trompait pas.

– J'ai besoin de boire, Jimmy, murmura-t-il, beaucoup d'eau, et du café.

– D'accord. Je vous laisse à la cafétéria pendant que je vais parler à Daviot.

L'air sombre, Peter Daviot écouta ce que Jimmy avait à lui dire.

– Il doit payer, comme tout le monde.

– Justement, c'est le but de ma démarche, patron. Macbeth a beaucoup d'amis, entre autres dans la presse. S'il est poursuivi, il passera devant le juge et le procès sera médiatisé. En termes d'image, ce serait très mauvais pour nous. Et puis il vaut mieux éviter qu'un reporter se souvienne à cette occasion que nous avons étouffé le même délit pour l'inspecteur-chef Blair.

Blair avait en effet percuté un arbre l'année précédente après avoir beaucoup trop bu à une fête du commissariat.

– Où est Macbeth ?

– À la cafétéria.

– Dire que je m'apprêtais à lui donner une promotion ! Quel dommage que son talent soit gâché par son attitude déplorable.

– À ce sujet, j'ai justement quelque chose à ajouter…

– Je vous écoute.

– Macbeth est très efficace à son poste, laissez-le à Lochdubh. Il ne boit pas habituellement. Ce n'est qu'un incident de parcours. Vous vous souvenez qu'il a été fiancé à Priscilla Halburton-Smythe ?

– Évidemment.

– Eh bien, il vient d'apprendre qu'elle allait se marier. C'est sans doute ce qui l'a déstabilisé.

– D'accord… Envoyez-le-moi. Et faites chercher Mrs Brodie pour qu'elle récupère sa voiture.

Cinq minutes plus tard, quelque peu dégrisé par des litres d'eau minérale et de café noir, Hamish Macbeth faisait face au commissaire.

– Assis ! rugit Daviot. Vous tenez à peine debout. C'est une affaire grave. On devrait vous retirer votre permis et vous suspendre.

Hamish laissa échapper un petit rire qui fut loin d'apaiser Daviot.

– Pouvez-vous me dire ce qui vous amuse autant ?

– Je me disais que si j'étais suspendu, ça me laisserait le temps de résoudre tout plein d'affaires. À la télévision, c'est surtout quand les flics sont suspendus qu'ils deviennent efficaces.

– Ça ne me fait pas rire du tout. Nous allons étouffer cette affaire pour préserver notre réputation, mais vous y perdez : savez-vous que j'étais sur le point de vous accorder une promotion ? C'est bien fini, maintenant. Vous ne méritez que de rester policier de village. Vous me décevez beaucoup.

– Je regrette, pardon…

– C'est un peu tard. Rentrez chez vous, dessoûlez, et ne refaites plus jamais ça !

– Alors, votre petit tour a marché ? demanda Angela Brodie à Hamish alors qu'elle le reconduisait à Lochdubh.

– Oui, très bien. Merci, Angela. Ne me regardez pas comme ça ! Faites attention à la route !

– Je ne vous ai jamais vu ivre. Ça va ?

– C'est presque passé. J'ai bu juste assez pour dépasser la limite autorisée.

– La voiture empeste l'alcool.

– Désolé. J'en ai renversé un peu pour être plus convaincant.

– Vous irez acheter du détachant chez Patel dès notre retour pour me nettoyer la voiture.

– Bien sûr, Angela.

– À part ça, Mrs Wellington est passée me voir tout à l'heure. Elle a lancé une campagne pour sauver Bella Comyn. Il paraît que son mari la bat.

– Pas exactement. Elle m'a dit qu'il avait mauvais caractère et qu'il ne lui laissait aucune liberté.

– C'est bizarre, parce qu'il a l'air de l'adorer. Vous pensez qu'il serait capable de lui faire du mal ?

– Elle semble le croire.

– Mrs Wellington et moi avons prévu d'aller la voir demain.

– Tenez-moi au courant.

De retour à Lochdubh, Hamish acheta un produit détachant et nettoya soigneusement le siège avant de la voiture d'Angela. Il mourait de soif, avait un mauvais goût dans la bouche et un horrible mal de crâne. Quand il eut enfin terminé, il ne rêvait plus que de prendre deux aspirines et d'aller se coucher.

Sur le chemin du poste, Elspeth le rattrapa en courant.

– Hamish, il y a du nouveau à Stoyre !

La tête près d'exploser, Hamish grogna :

– Est-ce qu'il y a des morts, des blessés, une atteinte aux biens ou aux personnes ?

– Non, non, pas du tout, mais...

– Alors ça ne presse pas, Elspeth. On en reparlera demain.

Sur quoi il s'éloigna à grands pas, laissant la journaliste interloquée derrière lui.

Le lendemain matin, s'étant réveillé en grande forme et affamé, il alla acheter du bacon chez Patel. En entrant dans l'épicerie, il entendit les voix nasillardes des sœurs Currie, Nessie et Jessie, qui parlaient avec animation. Nessie d'abord :

– Je vous dis qu'il nettoyait la voiture d'Angela et que ça sentait le whisky à plein nez. Je voudrais bien savoir ce qui se passe.

– Vous n'avez qu'à le lui demander, suggéra Patel.

– Mais voyons, il mentira, c'est certain, il mentira, rétorqua Jessie, qui avait l'étrange habitude de répéter ce qu'elle disait.

– Si vous tenez à le savoir, intervint Hamish d'un

ton coupant, Mrs Brodie m'a emmené à Strathbane pour apporter du whisky à un ami malade. Il y a eu un cahot, le bouchon était mal mis et quelques gouttes se sont renversées sur le siège.

Il y eut un grand silence dans la boutique. Les sœurs Currie, qui se défendaient d'aimer les commérages, eurent l'air très contrariées de se faire prendre en flagrant délit de médisance. Elles réglèrent leurs achats et se dépêchèrent de sortir. Hamish ne prit qu'un paquet de bacon, la production de ses poules le dispensant d'acheter des œufs.

Alors qu'il repensait aux événements de la veille en rentrant au poste, il se souvint d'avoir été un peu sec avec Elspeth. Il se promit de réparer son manque d'amabilité. Après le petit déjeuner, il se rendit donc au local du journal, où il apprit qu'elle était partie en reportage à l'exposition florale de Dornoch. Il songea brièvement à aller faire un tour à Stoyre, mais y renonça. Il devait veiller sur beaucoup d'autres villages, et il n'avait aucune raison objective de se focaliser sur Stoyre.

Il rentra de sa patrouille avec Lugs tard dans la soirée, ayant constaté que son secteur était aussi calme qu'au début de l'été. Il se prépara à dîner et nourrit son chien, et s'apprêtait à passer un coup de fil à Elspeth quand le téléphone sonna. La voix de Mrs Wellington tonna à l'autre bout du fil.

– Il faut absolument faire quelque chose !

– Que se passe-t-il ?

– Sean a quitté Bella. Je suis allé à la ferme dans l'après-midi avec Angela Brodie pour proposer à Bella de participer à nos réunions de l'Union des mères. Sean était là. Il a eu l'air content de notre proposition, et leurs rapports nous ont semblé parfaitement normaux. Et voilà que Bella me téléphone, dans tous ses états. Elle dit qu'il est parti en annonçant qu'il ne reviendrait pas.

– J'y vais tout de suite.

– Je vous rejoins là-bas.

Bella avait de nouveau les yeux rouges, mais cette fois, elle avait aussi un coquard. Mrs Wellington lui prit la main pendant qu'elle leur racontait ce qui s'était passé. Devant Angela et Mrs Wellington, Sean avait prétendu être ravi de la voir rejoindre l'Union des mères, dit Bella, mais dès qu'elles étaient parties, il avait changé de ton. Il l'avait accablée de reproches, prétendant qu'elle se cherchait des excuses pour sortir et rencontrer des hommes. Il l'avait frappée, avait dit qu'il en avait assez d'elle et qu'il la quittait.

– Vous serez mieux sans lui, jugea la femme du pasteur.

– Avez-vous de quoi vous débrouiller ? demanda Hamish. Financièrement, je veux dire.

– Il y a notre compte joint. Je peux m'en servir.

– Je croyais que Sean ne vous donnait pas d'argent.

– Je devais lui demander sa permission avant

de faire des retraits, mais là, je ne vais plus me gêner, vous pouvez me croire !

– À quelle heure est-il parti ?

– Vers onze heures.

– Et vous n'avez pas appelé Mrs Wellington avant ce soir ?

– Je croyais qu'il allait revenir. Je ne pensais pas qu'il arriverait à me quitter. Et moi qui avais renoncé à partir !

Un hurlement de chien venant de l'extérieur fit sursauter Bella.

– Qu'est-ce que c'est ?

– Mon chien, répondit Hamish. Je vais voir ce qui se passe.

Mrs Wellington lui fit la leçon :

– Vous ne devriez pas emmener ce chien partout, Hamish.

Il sortit et alla ouvrir la portière de la Land Rover. Lugs descendit et leva la patte contre la roue.

– Bon, ce n'était que ça…, commenta Hamish.

Il retourna dans la cuisine et reprit la conversation.

– Il se peut que Sean soit juste parti quelques jours pour se calmer. Vous m'autorisez à faire le tour de la maison pour jeter un coup d'œil ?

Il crut discerner une brève hésitation dans le regard de Bella, mais elle accepta.

Hamish entra dans le salon, une petite pièce meublée d'un ensemble canapé et deux fauteuils beigeasses. Il y avait un vaisselier occupé par un service en porcelaine. Pas de cheminée, juste un chauffage électrique. De toute évidence, c'était une pièce peu utilisée, réservée aux visiteurs : le pasteur, des connaissances à l'occasion.

Il passa à côté, dans la chambre. Le lit à deux places était couvert d'une courtepointe satinée rouge sang. Le côté de Bella était reconnaissable : sur la table de chevet s'amoncelaient des magazines et des romans sentimentaux. Du côté de Sean, il n'y avait qu'un réveil, rien d'autre. Il ouvrit le premier tiroir et trouva une bible et plusieurs paquets de préservatifs. Fallait-il en conclure que Sean ne voulait pas d'enfants ? Il sortit de la chambre et poursuivit jusqu'à une porte au bout de la petite maison. C'était le bureau de Sean. Sur un secrétaire à tambour ancien trônait un ordinateur avec à côté une petite pile de papiers. Il les passa en revue. Des documents liés à la ferme : déclarations de déparasitage des moutons, factures d'électricité et de téléphone. Aucun indice de l'endroit où Sean était allé. Il inspecta les tiroirs les uns après les autres. Dans celui du bas, il tomba sur deux passeports, l'un au nom de Sean, l'autre à celui de Bella. Celui de la jeune femme était encore à son nom de jeune fille – Bella Wilson.

Il refit le tour de la pièce mais ne trouva rien qui puisse expliquer le départ précipité de Sean.

Il n'y avait sans doute pas lieu de s'affoler. Après tout, Sean n'était pas parti depuis longtemps. Il en fallait un peu plus pour juger qu'une disparition était inquiétante et mobiliser la police.

Il roulait le long du port quand, apercevant Elspeth Grant, il s'arrêta pour lui parler.

– Vous voulez venir au poste boire un thé ?

– Que me vaut cet honneur ?

– J'ai été un peu sec avec vous parce que j'étais préoccupé.

Elspeth ne se fit pas prier.

– D'accord, je vous rejoins là-bas.

Hamish poursuivit sa route en voiture, et comme elle marchait vite et qu'il prit le temps de se garer, il la trouva qui l'attendait déjà à la porte de la cuisine. Il ouvrit et la fit entrer.

– Vous avez des informations pour alimenter les faits divers ? demanda Elspeth.

Hamish remplit la bouilloire électrique, un achat récent. L'été était si chaud qu'il n'était pas nécessaire d'allumer le poêle depuis un certain temps.

Il lui raconta la fraude à l'assurance.

– Savez-vous quand l'affaire sera jugée ? s'enquit-elle.

– Je vais me renseigner. Et puis je reviens de chez Bella Comyn.

– La pin-up de Lochdubh ? Qu'est-ce qui lui arrive ?

– Son mari l'a quittée. Enfin, il n'est parti que depuis ce matin, alors... Il va probablement rentrer. Elle raconte qu'il la terrorise.

– Tiens ? Je les ai vus aux jeux des Highlands l'année dernière. Il était aux petits soins avec elle.

– Oui, je sais qu'il l'adore. C'est peut-être ce qui l'a rendu jaloux. Tenez, votre thé. Servez-vous de lait et de sucre.

– Tout doux, Lugs. Qu'est-ce qu'il me veut, votre chien ?

– Il veut du thé. Il a de drôles de goûts. Il n'y a droit que le jour de son anniversaire et à Noël.

– Vous le traitez comme si c'était un gosse, s'amusa Elspeth en riant ouvertement. C'est bien un truc de gens sans enfants !

Hamish s'empourpra.

– Je n'aime pas beaucoup ce genre de remarques, Elspeth !

– Pardon, pardon… Mais à part ça, je crois que vous devriez aller faire un tour à Stoyre.

– Pourquoi ? Vous n'avez toujours qu'une mauvaise impression ? Il me faudrait quelque chose de plus concret.

– Alors vous devriez aller voir Mr et Mrs Bain, des gens qui viennent d'emménager au bout du village. J'ai découvert que ce sont d'anciens habitants de Stoyre.

– Pour leur demander quoi ?

– Ce qui se passe là-bas, voyons. Ils ont l'air traumatisés, comme s'ils avaient peur de quelque chose, et ils refusent de parler de Stoyre.

Elspeth repoussa une boucle qui lui tombait devant les yeux et reprit :

– J'ai une idée : allons ensemble à l'église là-bas dimanche. Nous verrons bien.

– Je ne suis pas sûr d'être libre, grommela Hamish.

– Allez... Il ne faut pas m'en vouloir si je me moque un peu de vous et de votre chien. Venez, ça pourrait être drôle.

– Bon, si vous y tenez... Le service est à onze heures. Je passe vous prendre à dix heures.

– Parfait, mon général. Je vous laisse.

Elle s'arrêta sur le pas de la porte et le considéra pensivement.

– Si j'étais vous, je ne croirais pas un mot de ce que raconte Bella.

– Qu'est-ce qui vous fait dire ça ?

– Je ne sais pas, répondit-elle avec un petit sourire. Juste une impression.

Après son départ, Hamish passa dans le bureau du poste de police et alluma l'ordinateur.

Il tapa son mot de passe, puis lança une recherche sur Bella Wilson. Le résultat le sidéra. Bella Wilson, de Donnel Street, Inverness, avait été condamnée dès l'âge de treize ans par le tribunal pour enfants pour violences sur la personne de la jeune Aileen Hendry, qu'elle avait plusieurs fois frappée à coups de poing et de pied. À dix-huit ans, elle avait été condamnée pour avoir assommé un certain Henry Cathcart avec un tisonnier. Ces informations plongèrent Hamish dans de sombres pensées. Figé dans son fauteuil, le visage grave, il envisagea la situation sous un nouvel angle : Sean avait disparu et Bella avait accès à leur compte commun. C'était peut-être pour Sean qu'il fallait s'inquiéter. Où était-il passé ?

3

« Viens à moi, mort, viens à moi,
Qu'en un triste drap de Chypre
je sois enseveli ;
Quitte-moi, souffle, quitte-moi ;
Une Belle cruelle m'a ôté la vie. »

William Shakespeare

Le lendemain, Hamish retourna voir Bella. Avant de frapper, il l'entendit chantonner dans la cuisine. Il regarda autour de lui pendant qu'il attendait. Il n'y avait aux abords de la ferme que du pâturage à moutons et de vieilles machines agricoles attaquées par la rouille, et pourtant, malgré cette absence évidente d'intérêt pour le jardinage, un rectangle de terre avait été retourné au pied du mur de clôture.

Quand Bella ouvrit la porte, Hamish vit qu'elle allait beaucoup mieux : elle avait ravivé sa teinture blonde, et était fraîche et ravissante.

– Vous l'avez retrouvé ? demanda-t-elle.

– Pas encore. Je peux entrer ?

– Si vous voulez...

Elle s'écarta sans enthousiasme pour le laisser passer et Hamish ôta son képi en entrant dans la cuisine.

– Asseyez-vous, Bella, dit-il.

– Vous avez quelque chose à me dire ?

– Oui. Je veux vous parler de vos antécédents judiciaires, lâcha Hamish, l'inquiétude exacerbant son accent écossais.

– C'est de l'histoire ancienne, protesta-t-elle. Je n'ai eu d'ennuis que deux fois, et ce n'était pas moi qui avais commencé.

Hamish prit son courage à deux mains :

– Vous êtes-vous livrée à des violences conjugales sur Sean ?

– Quoi ? s'exclama-t-elle. Comment voulez-vous qu'un petit bout de femme comme moi s'en prenne à un grand gars comme lui !

– Ça se serait déjà vu.

– Je vous dis la vérité. C'est un violent.

– J'ai vu qu'on avait retourné la terre dehors. Pourquoi ?

– Je veux planter des fleurs.

– Donc ça ne vous ennuie pas que je creuse un peu à cet endroit ?

Bella sortit ses griffes.

– Vous n'avez pas le droit ! Il vous faut un mandat de perquisition !

– J'en obtiendrai facilement un, mais pour le demander, il faudra que je mentionne que vous avez déjà eu des démêlés avec la justice. Là, vous n'aurez plus seulement affaire à moi mais à la brigade criminelle de Strathbane. Des inspecteurs viendront vous interroger avec des techniciens de la scientifique qui passeront votre maison au crible.

– Bon, creusez si ça vous amuse, glapit-elle de mauvaise grâce. La bêche est près de la porte de la cuisine.

L'outil en main, Hamish s'attaqua à la future plate-bande sous un soleil éblouissant. À seulement cinquante centimètres de profondeur, il découvrit le cadavre d'un chien. C'était un collie qu'il déterra entièrement et déposa dans l'herbe. Attristé, il s'accroupit pour l'examiner. La mort, récente, n'était pas naturelle : il avait le crâne défoncé.

Il se tourna vers la maison et vit Bella qui l'observait depuis le seuil de la cuisine.

– Vous avez tué ce chien !

– Non, c'est Sean. Je vous l'ai caché pour le protéger.

Hamish se redressa et alla à la Land Rover pour demander des renforts par la radio de bord. Il fut bref, puis retourna monter la garde près du chien mort.

– Espèce de sale mouchard ! s'étrangla Bella, le visage noir de fureur. Je vous dis qu'il m'a abandonnée en disant qu'il partait pour toujours.

– Des policiers de Strathbane vont venir et vous demander de les accompagner au commissariat pour prendre votre déposition.

– Je croyais que vous étiez le chef, ici, ironisa-t-elle.

– Pas quand il y a suspicion de meurtre, répondit-il d'une voix sourde.

Après le départ de Bella pour Strathbane, il retourna au poste pour rédiger son rapport. Une fois sa tâche terminée, il tenta de se rassurer. Il se pouvait que Sean soit vraiment parti de son plein gré pour la fuir. Dans ce cas, il aurait eu besoin d'argent. Hamish mit son képi sur sa tête, et alla à la banque où il demanda à parler au directeur de l'agence : Mr MacCallum.

– C'est au sujet de Sean Comyn, annonça Hamish. Il est parti, et nous traitons l'affaire comme une disparition inquiétante. A-t-il récemment tiré de l'argent ?

– Les informations sur les comptes clients sont confidentielles.

– En cas de suspicion de meurtre, on ne peut plus se retrancher derrière le secret professionnel.

Le directeur de l'agence soupira.

– J'imagine que si je refuse, vous reviendrez avec un mandat pour me contraindre à répondre…

Il alluma son ordinateur, et Hamish attendit pendant qu'il tapait différents mots de passe.

– Nous y voilà, dit MacCallum. Sean Comyn a récemment établi un chèque au nom de Queen and Barrie, une agence immobilière de Strathbane.

– À quelle date exactement ?

– Il a été tiré hier.

– Rien d'autre ?

– Il a pris deux cents livres dans un distributeur de Strathbane hier aussi.

– Ouf ! On dirait qu'il est encore en vie, Dieu soit loué.

Hamish retourna au poste et appela l'agence immobilière. Il expliqua que la police essayait d'entrer en contact avec Sean Comyn.

– Nous lui avons loué un petit cottage. Il cherchait un logement bon marché. Nous lui en avons trouvé un à Stoyre.

– À quelle adresse ?

– Au 6, rue du Port.

– Merci.

Encore Stoyre, songea Hamish qui prit la Land Rover, laissant chez lui Lugs, très déçu.

À son arrivée dans le minuscule hameau de Stoyre, il fut soulagé de voir qu'il y avait du monde dans les rues et des pêcheurs qui réparaient leurs filets sur le quai. Elspeth avait peur de son ombre ! Il se gara devant le pub et longea le port pour se rendre au numéro 6. C'était une petite maison de pêcheur en assez piteux état, contrairement à ses voisines qui étaient bien entretenues. Il frappa à la porte.

À son grand soulagement, Sean Comyn vint lui ouvrir. Un Sean aux yeux rougis, une barbe de trois jours au menton.

– Que se passe-t-il ? demanda-t-il. C'est Bella qui vous envoie ?

– Je voudrais vous dire un mot. Laissez-moi entrer.

Sean le conduisit dans le salon, une pièce sombre pauvrement meublée de quelques vieux fauteuils et d'un canapé.

– Avant toute chose, dit Hamish en sortant son portable, je dois appeler le commissariat pour dire que vous avez été retrouvé.

D'un geste, il fit taire Sean qui voulait parler.

– Une seconde.

Il apprit à Jimmy Anderson que Sean était sain et sauf.

– Si sa femme le bat, conseillez à ce pauvre homme de porter plainte, dit Jimmy.

– Je vais voir ce que je peux faire.

Après avoir raccroché, Hamish se tourna vers Sean.

– Maintenant, prenez mon téléphone pour appeler le directeur de votre agence bancaire et demandez-lui de geler votre compte. Je pense qu'elle a l'intention de le vider.

Sean obéit sans discuter. La communication terminée, il rendit le téléphone à Hamish puis s'affala, penché en avant sur sa chaise, bras ballants entre les jambes, très abattu.

– Alors, dit Hamish patiemment, elle vous frappait, je crois ?

Il y eut un long silence, que Sean finit par rompre d'une voix lasse.

– Je ne pouvais pas deviner qu'elle était aussi violente. Elle était si jolie, si fragile… Un vrai petit oiseau. Elle a changé peu de temps après notre mariage. Elle prenait la mouche pour n'importe quoi et elle me cognait avec tout ce qui lui tombait sous la main. Quand je lui ai dit que je n'en pouvais plus et que je la quittais, elle m'a ri au nez, et puis sans me quitter des yeux elle s'est tapée dans l'œil – un grand coup. « Je raconterai que c'est toi qui me frappes », elle a dit.

– Il faut porter plainte contre elle.

– Je ne peux pas, Hamish. Je serais la risée de tous les Highlands.

– Elle a tué un de vos collies !

Sean pâlit affreusement et Hamish lui raconta la découverte de la tombe, mais sans le convaincre.

– Je ne veux pas que les gens sachent qu'elle me frappait.

– Ils l'apprendront quoi qu'il arrive. Vous savez que la police et l'équipe de la scientifique ont passé des heures à tout retourner dans votre ferme pour trouver votre corps ?

– Si l'affaire est jugée, les journaux vont s'emparer de l'histoire. C'est hors de question.

Hamish soupira, puis regarda autour de lui.

– À qui appartient ce cottage ?

– À un couple des environs. Ils le louent aux touristes l'été. Comme les deux dernières années ont été mauvaises, ils me l'ont laissé pour pas trop cher.

– Il y a le téléphone ?

– Oui, mais il faut mettre des pièces pour obtenir la ligne. Tout marche avec des minuteurs. Le gaz, l'électricité…

– Vous ne pouvez pas rester ici. Qui va s'occuper de vos bêtes ? Il fait chaud, et Bella n'est pas du genre à leur donner à boire. Elle risque plutôt de les attaquer à coups de marteau.

Sean, pourtant sensible à l'argument, hésitait encore.

– J'ai besoin d'un peu de temps, Hamish. Je n'ai pas le courage de rentrer. Mais de toute façon, je ne porterai pas plainte contre elle.

Hamish nota le numéro de fixe du cottage.

– Je reviendrai vous voir bientôt, promit-il.

Une fois dehors, Hamish retourna à la Land Rover et rappela Jimmy.

– Pour l'instant, il ne veut pas porter plainte.

– Tant pis. La SPA va s'en charger. Un marteau ensanglanté a été trouvé sur les lieux. Nous n'avons pas encore reçu les résultats de l'analyse de sang, mais le marteau est couvert des empreintes de Bella, et puisque Sean est encore en vie, on peut supposer que le sang est celui du chien. Si Sean ne porte pas plainte, c'est lui qui devra payer l'amende de Bella, et sa ferme tombera en ruine s'il n'y retourne pas.

– Bella est encore au commissariat ?

– Non, elle vient de partir. Johnny Peters doit la reconduire chez elle.

– Pas de chance, pauvre gars. J'y vais tout de suite.

De retour à Lochdubh, il rédigea un énième rapport, puis repartit pour la ferme de Sean. En approchant, il pressentit que les lieux étaient vides. Et en effet, personne ne répondit quand il frappa, et la porte était fermée à clé. Bella n'était peut-être pas encore rentrée… mais c'était bizarre parce qu'il avait pris son temps pour rédiger son rapport.

Il monta dans la Land Rover, redescendit à Lochdubh et s'arrêta devant l'épicerie de Patel. Le bus quotidien pour Inverness devait être parti depuis une demi-heure. Il entra dans le magasin et demanda à l'épicier :

– Quelqu'un aurait-il vu Bella Comyn prendre le bus ?

Nessie Currie surgit derrière lui, les yeux étincelants derrière ses épaisses lunettes.

– Oui. La pauvre petite est partie avec deux grosses valises. Elle est arrivée à l'arrêt de bus dans une voiture de police. Que se passe-t-il ?

Question à laquelle Hamish ne répondit évidemment pas. Il retourna au poste et téléphona à Jimmy.

– Bella Comyn a pris le bus pour Inverness. Johnny Peters l'a conduite à l'arrêt avec ses bagages. Qu'est-ce qui lui a pris ?

– Je vais voir s'il est rentré, et je vous rappelle.

Hamish profita de l'attente pour aller promener Lugs. Une fois de retour, il lui donna à manger, et il se demandait s'il n'allait pas rappeler Jimmy quand le téléphone sonna. Justement, c'était lui.

– Peters ne connaissait rien à la situation, expliqua l'inspecteur. Il venait de prendre son service et on lui a simplement dit de la ramener à Lochdubh. Elle lui a fait avaler toute une histoire : son mari avait disparu et elle était tellement inquiète qu'elle voulait aller se réfugier dans sa famille à Inverness. Elle lui a demandé cinq minutes pour faire ses valises et il l'a conduite à Lochdubh. Il a entendu qu'elle téléphonait à sa banque. Il dit qu'elle a eu l'air très ennuyée par les nouvelles qu'elle a reçues.

– J'ai conseillé à Sean de faire bloquer leur compte joint.

– D'accord. Bon, bref, elle est montée dans le bus. L'oiseau s'est envolé.

– Appelez les collègues d'Inverness. Il y a toujours l'affaire du chien à régler si nous ne trouvons rien d'autre contre elle.

– D'accord.

– Heureusement qu'elle ne sait pas conduire, ou elle aurait aussi pris la voiture de Sean. Je vais faire un saut à Stoyre pour aller le chercher.

– Pourquoi avoir choisi Stoyre ? demanda Hamish au fermier alors qu'il le reconduisait à Lochdubh.

– C'était le loyer le moins cher sur le marché, répondit Sean. Une location de vacances. Je n'ai payé que pour un mois.

– Savez-vous où Bella aurait pu aller ? A-t-elle de la famille ?

– Elle est fille unique, et son père et sa mère sont décédés.

– Et à votre mariage, elle a bien dû avoir des invités ? Des parents, des amis ?

– Non. Nous nous sommes mariés le plus simplement possible à l'état civil, avec deux de mes cousins comme témoins.

– Elle n'a pas d'amis ? insista Hamish.

Il hésitait à parler de l'homme d'Inverness que Bella avait mentionné. Étant donné qu'elle avait dit regretter de ne pas l'avoir épousé à la place de Sean, il préféra se taire.

– Je n'ai jamais vu personne, dit Sean.

– Vous n'avez pas trouvé ça bizarre ?

– Non. J'ai pensé que je lui suffisais et qu'elle n'avait besoin de personne d'autre. J'étais tellement flatté de plaire à une fille aussi jeune et aussi jolie…

– J'espère que vous avez compris la leçon, Sean, et que vous n'avez plus de sentiments pour elle. Si elle revient, vous devez m'appeler tout de suite.

– Oui, bien sûr. Elle n'aurait pas dû tuer un de mes chiens. C'était lequel des deux ?

– Je ne sais pas.

– Sans doute Bob, soupira Sean. Il n'était pas farouche. Queenie avait très peur d'elle et ne s'en approchait jamais.

Alors qu'ils arrivaient à la ferme, Sean fit part à Hamish de ses angoisses.

– C'est bizarre. Ma vie va reprendre à peu près

comme avant mon mariage, mais ça ne sera plus tout à fait pareil, si vous voyez ce que je veux dire. Je vais avoir peur tout le temps de la voir là, derrière moi, dès que je me retournerai.

– Elle a réussi à nous échapper et je doute qu'elle revienne. Elle est recherchée pour le meurtre du chien : la cruauté envers les animaux est punie par la loi. Prenez un avocat, divorcez.

Hamish arrêta la Land Rover devant la maison et Sean en descendit. Il tira sa grosse valise du coffre puis remercia Hamish.

– Attendez, dit ce dernier. Il vaut mieux que je rentre avec vous pour que nous constations ensemble l'état des lieux. Vous me direz si elle a emporté quelque chose qui ne lui appartient pas.

Sean sortit sa clé et ouvrit la porte. Hamish attendit dans la cuisine pendant que le fermier faisait un rapide inventaire.

– Elle n'a emporté que ses propres affaires, rapporta-t-il.

Il alla à la porte et poussa un sifflement strident. Un collie arriva en bondissant.

– C'est bien ce que je pensais, c'est Queenie, dit Sean en caressant l'animal. C'est bon, Hamish, vous pouvez me laisser. Ça va aller.

– Vous feriez mieux de raconter franchement l'histoire autour de vous, Sean. Rétablissez la vérité. Elle a fait croire à tout le monde que vous la brutalisiez. Il n'y a pas de honte à avouer que c'était l'inverse. Les gens trouveront naturel que vous n'ayez pas pu vous défendre. On ne frappe pas une femme, même quand elle vous agresse.

– Je ne sais pas. Je verrai.

De retour au poste, Hamish téléphona à Jimmy Anderson.

– Alors, il y a du nouveau ?

– Non. Elle nous a filé entre les doigts. Les collègues l'attendaient à la gare routière d'Inverness, mais elle n'était pas dans le bus. Le chauffeur l'a vue descendre à Dingwall. On a enquêté là-bas, mais aucun signe d'elle. Ni sur les autres lignes de bus, ni à la gare ferroviaire. Elle doit se cacher quelque part.

– Les collègues de Dingwall ont pensé à interroger les compagnies de taxis ?

– On a mis fin aux recherches, Hamish.

– Comment ça ?

– Blair estime que c'est une perte de temps. Ce n'est qu'une fille qui a tué un chien. Il nous a ordonné de ne plus nous occuper de cette affaire.

– Mais cet abruti n'a pas compris qu'elle pourrait tuer un être humain la prochaine fois ?

– Il s'en moque.

– Bon. Pendant que je vous ai au téléphone, avez-vous entendu parler de Stoyre, récemment ?

– Stoyre ? Je ne sais même pas où ça se trouve.

– C'est un petit village côtier, au nord.

– Ah, dans votre secteur, alors. Non, on ne nous a rien signalé.

Hamish le remercia et raccrocha. Il appela Mrs Wellington dans la foulée pour lui dire la vérité sur les ennuis de Sean. Au début, elle ne voulut pas le croire, mais le meurtre du chien la convainquit.

– Une femme qui a commis un acte pareil est capable de tout, jugea-t-elle.

Hamish appela ensuite Angela Brodie pour la mettre elle aussi au courant. Il en profita pour lui poser une autre question :

– Une nouvelle famille vient de s'installer à Lochdubh, les Bain. Où se trouve leur maison ?

– Au bout du village. L'ancienne propriété de la veuve de l'éboueur, Martha Macleod. Vous devez vous souvenir qu'elle est allée vivre au Tommel Castle Hotel avec votre ancien adjoint quand elle s'est remariée avec lui.

Clarry avait secondé Hamish lors de sa dernière, et brève, promotion au rang de sergent. Il avait depuis quitté la police pour devenir chef cuisinier au restaurant de l'hôtel.

– Je passerai les voir demain, décida Hamish.

– Pour quoi faire ?

– Une visite de bienvenue, rien de plus.

Hamish avait beau dire, il se souvenait qu'Elspeth, qui avait souvent d'excellentes intuitions, lui avait non seulement conseillé de se méfier de Bella, mais aussi d'interroger les Bain. Elle avait jugé que les nouveaux venus se conduisaient comme des gens traumatisés.

Hamish dépassa le commerce de Mr Patel et prit le chemin qui menait à la maison des Bain. Il frappa et la porte s'ouvrit sur une petite dame toute frêle. Elle avait un teint maladif et des petits yeux noirs méfiants.

– Mrs Bain ?

– Oui. Il est arrivé quelque chose ? Mairie va bien ? Je l'ai envoyée faire des courses.

– Ne vous inquiétez pas. Je passe juste vous faire une visite de courtoisie. Je sais que vous venez d'emménager et que vous venez de Stoyre.

– Oui, c'est bien ça. Tout va bien.

À l'évidence peu disposée à bavarder, elle fit mine de refermer la porte.

– Un instant, lança Hamish, surpris par sa froideur. Je peux parler à votre mari ?

– Il dort. Il a passé la nuit en mer pour la pêche.

Une petite voix éclata derrière Hamish.

– Je te rapporte le lait, maman.

Hamish sursauta et vit derrière lui une fillette d'une dizaine d'années.

– Rentre tout de suite ! ordonna sa mère.

L'enfant se glissa entre eux et disparut à l'intérieur.

– Vous êtes sûre que tout va bien ? insista Hamish.

– Oui, oui, absolument. Maintenant, je vous demande de m'excuser, mais…

– Est-ce que quelque chose de spécial vous a poussés à quitter Stoyre ?

Sur le point de fermer, elle hésita.

– Non… Pourquoi ?

– J'ai trouvé qu'il y avait une drôle d'atmosphère là-bas, quand j'y suis allé.

– Une atmosphère ! Je ne vois pas ce que vous pouvez faire contre une atmosphère !

Et sur cette raillerie, elle claqua fermement la porte.

Hamish repoussa son képi sur ses cheveux roux pour se masser pensivement le front, puis il retourna sur le port. Archie Maclean, un pêcheur, était assis sur le muret devant son cottage, une cigarette roulée au bec.

– Belle matinée, Archie, dit Hamish en s'asseyant à côté de lui.

– *Aye*, pour sûr, pour sûr.

– Vous ne dormez jamais ?

– Je ferai une sieste cet après-midi. Madame est encore en train de faire le ménage.

Et en effet, un grand bruit d'aspirateur sortait du cottage, derrière eux.

– Je suis passé voir les Bain, commença Hamish.

– *Aye*. Harry Bain est sorti avec nous cette nuit.

– Quel genre d'homme est-ce ?

– Un petit gars pas très causant, mais c'est un bon travailleur.

– Il arrive de Stoyre. Vous avez entendu dire des choses sur Stoyre récemment, Archie ?

– Pas spécialement, sauf qu'ils doivent avoir un prédicateur formidable là-bas. Ces temps-ci, l'église est toujours pleine.

– La prochaine fois que vous verrez Harry, essayez de lui faire dire ce qui n'allait pas.

– D'accord, mais vous pensez à quoi ? À des activités criminelles ?

– Peut-être, je ne sais pas. Juste une intuition.

Hamish marcha jusqu'au poste en s'arrêtant en chemin chez Patel pour prendre les journaux. Il était temps de se détendre un peu, d'oublier Bella et Stoyre. Il sortit son transat et s'installa au jardin pour lire, Lugs à ses pieds.

Le téléphone sonna dans le local de police. Hamish baissa impatiemment son journal et laissa le répondeur se déclencher. La fenêtre du poste étant ouverte, il eut la désagréable surprise d'entendre la voix de Blair après le signal sonore.

– Filez tout de suite à Stoyre ! Le cottage du major Jennings vient de sauter.

– Où est le major ? demanda Hamish qui avait rejoint Jimmy et le reste de la brigade dans les décombres calcinés de la maison.

– Il a pris le premier avion pour monter ici. L'unité antiterroriste ne devrait pas tarder.

– Nous sommes trop au nord pour que ça soit l'IRA.

– Le major est à la retraite, mais il a servi dans le renseignement militaire. Il pourrait tout de même y avoir un lien avec l'Irlande du Nord.

– Est-on sûr qu'il s'agit d'une bombe ? Cela ne pourrait pas être un accident ? Comme une bouteille de gaz défectueuse ?

– C'est trop tôt pour le dire. Ça pourrait très

bien aussi être une initiative locale anti-anglaise. Vous avez vu le film *Braveheart* ?

– Bien sûr. Un ramassis de bêtises plein d'erreurs historiques impardonnables.

– *Aye*, mais vous devez savoir comme moi que le film a suscité beaucoup de sentiments anti-anglais chez des gens pas très futés. Souvenez-vous de l'incendie chez cette personnalité du show-biz, Cameron Mackintosh, du côté de Mallaig. Sa maison a été totalement détruite.

– Oui, nous verrons bien, conclut Hamish avec inquiétude.

Il n'en revenait pas : des choses pareilles ne pouvaient pas se produire à Stoyre. Il contempla le paisible spectacle de la mer en bas de la colline dans le port ensoleillé. Il se passait pourtant quelque chose de grave.

Blair les rejoignit, l'air affairé.

– Allez, Macbeth, bougez-vous un peu. Allez faire du porte-à-porte pour tirer les vers du nez à ces bouseux.

Hamish descendit la colline, laissant derrière lui la carcasse de la résidence secondaire du major.

Il décida de commencer par le presbytère. La porte s'ouvrit après une longue attente. Il crut d'abord avoir affaire à une petite fille, tant la personne qu'il vit avait l'air jeune avec sa fine silhouette, sa courte robe d'été et ses deux nattes. Les jambes grêles, les socquettes blanches et les petites chaussures plates renforçaient cette impression. Seul le fin réseau de rides sur son visage indiquait que c'était une adulte.

– Mrs Mackenzie ?

– Oui, monsieur l'agent. Je vous fais entrer ? Mon mari est absent pour les affaires de la paroisse.

Sa voix, douce et chantante, était agréable.

Il entra en ôtant son képi et la suivit dans un couloir dallé de pierre jusqu'à la cuisine. De longues fenêtres à guillotine ouvertes laissaient passer un courant d'air qui faisait voleter des voilages blancs. Une cuisinière Rayburn rouge trônait le long d'un mur, et un vaisselier chargé d'assiettes à joyeux motifs occupait l'autre. Au milieu de la pièce, une table de cuisine en bois brut était entourée de chaises à barreaux.

– Asseyez-vous, monsieur l'agent. Vous voulez du café ?

– Avec plaisir.

Elle mit du café en poudre dans deux mugs, prit la bouilloire sur la cuisinière et versa l'eau chaude.

– Servez-vous de lait et de sucre, recommanda-t-elle en prenant un siège face à lui. J'imagine que vous êtes ici à cause de l'horrible accident.

– L'explosion dans le cottage du major, oui. Auriez-vous quelque chose à m'apprendre ?

– Non, rien du tout.

Elle avait un vrai regard de Highlander : des yeux bleu ardoise, légèrement en amande, qui reflétaient tout sans trahir le moindre sentiment.

– Nous avons été réveillés à l'aube par une

explosion énorme, reprit-elle. Les fenêtres du presbytère ont été violemment secouées.

– J'imagine que vous vous êtes levés pour voir ce qui se passait…

– Non, en fait. Nous étions tous les deux très fatigués et nous nous sommes rendormis.

– Ah bon ? C'est difficile à croire. La curiosité humaine étant ce qu'elle est, vous avez dû courir dehors pour voir ce qui arrivait.

– Des choses étranges arrivent tous les jours, répondit-elle sereinement. C'était la volonté de Dieu et ce n'est pas à nous de juger les actions du Seigneur.

– Mais là, il s'agit des affaires des hommes et cela nous concerne tous, répliqua sèchement Hamish. Je veux dire, ajouta-t-il en la scrutant attentivement, que ce n'est pas Dieu qui a fait sauter la maison du major. C'est l'œuvre d'un ou de plusieurs criminels.

– Il aurait pu s'agir d'un éclair, d'un coup de foudre.

– Vous pensez vraiment que Dieu a détruit la maison du major ? Ça n'a aucun sens. Et d'après vous, quel péché un homme respectable comme le major a-t-il bien pu commettre pour s'attirer les foudres divines ?

Les lèvres fines de la femme du pasteur disparurent presque tant elle les pinçait.

– Il ne vient jamais au culte quand il est là.

– Naturellement : c'est une église presbytérienne. Le major appartient probablement à l'Église anglicane, pas à l'Église libre d'Écosse.

– Peut-être bien, mais ça ne change rien.
– C'est-à-dire ?
Elle but une gorgée de café en silence, sous le regard impatient d'Hamish. Devant son silence prolongé, il insista :
– Vous n'avez vraiment rien à ajouter ?
– Non, je n'ai rien d'autre à vous dire.
Il se leva et prit son képi.
– Si quelque chose vous revenait, contactez-moi.
– Vous trouverez la porte ? Je ne vous raccompagne pas ?
– *Aye.*
N'y comprenant rien, Hamish longea le couloir. Il s'arrêta dès qu'il eut passé la porte du presbytère pour regarder Stoyre à ses pieds. Les maisons, en bas de la colline, se serraient devant une mer calme comme un lac. L'air était frais et pur. Un peu plus haut derrière lui dans la lande, un bêlement se fit entendre.
Il descendit au village et entra dans le pub. Les quelques clients qui occupaient des tables se levèrent comme un seul homme à son arrivée et sortirent. Hamish interpella Andy Crummack, le patron, très occupé à essuyer les verres derrière le bar.
– Je fais fuir la clientèle, on dirait.
– Nous sommes des gens discrets, ici. Nous n'aimons pas beaucoup les flics qui viennent mettre leur nez dans nos affaires.
– Il va falloir vous y faire, rétorqua Hamish, parce que vous allez en voir défiler pas mal d'autres ces

jours-ci. Bon, ajouta-t-il en sortant son calepin, où étiez-vous quand l'explosion a eu lieu chez le major ?

– Dans mon lit.

– Êtes-vous sorti pour voir ce qui se passait ?

– Non, j'ai cru que c'était l'orage.

– Mais enfin !... L'explosion a dû être monstrueuse. À quelle heure l'avez-vous entendue ?

– Juste après cinq heures. J'ai regardé l'heure.

– Andy, quelque chose se passe dans ce village, et je trouverai quoi.

– *Aye*, c'est votre boulot, je sais.

La porte du pub s'ouvrit et Elspeth passa la tête à l'intérieur. Hamish lui fit signe, soulagé de voir quelqu'un d'à peu près normal et surtout d'extérieur à cet étrange village.

– Venez boire un verre. Mais si vous espérez lui tirer des informations, ajouta-t-il en désignant Andy avec le pouce, vous allez être déçue.

Hamish commanda un Schweppes pour lui-même et un whisky pour Elspeth, et, une fois servi, porta les deux verres à une table.

– Vous avez appris quelque chose ? demanda-t-il.

– Rien du tout. Tout le monde a entendu l'explosion à l'aube et très bizarrement, personne n'est sorti pour voir ce qui se passait, ni n'a même regardé dehors.

– Avez-vous toujours l'impression qu'ils ont peur de quelque chose ?

– Pas vraiment, c'est ça le plus drôle. Ils font de leur mieux pour cacher leurs sentiments, mais sous le masque, je sens qu'ils sont ravis, au fond. Ils jubilent et ils ne veulent surtout pas que ça se voie, comme des enfants qui cachent quelque chose.

– Et vous ne pensez pas, intervint Hamish en la regardant attentivement, que vous obtiendriez plus de confidences en vous habillant un peu moins bizarrement ?

Elspeth, qui portait un haut gris transparent sur un short en jean, et toujours ses grosses chaussures de marche, répliqua :

– Mais non, monsieur le ringard, on ne tirera rien de ces gens, quoi qu'on fasse.

Hamish vit derrière elle par la fenêtre une silhouette familière qui se dirigeait vers le pub.

– Attention, voilà Blair, siffla-t-il entre ses dents. Ne dites pas que vous m'avez vu.

Il sauta par-dessus le comptoir et passa dans la réserve au moment où l'inspecteur-chef entrait. Au milieu de la pièce, le patron du pub était à genoux, une bible entre les mains, tellement perdu dans sa prière qu'il ne leva pas la tête au passage d'Hamish. Le policier le contourna et sortit par-derrière en traversant un jardinet mal entretenu.

Il se dépêcha de reprendre son porte-à-porte pour interroger les villageois et reçut très exactement les mêmes réponses qu'Elspeth. Il repartait d'une maison quand il fut hélé par Jimmy Anderson qui lui demanda :

– Vous avez du nouveau ?

Hamish soupira.

– J'ai l'impression qu'ils pensent que c'est la volonté divine. Personne ne s'en est encore pris à un Anglais par ici auparavant. Ils se méfient de tout et de tout le monde, pas seulement des Anglais. Pour eux, tout ce qui est au sud de Perth est suspect et détestable.

– Vous avez vu Blair ?

– Il est entré dans le pub. Il doit encore y être.

– Bon, ça va l'occuper un moment. Le major doit arriver cet après-midi. Je me demande s'il aura quelque chose de neuf à nous apprendre. L'équipe de déminage inspecte encore les ruines. D'après eux, ce serait une de ces bombes artisanales aux engrais chimiques utilisées par l'IRA.

– Sauf que ça m'étonnerait que ce soit un coup des indépendantistes irlandais, marmonna Hamish. Il se passe quelque chose de bizarre ici, Jimmy.

– Tout à fait d'accord. Pour moi, c'est quelqu'un d'ici qui a fait ça par jalousie, même s'ils pensent que c'est le Bon Dieu qui fait tout. Il y a beaucoup de consanguinité dans la région ?

– Plus maintenant, non.

– En tout cas, je deviendrais dingue si je devais vivre dans un coin perdu comme Stoyre. Vous imaginez l'hiver, quand le soleil ne se lève qu'à dix heures et se couche à quatorze heures ?

– C'est pareil à Strathbane.

– *Aye*, mais à Strathbane, on est en ville, mon vieux. Il y a des lumières, des voitures, le théâtre, le cinéma, les boîtes de nuit.

– Et la criminalité, la drogue…

– Possible, mais rien d'aussi spectaculaire que ce qui vient de se passer ici.

– Tiens, voilà le chef…

Blair les rejoignit, le visage congestionné et l'haleine empestant l'alcool.

– Vous, dit-il à Jimmy, venez, on retourne chez le major. Et vous, Macbeth, reprenez vos activités habituelles. Nous sommes suffisamment nombreux.

Hamish partit sans regret. Il comptait sur Jimmy pour lui raconter l'évolution de l'enquête et n'avait plus aucun espoir de tirer la moindre information des habitants.

Sur la route de Lochdubh, il remarqua un nuage, petit et rond, du côté du soleil. L'air qui entrait dans la voiture par la fenêtre était chargé d'humidité et la nature se taisait, dans cette attente particulière annonciatrice de pluie. Le temps de rentrer au poste, le ciel était devenu uniformément gris, comme si le plafond nuageux était descendu d'un bloc plutôt que de venir de la mer, poussé par le vent.

Hamish promena Lugs, le nourrit, après quoi il se restaura lui-même. Il alla vérifier que ses moutons se portaient bien et rentra juste à temps, au moment où de grosses gouttes commençaient à s'écraser sur le sol. Il remplit la théière, puis s'assit à la table de la cuisine pour réfléchir aux événements de Stoyre. Le retour de la grisaille et le doux crépitement familier de la pluie lui remirent les idées en place et lui rendirent son intime compréhension des

Highlands. Il eut la certitude que la bombe avait été posée par un habitant qui voulait chasser le major. L'Anglais s'était sans doute fait un ennemi, directement ou par la faute de l'un de ses invités et, comme Hamish le savait, la rancune ici était tenace et la vengeance se mangeait froide.

Il emporta son mug de thé dans le bureau du poste de police et resta à la fenêtre, les yeux posés sur les eaux du loch grêlées de pluie. Un épais brouillard dévalait la pente des montagnes sur l'autre rive, formant des couronnes grises autour des cimes dans la forêt. Un petit bateau de plaisance entra dans son champ de vision. Deux personnes ramenaient les voiles et on entendait le ralenti du moteur auxiliaire.

Il s'assit à son bureau, alluma l'ordinateur et commença à taper son rapport. Se souvenant qu'il avait promis à Elspeth d'aller le lendemain, dimanche, à l'église de Stoyre avec elle, il songea que ce serait intéressant d'entendre le sermon de Fergus Mackenzie. Il était très curieux de voir ce qui suscitait une telle ferveur religieuse chez les gens de Stoyre.

Jimmy Anderson vint le trouver en début de soirée.

– Sale temps, maugréa l'inspecteur. Vite, un whisky !

– Je n'en ai plus, et l'épicerie est fermée. Le samedi, Patel ferme plus tôt.

– Vous avez autre chose ?

– Un peu de brandy qui remonte à Noël.

– Sortez-le toujours, ça fera l'affaire.

Hamish attrapa la bouteille en haut d'un placard.

– Je vous laisse boire seul. Je n'aime pas beaucoup le brandy.

– J'imagine, s'il vous en reste de Noël... Tant mieux. N'en dégoûtez pas les autres.

Hamish versa une bonne dose dans un verre et le posa devant Jimmy, qui grelottait.

– Il ne fait pas chaud, chez vous ! se plaignit ce dernier.

– Je vais allumer le poêle. Ce sera tout ?

– Pour l'instant. Ah ! ça fait du bien, ajouta-t-il après la première gorgée. J'en avais besoin. Blair commence à me fatiguer. Du beau linge de Scotland Yard et des gars du MI5 sont arrivés et Blair se fait mousser en me traitant comme un larbin et en leur léchant les bottes.

Hamish chargea le poêle avec du petit bois et du papier, puis craqua une allumette. Dès que le feu eut pris, il ajouta plusieurs briques de tourbe noire et des bûchettes.

– À mon avis, c'est quelqu'un d'ici qui a fait le coup, confia-t-il à Jimmy.

– Sauf que je suis sûr que pour la plupart de ces arriérés, c'est le Bon Dieu le grand responsable.

– Vous êtes arrivé à les faire parler ?

– Pas trop. Mrs MacBean, de l'épicerie, a été un peu plus bavarde que les autres.

– Ah ! Tant mieux.

– Quand je lui ai demandé pourquoi le Bon Dieu aurait eu une dent contre le major Jennings, elle a répondu que les voies du Seigneur étaient impénétrables. Elle s'est vraiment lâchée, à côté des autres. Je n'ai pas tiré un seul mot du reste de la troupe.

– Tant que les autorités penseront que c'est un attentat terroriste, les villageois ne seront pas inquiétés. Le major est arrivé ?

– Oui, mais ça ne semble lui faire ni chaud ni froid. Il dit que l'assurance va le rembourser. Il reconnaît avoir eu quelques problèmes avec les gens d'ici, et il pense que c'est une vengeance personnelle.

– Il a désigné quelqu'un en particulier ?

– Non. Il a juste parlé des tracas auxquels peuvent s'attendre tous les « étrangers ». Aucun artisan disponible pour les petits travaux, pour entretenir le jardin, ce genre de choses.

– Je vais à Stoyre demain pour assister au service. J'espère arriver à comprendre ce qui leur a soudain redonné la foi.

– Attention de ne pas vous laisser contaminer vous aussi, ricana Jimmy. Hep ! par ici la bouteille.

4

« Partout, ici, la terre est consacrée et sainte. »

Lord Byron

Le soulagement d'Hamish fut grand quand il passa chercher Elspeth le lendemain. Au moins, elle avait fait l'effort de s'habiller correctement pour aller à l'église. Il s'était presque attendu à lui voir porter l'un de ses éternels minishorts, mais, bien au contraire, elle avait choisi une jupe longue noire et un pull de même couleur, et une étole écossaise. Seul bémol, il remarqua en la voyant monter dans la Land Rover qu'elle portait tout de même ses grosses chaussures habituelles.

– Vous n'avez pas de chaussures normales ? demanda-t-il.

– Hamish Macbeth ! Ne jouez pas les maris grognons avec moi, ça ne vous va pas. Je vous signale que les pieds des femmes qui ont porté des talons hauts toute leur vie ne sont pas beaux à voir. Ils sont complètement déformés et tordus. Démarrez donc et mêlez-vous de vos affaires.

Une fine bruine mouillait le pare-brise. Hamish appuya sur la manette des essuie-glaces, qui se mirent péniblement en marche en grinçant.

– Vous avez besoin de changer vos essuie-glaces, commenta Elspeth.

– Pas du tout, rétorqua Hamish qui faisait parfois des économies de bouts de chandelle. Ils marchent très bien quand c'est de la vraie pluie.

Comme pour lui donner raison, il se mit à pleuvoir à torrents.

– La météo est plutôt optimiste, signala Elspeth. Il paraît que le ciel va se dégager plus tard.

– Avez-vous une hypothèse sur l'origine de la bombe chez le major Jennings ?

– C'est un coup des habitants de Stoyre, j'en suis sûre. Et pour des raisons religieuses. Ça sent le fanatisme à plein nez.

– Donc d'après vous, ce serait le Bon Dieu qui leur aurait ordonné de faire sauter la maison ?

– Un truc du genre, répondit Elspeth négligemment. Eh, regardez ! Il y a un petit morceau de ciel bleu là-bas.

Alors qu'ils approchaient de Stoyre, la pluie cessa brutalement. Elspeth, pourtant habituée aux changements climatiques rapides des Highlands, fut surprise par la fuite des nuages et par l'intensité du soleil qui dardait ses rayons sur une mer encore noire. De la fumée s'élevait au-dessus des toits en bas de la côte. Les villageois, qui pour la plupart ne disposaient toujours que d'un chaudron dans leur cheminée pour chauffer leur eau, devaient faire du feu toute l'année.

Les rubans de signalisation de la police battaient au vent en haut de la colline, autour des ruines de la maison du major Jennings. Le parking du port était envahi par les véhicules de la presse et de la télévision.

– La concurrence est là, remarqua Hamish.

– Ils ne tireront rien des gens d'ici. Je ferai mieux qu'eux.

– Vous êtes bien sûre de vous !

– Je suis une fille des Highlands, moi.

Hamish eut le plus grand mal à trouver un endroit où se garer.

– En tout cas, si les journalistes pensent pouvoir boire un verre, ils seront déçus, remarqua-t-il. Le pub ferme le jour du Seigneur.

Ils descendirent de la Land Rover et traversèrent des groupes de journalistes désœuvrés qui attendaient du nouveau. Personne ne s'intéressa à eux : après avoir tenté en vain de soutirer des informations aux habitants, même les plus professionnels étaient découragés.

Elspeth et Hamish rattrapèrent les habitants de Stoyre qui montaient à l'église en file indienne.

– Bien, dit Hamish, nous allons enfin savoir ce que leur raconte le pasteur.

La petite église était simplement peinte en blanc à l'intérieur. Il n'y avait pas de statues religieuses, pas de croix. Même pas d'orgue. Le chef de chœur, à l'avant sur le premier banc, fit sonner son diapason et chanta la première note pour l'assemblée qui entonna l'hymne d'ouverture : « Là-bas sur une verte colline, hors les murs de la ville, au loin. »

– Quand j'étais petite, je croyais que les murs de la ville étaient en or, murmura Elspeth. J'ai été déçue en apprenant que cela voulait juste dire « en dehors des murs ».

– Chuuuut ! siffla une vieille dame indignée.

L'hymne fut suivi par deux lectures tirées de la Bible, puis le pasteur se leva pour prononcer son sermon. Hamish, très attentif, s'étonna. La ferveur religieuse des habitants de Stoyre n'était certainement pas causée par l'éloquence de Fergus Mackenzie. Hamish et Elspeth, assis au fond de l'église, devaient tendre l'oreille pour l'entendre. Sa voix ne portait pas du tout, et puis il parlait sans conviction. Il ne s'enflammait pas, ne menaçait personne des feux de l'enfer, bien au contraire. Il disait que les villageois étaient des élus de Dieu et qu'ils devaient se montrer à la hauteur de cette distinction. Il fut question de Moïse et du buisson ardent, puis de la fuite du peuple hébreu vers la Terre promise. La chaleur ambiante, accentuée par le soleil qui passait par les vitraux, eut un effet soporifique sur Hamish, déjà bercé par la voix douce du pasteur. Voyant qu'il dodelinait de la tête, Elspeth lui donna un coup de coude.

– Réveillez-vous !

Le service s'acheva sur le Psaume XXIII : « L'Éternel est mon berger ».

Elspeth et Hamish attendirent dehors la sortie des fidèles dans l'espoir de les entendre échanger quelques mots avec le pasteur. Ils ne captèrent que des félicitations murmurées sur le sermon et quelques réponses aux questions qu'il posait sur la santé des enfants.

Ayant repéré Mrs MacBean, Hamish attrapa Elspeth par le bras et ils emboîtèrent le pas à l'épicière.

– Quelle catastrophe, ce qui est arrivé au major, remarqua-t-il.

– Ce n'est pas un sujet de conversation pour un dimanche, rétorqua Mrs MacBean d'un ton pincé. Concentrons-nous plutôt sur des pensées qui élèvent l'âme.

Cela rappela à Hamish que les plus pratiquants des presbytériens ne saluaient même pas leur meilleur ami le dimanche. Comme Mrs MacBean, ils ne pensaient qu'au salut de leur âme et respectaient scrupuleusement le jour du Seigneur. La religion leur tenait tellement à cœur qu'ils désignaient même un membre de la paroisse pour surveiller leurs voisins le dimanche et rappeler à l'ordre ceux qui commettraient l'horrible crime de regarder la télévision ou d'étendre leur linge.

L'épicière pressa le pas pour leur fausser compagnie et ils descendirent la colline dans son sillage.

– J'ai apporté un petit pique-nique, dit Hamish à Elspeth. Asseyons-nous sur la digue, les pierres ont dû avoir le temps de sécher.

Il prit un panier dans la Land Rover.

– Vous êtes bien organisé, s'amusa Elspeth.

Vexé, Hamish se demanda pourquoi la moindre remarque d'Elspeth lui paraissait être une critique.

Ils partagèrent les fruits et les sandwichs qu'il avait préparés, et une thermos de café.

– Bien, dit-il entre deux bouchées, faisons le point. Que savons-nous ?

– Que dalle, répliqua Elspeth, le regard posé sur la ligne bleue de l'horizon.

– Réfléchissez un peu ! lui enjoignit Hamish. Si les collègues ont trouvé des preuves désignant des membres de l'IRA, personne ne s'intéressera à ce qui se passe ici parce qu'on pensera que les coupables sont depuis longtemps repartis en Irlande.

– Bon, d'accord, voyons un peu… D'abord, quelque chose leur a fait peur. Nous avons senti comme une menace dans l'air. Ensuite, cette peur a disparu. Les gens de Stoyre ont été rassurés. Par quoi ? Bon, je me lance : le pasteur a parlé de Moïse et du buisson ardent. Il a parlé de ses fidèles en disant qu'ils étaient le peuple élu… Les habitants de Stoyre, pas les Hébreux. Les gens sont très superstitieux par ici. N'oublions pas qu'on ne voit pas souvent de soleil comme aujourd'hui.

Habituellement, la côte est battue par les tempêtes, et la terre est pauvre. Pas facile de gagner sa vie avec l'agriculture, et la pêche est de plus en plus mauvaise à cause du déclin des ressources, avec la réglementation de l'Union européenne qui n'arrange rien.

– On devrait tous aller vivre à Bruxelles, maugréa Hamish. Je parie qu'ils se contrefichent de la réglementation là-bas.

– Chut ! Vous m'avez demandé de réfléchir. Peut-être que quelqu'un a eu des visions.

– L'alcool aidant, tout est possible.

– L'un d'entre eux a vu je ne sais quoi. Sûrement pas la Vierge Marie. Ça ne cadre pas avec leur espèce de christianisme, ce serait trop catholique pour eux. Cela ne peut pas non plus venir du folklore celte, la peur d'une créature mythique comme un *kelpie* par exemple. Si c'était le cas, ils ne viendraient pas se rassurer à l'église. Ils ont eu peur, puis ils ont été rassurés. En tout cas, ils ne veulent pas en parler.

– Bien, voilà pour le surnaturel, dit Hamish. Passons aux autres hypothèses. Café ?

– Je veux bien, merci.

– Quoi d'autre ? Mettons qu'une ou plusieurs personnes veuillent isoler Stoyre pour en chasser les curieux.

– Ce serait un petit port bien pratique pour débarquer de la drogue, approuva Elspeth.

– Exactement. Mais dans ce cas, les gens auraient

vu des hommes en chair et en os dans un bateau bien réel. Je vais aller discuter encore un peu avec Sean Comyn, et puis je retournerai voir la famille Bain. Tiens, voilà Jimmy.

Hamish fit signe à Jimmy Anderson qui était arrivé sur le port et se dirigeait vers eux. L'inspecteur épongeait son visage plein de malice avec un grand mouchoir.

– Je ne me doutais pas qu'il allait faire aussi chaud, se plaignit-il en s'arrêtant devant eux. Bonjour, Elspeth. Vous n'auriez pas un petit quelque chose à boire, Hamish ?

– Il reste un peu de café dans la thermos.

– Du café ! Beurk ! On ne trouve pas la moindre goutte d'alcool dans ce bled.

– Comment avance l'enquête ?

– Elle se heurte à un mur de silence. Blair a tenu à se charger de certains des entretiens et j'ai bien cru qu'il allait nous faire une attaque. Personne n'a rien vu. Personne n'a même quitté son lit pour voir d'où venait le bruit d'explosion.

– Des signes d'activité terroriste ?

– Pas le moindre. Et vous ? Du nouveau ?

– Toujours pareil : un événement quelconque a déclenché une crise de fanatisme religieux chez eux. Pour ce qui est du terrorisme, nous savons que le major invitait souvent des amis à la pêche. Y avait-il dans la liste de ces personnes une cible possible ?

– Non. Le major a travaillé dans le renseignement à Belfast, mais c'était il y a très longtemps, et à un poste très secondaire. De toute façon, il est à la retraite. La mésaventure ne l'a pas perturbé. Il avait l'intention de vendre et l'assurance lui rapportera beaucoup plus que s'il avait trouvé un acheteur.

– Tiens, ça pourrait être lui le coupable.

Jimmy sourit.

– C'est ce que Blair a pensé et il a causé un bel incident diplomatique en l'accusant. Daviot a dû se déplacer lui-même pour calmer le jeu. Vous êtes en congé ?

– *Aye.*

– Je passerai peut-être vous faire un petit coucou à Lochdubh sur la route du retour. Vous avez du whisky ?

– Non, et vous avez sifflé tout mon brandy.

– Patel est ouvert ?

– Plus à cette heure-ci. Il n'ouvre que le dimanche matin pour que les gens puissent venir prendre leur journal du week-end.

– Quelle guigne ! Je rentre directement, alors.

– Combien de temps la police va-t-elle rester sur les lieux ? demanda Elspeth.

– Encore un bon moment. Si Stoyre est le centre d'un trafic quelconque, vous pouvez être sûre que rien d'autre ne se passera tant qu'il y aura des enquêteurs. Mettons que ce soit un gars du coin qui ait fait sauter la maison du major. Le mobile pourrait être la vengeance, mais je n'y crois pas.

On ne se donnerait pas tant de mal pour un type qui ne vient que l'été. D'un autre côté, le major a travaillé dans le renseignement militaire. Peut-être que quelqu'un a voulu se débarrasser d'un observateur extérieur plus avisé qu'un villageois ordinaire.

– Et Bella Comyn ? Des nouvelles ?

– Rien pour l'instant. Il faudrait vraiment retrouver cette femme avant qu'elle bousille la vie d'un autre homme.

Une fois de retour au poste après avoir déposé Elspeth chez elle, Hamish vaqua à ses occupations. Il nourrit d'abord ses poules qui n'étaient pour certaines pas de la première jeunesse parce qu'il n'avait pas le courage de les tuer pour les manger. Il promena ensuite son chien, puis alluma la télévision, estimant qu'il s'était assez fatigué pour un jour de congé. Sean et les Bain attendraient bien le lendemain matin.

Mais à peine eut-il enlevé les godillots qu'il portait même en civil que le téléphone se mit à sonner dans le local de police. Il se demandait encore s'il allait décrocher quand le répondeur se déclencha. La voix tonitruante de Mrs Wellington retentit après le signal sonore.

– Je viens de recevoir un coup de fil de Clarry, de l'hôtel. Il n'arrive pas à vous joindre. Une de ses serveuses dit qu'elle a vu Bella Comyn à Bonar Bridge aujourd'hui.

Hamish rappela la femme du pasteur pour lui demander des précisions.

– Où était-elle exactement ?

– À l'épicerie du pont.

Hamish la remercia, remit ses rangers et partit pour Bonar Bridge sans enthousiasme, Lugs installé sur le siège passager.

– Tu sais, Lugs, je me demande bien ce qui se passe à Stoyre.

Le chien daigna se détourner des beautés du paysage et tourna ses drôles d'yeux bleus vers son maître avec une sorte de soupir.

– Je ne sais pas non plus, approuva Hamish, et ça ne me plaît pas. J'ai des vacances à prendre. J'ai bien envie d'aller passer quelques jours là-bas pour tâcher de comprendre. Je pourrais louer la même maison que Sean avait prise. Ça te plairait d'aller à Stoyre ?

Lugs soupira une nouvelle fois.

– Non, tu as raison, répondit Hamish, je n'en ai pas très envie non plus, mais il se passe de drôles de choses là-bas, c'est sûr.

Ils se replongèrent l'un et l'autre dans leurs pensées jusqu'à Bonar Bridge.

L'endroit semblait désert. Hamish se gara devant l'épicerie et entra dans la boutique. Il n'y avait pas de clients. L'épicière, derrière le comptoir, lui demanda :

– Vous désirez ? Vous êtes Mr Macbeth, je crois.

– *Aye*, dit Hamish en ôtant son képi. Nous nous connaissons ?

– Nous nous sommes croisés à Braikie aux jeux des Highlands il y a deux ans. Mon fils n'arrivait pas à redescendre d'un arbre et vous êtes monté le récupérer.

– Ah oui, je me souviens. Mrs Turner, c'est bien ça ?

– Oui, tout à fait. Si je peux vous être utile…

– Je cherche Bella Comyn, une petite jeune femme blonde et jolie. Elle a été vue ici aujourd'hui.

– Oui, je vois très bien qui vous voulez dire. Vous la cherchez pour quoi ?

– Juste dans le cadre d'une enquête. Savez-vous où elle habite ?

– Dans une des maisons suédoises au bout là-bas, dans le lotissement. Au 24, Sutherland Lane.

– Elle vit seule ?

– Non, elle est en ménage avec Jamie Stuart. Ils vont se marier.

– Ah, tiens… Et que fait-il dans la vie, ce Jamie Stuart ?

– Il est mécanicien. Il travaille dans un garage à Alness.

– Merci, je vais aller voir chez eux.

Les maisons suédoises étaient des pavillons en bois d'un étage construits par le gouvernement juste après la Deuxième Guerre mondiale. Hamish roula au pas dans le lotissement en cherchant Sutherland

Lane. Le numéro 24 semblait en bon état. Le jardin était bien entretenu, les fenêtres avaient été récemment repeintes, ainsi que la porte d'entrée.

Il appuya sur la sonnette. Un homme jeune, plutôt gringalet, lui ouvrit.

– Que se passe-t-il ? demanda-t-il, la mine inquiète.

– Je voudrais voir Bella.

Le jeune homme recula pour le laisser passer.

– Entrez. J'espère que vous n'apportez pas de mauvaises nouvelles.

Il le conduisit dans la salle de séjour. Bella, assise dans un fauteuil, brodait une nappe. Elle présentait l'image charmante d'une jeune femme bonne à marier. À la vue d'Hamish, son regard brûla de haine, mais elle se contrôla et sourit.

– Tiens, Hamish. Comme c'est gentil de venir nous voir. Je vous offre du thé ?

Hamish s'assit sans répondre.

– Vous savez que la police vous recherche, Bella.

– Que se passe-t-il ? demanda Jamie.

– C'est à cause du chien que j'ai tué, dit Bella. Je t'en ai parlé. Je l'ai frappé à la tête pour me défendre, et maintenant, la SPA me harcèle.

Hamish se tourna vers Jamie.

– J'ai appris que vous vouliez vous marier. Vous savez que Bella est déjà mariée, j'espère...

– Oui, nous allons devoir attendre que le divorce soit prononcé, répondit Jamie.

– Êtes-vous bien sûre d'avoir demandé le divorce ? demanda Hamish à Bella.

– Elle n'a pas encore eu le courage de faire face à ce monstre, intervint Jamie. Quand on pense à la façon dont il l'a traitée !

Hamish se leva.

– La SPA va entrer en contact avec vous, Bella. Jamie, pouvez-vous sortir un instant avec moi ? J'ai à vous parler.

Jamie le précéda dans le jardin puis lui fit face.

– La pauvre ! Vous la persécutez !

– Je suis venu pour vous avertir du danger. Écoutez-moi bien. Bella est une femme violente qui bat ses maris. Si vous ne me croyez pas, allez demander à Mr Comyn à Lochdubh, il vous le dira mieux que moi. C'est une femme dangereuse qui n'en est pas à sa première condamnation pour violence.

Jamie le toisa du regard.

– Elle m'a tout raconté, et moi, je sais ce qui s'est vraiment passé. Sean a réussi à manipuler la police pour la faire passer pour la coupable. Je l'aime et, vous aurez beau faire, vous ne me ferez pas croire ces mensonges.

– C'est elle qui ment, et elle ment très bien. Avez-vous de l'argent ?

– Comment ça ?

– Vous avez des économies ?

Jamie avait l'air abasourdi.

– Des économies ? Mais un peu, oui. J'ai mis des

sous de côté, et ma mère est morte l'année dernière, ce qui fait que j'ai hérité de quelques biens.

– Eh bien, veillez sur votre argent, ou Bella va tout vous prendre. Et surtout, surtout, ne faites de testament en sa faveur sous aucun prétexte.

– Mais ça frise la calomnie ! Je peux me plaindre à votre hiérarchie, vous savez !

– Je vous en prie, ne vous gênez pas, soupira Hamish. Tenez, ajouta-t-il en plongeant la main dans la poche de son uniforme. Voilà ma carte. En cas de besoin, appelez-moi.

Jamie déchira la carte dont il jeta les morceaux par terre, puis il tourna les talons et rentra dans le pavillon, visiblement ulcéré.

Hamish se confia à Lugs dans la Land Rover :

– Voilà, j'ai fait de mon mieux. Maintenant, c'est à lui de voir.

De retour au poste, il envoya son rapport d'enquête à la Société protectrice des animaux malgré sa certitude de perdre son temps. En se disant victime d'un chien agressif, Bella avait trouvé la bonne parade : son mensonge lui éviterait d'être traînée en justice. Sean pourrait répéter sur tous les tons que son chien était la plus gentille bête du monde, son témoignage ne vaudrait pas grand-chose puisqu'il n'était pas présent au moment des faits. Bella n'aurait qu'à raconter que le chien était devenu méchant et l'avait attaquée justement à cause de l'absence de son maître. L'affaire resterait sans suite.

Il entendit la porte de la cuisine s'ouvrir et la voix de Jimmy Anderson appeler :

– Il y a quelqu'un ?

Hamish sortit du bureau pour le rejoindre. L'inspecteur apportait une grande bouteille de whisky.

– Où avez-vous réussi à dénicher ça un dimanche ? demanda Hamish.

– Au Tommel Castle Hotel. J'ai demandé au directeur de la mettre sur votre note.

– Je n'ai pas d'ardoise à l'hôtel !

– Si. Maintenant, vous en avez une. Allez, servez-nous un verre.

– Vous auriez quand même pu la payer, après tout l'alcool que vous avez bu chez moi !

Jimmy eut son habituel petit sourire roublard.

– Sans moi, vous ne sauriez rien sur les enquêtes en cours à Strathbane.

Hamish prit deux verres dans le placard de la cuisine et les posa sur la table. Les deux hommes s'assirent et Jimmy se servit une large dose, et une beaucoup plus modeste à Hamish.

– Je ne comprends pas comment la police ose arrêter les gens pour conduite en état d'ivresse alors que les inspecteurs empestent l'alcool, dit Hamish.

– Arrêtez de râler, buvez votre whisky et écoutez-moi. C'était une bombe rudimentaire. Juste un explosif aux engrais agricoles.

– Comme celles utilisées par l'IRA…

– *Aye*, mais les circonstances désignent plutôt quelqu'un du coin. Les dégâts n'auraient pas été aussi importants si la bouteille de butane du major n'avait pas explosé. Vous connaissez le major ?

– Juste pour dire bonjour. Il est toujours très aimable.

– Tout ce que nous avons pu tirer des gens du village, c'est que l'explosion était une punition divine. Ils disent que le major et ses invités se livraient à des actes immoraux lors d'orgies, avec de la drogue et des femmes de mauvaise vie.

– Ah, tiens ? Des femmes de mauvaise vie ? C'est ce qu'ils ont dit ? Exactement en ces termes ?

– Bien sûr. Vous ne pensez quand même pas que je m'exprime naturellement comme ça ? Nous avons eu beau leur répéter que les amis du major étaient des citoyens respectables et plutôt âgés qui se couchaient avec les poules, ils n'ont rien voulu entendre.

– J'ai du mal à comprendre d'où leur vient ce puritanisme exacerbé. Je suis allé écouter un sermon de Mackenzie. Il n'y a rien de particulier dans ses propos, aucun appel à la violence.

– Il s'est peut-être modéré à cause de votre présence.

– Je ne crois pas, mais j'ai eu une idée : j'ai des congés à prendre et j'ai l'intention d'aller m'installer une semaine là-bas. Si je passais plus de temps sur place, quelqu'un pourrait finir par me confier quelque chose.

– Vous comptez informer Blair ?

– Surtout pas ! Et sinon, vous avez autre chose à me raconter ?

– Rien, sauf que le major ne va pas revenir dans le Sutherland. Il va chercher une autre propriété avec l'argent de l'assurance. Dans le Perthshire, là où les gens sont plus civilisés. Il pense que c'est la paranoïa anti-anglaise qui a motivé le crime.

– Possible. Tiens, au fait, j'ai mis la main sur l'horrible Bella Comyn. Elle s'est trouvé un pigeon du côté de Bonar Bridge. Elle veut divorcer de Sean pour épouser sa nouvelle victime.

Après avoir entendu toute l'histoire, Jimmy conclut :

– Bon, on ne va pas tarder à ratisser les tourbières pour retrouver ce pauvre gars.

Sur quoi il se leva, revissa le bouchon de la bouteille et la mit dans sa poche.

– Allez, j'y vais.

– Une minute ! s'exclama Hamish. Laissez-moi au moins le whisky. C'est moi qui l'ai payé. Et la prochaine fois, c'est vous qui régalez.

Le lendemain, Hamish décida de retourner voir la famille Bain. En voyant un homme qui jardinait devant la maison, il devina qu'il avait affaire à Harry Bain.

– Mr Bain ?

– *Aye*. C'est à quel sujet ?

D'assez petite taille, il avait le dos voûté et les

bras longs, et semblait porter une perruque tant ses cheveux noirs étaient épais et bouclés. Il tourna un visage buriné aux yeux gris clair vers Hamish, qu'il dévisagea d'un air méfiant.

– Vous êtes au courant pour l'explosion chez le major ? demanda Hamish.

– *Aye.* C'est malheureux, tout ça.

– Que se passe-t-il à Stoyre ? Pourquoi ce fanatisme religieux ?

Harry se détourna et ramassa la bêche qu'il avait posée à l'arrivée d'Hamish.

– Je ne sais rien, maugréa-t-il. Chez moi, on ne se mêle pas des affaires des autres.

– Ce n'est pas pour ça que vous avez déménagé ?

– Stoyre est trop isolé, c'est tout.

– On ne peut pas dire que Lochdubh soit une métropole.

– L'école est meilleure. La petite prenait du retard.

– Vous devez quand même avoir remarqué un changement, insista Hamish avec impatience. Vous cachez quelque chose !

– Il n'y a rien à cacher, rétorqua Harry sèchement. Vous n'avez pas mieux à faire que d'embêter les gens ?

– Comme quoi, par exemple ? Arrêter les criminels qui ont fait sauter la maison du major ?

– Là, je ne peux rien pour vous. C'est fini ? Je peux me remettre à mon jardin ?

Vaincu, Hamish abandonna. Il rentra au poste

pour prendre la Land Rover, fit monter son chien et partit à Strathbane pour poser sa semaine de congé. Au commissariat, il croisa Daviot dans l'escalier.

– Qu'est-ce qui vous amène, Hamish ?

– J'ai quelques jours de vacances à prendre.

– Ce n'est vraiment pas le moment ! Enfin, en même temps, comme il y a déjà la brigade antiterroriste sur le coup à Stoyre et que Blair supervise l'enquête, on peut se passer de vous. Demandez au sergent MacGregor, de Cnothan, de se charger de votre secteur en votre absence.

– Oui, chef.

– Quand partez-vous ?

Hamish avait bien pesé la question : il valait mieux laisser s'écouler une quinzaine de jours. S'il allait à Stoyre trop tôt, Blair serait encore sur les lieux et lui mettrait des bâtons dans les roues.

– Dans deux semaines.

– Et où irez-vous passer ces vacances ?

– Je pense aller voir mon cousin à Dornoch, répondit Hamish sans ciller, son regard noisette prenant l'expression innocente qui lui venait dès qu'il mentait.

– Reposez-vous bien. Comment se porte Miss Halburton-Smythe ?

Hamish abrégea, n'ayant aucune envie de parler de l'ancien amour de sa vie qui allait en épouser un autre.

– Très bien, merci.

Sur quoi il salua en touchant son képi et repartit dans l'escalier.

Une fois la formalité administrative terminée, Hamish se rendit à l'agence immobilière et loua le cottage que Sean avait occupé. On lui donna tout de suite les clés, les vacanciers ne se bousculant pas à Stoyre.

À son retour à Lochdubh, Hamish fit une visite à Sean Comyn pour lui rapporter sa conversation avec Bella.

– Tant mieux si elle demande le divorce, commenta ce dernier, mais je ne lui donnerai pas un centime.

– Je ne pense pas qu'elle se battra pour l'argent. Elle ne doit pas tenir à faire état de son passé devant le juge. Pourquoi avez-vous planté une clôture ? ajouta-t-il en désignant le grillage tout neuf qui entourait un champ.

– Les moutons, ça ne rapporte plus. Je vais élever des chevreuils à la place.

– Bonne chance, alors…

Hamish repartait quand Sean cria derrière lui :

– Si vous avez des nouvelles de Bella, prévenez-moi !

– D'accord !

À son retour au poste, Hamish trouva Elspeth qui l'attendait.

– Visite amicale, ou pêche aux informations ? demanda-t-il.

– Je viens d'apprendre par Mrs Wellington que Bella avait été repérée à Bonar Bridge.

– Entrez, je vous fais un thé et je vous raconte.

Elspeth écouta attentivement Hamish, qui la mit au courant tout en préparant le thé. Installée à la table de la cuisine, elle exprima ses doutes.

– Sérieusement, je ne vois pas Bella accepter de divorcer sans en tirer quelque chose.

– Elle n'a pas trop le choix. Comme je le disais à Sean, elle sait sans doute que son passé ressortirait en cas de litige.

– Donc tout va bien, conclut Elspeth en prenant une gorgée de thé. À moins, bien sûr, qu'il n'ait établi un testament en sa faveur.

– Bon sang, vous avez raison !

– Oui, si Sean a fait son testament en faveur de Bella, il a intérêt à le changer en vitesse et à le lui faire savoir.

– Irait-elle vraiment jusqu'à l'assassiner ?

– Pourquoi pas ? Elle a éclaté la tête de ce pauvre chien. Et elle a un nouvel amant sans doute prêt à jurer qu'elle ne l'a pas quitté d'un pouce au cas où il arriverait malheur à Sean.

– Je devrais lui dire de changer son testament tout de suite, marmonna Hamish.

– Et comment ! Le plus tôt serait le mieux. Faites-le maintenant.

Hamish alla dans le bureau et composa le numéro de Sean. N'obtenant pas de réponse, il retourna dans la cuisine.

– Il n'est pas chez lui. Il doit finir d'installer ses clôtures dehors.

– Faisons un saut chez lui. Ça ira plus vite.

– Elspeth, inutile de paniquer. Bella s'est trouvé un nouveau pigeon qui a de l'argent. Elle s'en contentera sûrement.

Elle posa sur lui son regard profond.

– Vous aurez été averti...

– Écoutez, Elspeth, ce n'est pas parce que vous êtes chargée d'écrire l'horoscope dans votre journal que vous avez le don de double vue, lança Hamish avec un retour de son accent des mauvais jours.

– Dans ce cas, grand paresseux, j'irai toute seule.

– Faites comme vous voudrez !

Quelle épouvantable fouineuse, songea Hamish après le départ d'Elspeth. Mais aussitôt la culpabilité chassa son irritation : après tout, cela partait d'un bon sentiment, on pouvait difficilement lui en vouloir.

Il s'occupa de son petit élevage le reste de l'après-midi, ravi de se dépenser en plein air et au soleil. Alors qu'il était en haut du champ, il entendit au loin sonner le téléphone du poste de police. Il rentra à contrecœur pour écouter le répondeur. La voix de Sean se fit entendre : « Bella va venir me voir. Elle n'a pas l'intention de me demander d'argent. Elle veut seulement un divorce par consentement mutuel. Elle doit apporter les papiers à signer. »

L'avertissement d'Elspeth en tête, il sauta dans la

Land Rover. En passant par le port, il vit Elspeth qui quittait le journal et pila à côté d'elle.

– Vite, venez ! Sean m'a téléphoné. Bella vient d'annoncer sa visite.

Elspeth se dépêcha de monter.

– Donc vous êtes d'accord avec moi, il y a du danger ?

– Prudence est mère de sûreté.

– Dans ce cas, il vaut mieux qu'elle ne nous voie pas arriver. Arrêtez-vous un peu avant la ferme. Si Bella a de mauvaises intentions, prenons-la sur le fait... s'il n'est pas trop tard.

Hamish se gara en bas du chemin de terre qui menait à la ferme. Ils virent une Ford Metro neuve devant la porte.

– Elle est déjà là, dit Hamish. Elle doit avoir passé son permis récemment. Vite, dépêchons-nous.

– Regardons d'abord par la fenêtre de la cuisine. S'ils sont seulement en train de discuter, nous frapperons à la porte.

Aucun jardin n'ayant été aménagé autour de la maison, un épais tapis de bruyère amortissait leurs pas. Hamish se baissa pour jeter un coup d'œil par la fenêtre de la cuisine sans se faire voir. Sean, comme mort, gisait dans un fauteuil près de la cheminée. Une bouteille de whisky ouverte et deux verres trônaient bien en évidence sur la table. Bella était là, une carabine entre les mains. Elle était en train de la charger, les mains protégées par des gants chirurgicaux. Elle se baissa, prit la main inerte de Sean, et engagea son index sur la détente.

Hamish se rua sur la porte et l'ouvrit. Avec un sursaut et folle de rage, Bella dirigea l'arme sur Hamish et Elspeth. Ils se jetèrent à terre et furent assourdis par la détonation. Hamish se releva d'un bond et lui arracha l'arme sans lui laisser le temps de tirer une deuxième fois. L'ayant plaquée au sol, il lui passa les menottes tandis qu'elle criait des invectives. Il tâta le pouls de Sean et trouva un battement. Il vivait encore. Bella avait dû le droguer pour mettre en scène un faux suicide.

À l'arrivée des renforts, Bella avait déjà retrouvé son sang-froid. Elle pleurait et prétendait qu'elle venait de sauver Sean qui s'apprêtait à se suicider.

– Bon, au moins la question est réglée, dit Hamish d'un ton las une fois Bella partie sous escorte policière et Sean emporté par une ambulance. Elle va être mise hors d'état de nuire pour un bon moment.

– J'espère que ça vous apprendra à m'écouter, observa Elspeth. Que ça vous serve de leçon. Je me dépêche d'aller écrire mon article pour la presse nationale.

– Vous n'avez rien le droit de révéler tant que Bella n'est pas officiellement mise en examen.

– Oh que si ! Je peux tout à fait parler de l'affaire en ne mentionnant pas les noms. Je raconte tout, mais je dis simplement qu'une femme est entendue par la police dans le cadre de l'enquête. Vous m'invitez à dîner ?

– Demain, si vous voulez. Chez l'Italien.

De retour au poste, Hamish s'assit à l'ordinateur et rédigea un long rapport. Pauvre Jamie Stuart. Les collègues de Strathbane étaient sans doute en train de l'interroger pour déterminer s'il était complice de Bella.

5

« Ah ! Dive bouteille !
Tu fais braver tous les dangers !
Une goutte de *tipenny* et le courage se réveille,
Une d'*usquebae* et du diable on ne fait qu'une bouchée ! »

Robert Burns

Les jours suivants furent tranquilles, pour le plus grand bonheur d'Hamish. Le sergent MacGregor, chargé du secteur de Cnothan, accepta sans enthousiasme d'assurer le service de Lochdubh pendant son absence. L'explosion chez le major ne faisait plus la une des journaux et avait même disparu de la presse locale. Elspeth ayant annulé leur dîner sous prétexte qu'elle « couvrait un sujet », Hamish s'interrogea un peu, étonné d'en éprouver autant de déception.

Le temps, redevenu variable, amena deux jours

de pluie, mais le soleil brilla de nouveau en fin de semaine. Les flancs des pics jumeaux à l'arrière du village se couvraient de bruyère violette. Pas une ride ne troublait la surface du loch de mer, calme comme un lac. Hamish, qui se prélassait dans son transat au jardin, se sentait à des lieues de la violence qu'il combattait. Il se contentait de profiter du moment, Lugs vautré à ses pieds, pattes en l'air.

Cette paisible journée fut perturbée par l'arrivée de Jimmy Anderson, bien décidé à vider la bouteille de whisky entamée. Hamish sortit un deuxième transat, alla chercher la bouteille et des verres, et Jimmy s'installa avec un soupir d'aise.

– Où en est l'enquête à Stoyre ? s'enquit Hamish.

Jimmy observa son verre à la lumière du soleil, admirant la chaude couleur ambrée du whisky avant de prendre la première gorgée.

– Au point mort. Toujours pareil. Les habitants sont fermés comme des huîtres. On est de plus en plus convaincu en haut lieu que c'est une vengeance locale.

– Je m'interroge sur le motif. Il faut quand même le vouloir : fabriquer une bombe aux engrais chimiques, ça demande une certaine compétence.

– L'engin était très rudimentaire. Un peu de papier journal dans une bouteille, un peu d'engrais, d'essence, une mèche en coton. Il a suffi d'allumer avec un briquet, de jeter le tout à l'intérieur, et de partir en vitesse. Ce sont les bonbonnes de gaz du major qui ont causé le plus gros des dégâts en explosant.

– Oui, d'accord, mais il faut quand même savoir comment faire.

– N'importe qui peut trouver les instructions sur Internet.

– Et vous croyez que les habitants de Stoyre ont des ordinateurs ?

– Il y a un cybercafé à Strathbane. C'est à la portée de n'importe qui.

Hamish, entendant un certain doute dans sa voix, devina la suite :

– Mais les collègues ont enquêté au cybercafé et n'ont pas trouvé d'accès à ces informations dans les historiques des machines.

– Plus ou moins, oui, c'est ça.

– J'ai envie de profiter de mes vacances pour passer quelques jours à Stoyre.

– Ne gâchez pas vos congés ! Blair est au courant ?

– Non ! Et ne le lui dites surtout pas !

– Ne vous inquiétez pas.

– Donc, il ne se passe plus rien à Stoyre ?

– Calme plat. J'ai assisté à une lecture poétique à l'église hier soir : *Tam O'Shanter* de Robert Burns.

– Petit veinard…

– Lu par une dame à la voix presque inaudible. C'est quoi, un *tipenny* ?

– Ah, la boisson qui vous fait reprendre courage ? Deux sous de bière.

– Et *usquebae* ?

– C'est du whisky. L'« eau-de-vie »... littéralement. Ne me dites pas que vous ne le saviez pas...

– Le gaélique et moi, ça fait deux, avoua Jimmy. À mon avis, cette bombe est juste l'expression primaire et imbécile de la haine des Anglais. Blair l'a suggéré au major, mais il a dû rétropédaler vite fait : le major menaçait d'attaquer tout le village pour racisme.

– L'ennui avec les Écossais, c'est qu'ils ne connaissent pas leur propre histoire. Vous, au moins, vous savez d'où nous venons, Jimmy ?

– Quoi ? Les Écossais n'ont pas toujours vécu là ?

– Pas du tout. Ils viennent d'Irlande, et ils ont éliminé tous les Celtes et les Pictes du coin en arrivant. C'est même un des plus grands génocides de l'Histoire. Et pourtant dans les Highlands, on adore croire que tout ce qui cloche est causé par les gens du Sud, on s'entoure de folklore celtique et on met des kilts. Bref, pour en revenir à Stoyre, comment est l'ambiance maintenant ? Les gens ont-ils peur ?

– Non. Il y a une drôle d'atmosphère. Un peu comme s'ils attendaient quelque chose avec impatience. Comme des enfants avant Noël.

– Intéressant. J'ai hâte de voir ça par moi-même. J'irai dès que les autorités auront quitté les lieux.

– Il n'y en a plus pour très longtemps. La nature de la bombe est déterminante. Si elle avait été plus professionnelle, les enquêteurs seraient restés davantage, mais là, c'est de toute évidence l'œuvre d'un amateur.

Le portail du jardin grinça et Elspeth fit son apparition. Elle portait un petit haut indien quasiment transparent, parsemé de ce qui ressemblait à des petits bouts de miroir. Son short, ultra-court, révélait ses longues jambes bronzées et musclées, mais les grosses chaussures étaient encore là.

– Toujours d'accord pour le dîner ? demanda-t-elle à Hamish. On sort ce soir ?

– Oui. On se retrouve chez l'Italien à vingt heures.

Elspeth adressa un sourire à Jimmy.

– À ce soir, Hamish, dit-elle.

Jimmy, impressionné, souffla après son départ :

– Vous en avez de la chance ! Elle est canon !

– Elspeth ? Mais non, elle travaille juste au journal local.

– Je sais, je l'ai déjà rencontrée, rappelez-vous… Je ne savais pas que vous lui plaisiez.

– C'est juste une amie, bredouilla Hamish, très gêné.

– Cachez votre joie, ricana Jimmy. Moi, ça ne me dérangerait pas d'avoir « juste une amie » comme elle.

– Vous avez vu comment elle s'habille ?

– Il faut évoluer, Hamish. Vous commencez à perdre pied, mon vieux.

Ce soir-là, Hamish arriva au restaurant un peu après Elspeth. Il la trouva déjà assise à une table.

Elle portait une veste en velours bariolée de losanges multicolores, passée sur un tee-shirt noir délavé et une jupe longue en mousseline noire. Et bien sûr ses éternelles grosses chaussures.

Il repensa soudain à Priscilla, assise à cette même table, impeccablement vêtue, la coiffure irréprochable, et fut pris d'une horrible tristesse. Les cheveux d'Elspeth n'étaient plus aubergine, mais ils se dressaient sur sa tête comme si elle avait planté ses doigts dans une prise électrique. Il remarqua aussi en s'asseyant qu'elle avait les ongles vernis de noir.

Hamish, qui pourtant s'était promis de ne plus jamais critiquer Elspeth sur son apparence – après tout, ça ne le regardait pas – ne put s'empêcher de commenter :

– Qu'est-ce qui est arrivé à vos ongles ? On dirait que vous vous êtes coincé les doigts dans la portière d'une voiture.

– Taisez-vous et choisissez vos plats, répondit tranquillement Elspeth. Je meurs de faim.

Willie Lamont, l'ancien adjoint d'Hamish récemment marié à la nièce du propriétaire, vint prendre la commande.

– Je vous sers quoi, Hamish ?

– Posez la question d'abord à la dame, voyons, le reprit Hamish.

– Ah, d'accord. Bon Dieu, mademoiselle, vos ongles sont tout noirs !

– Et Bon Dieu, damoiseau, vous êtes gonflé. Ça

vous arrive souvent de faire des remarques de ce genre à la clientèle ?

– Pardon, marmonna Willie. Vous avez choisi ?

– Je vais prendre une salade César pour commencer et puis les lasagnes.

– Pour moi, dit Hamish, ça sera une salade mixte, et puis des penne à la sauce basilic. Et un pichet de vin.

Willie nota leur commande, mais au lieu de partir, il resta là à les regarder.

– Qu'est-ce qu'il y a ? demanda Hamish.

– Quelle histoire, cette bombe à Stoyre…

– Vous avez des informations ?

– Non, mais je garde l'œil ouvert.

– Parfait. Bon, vous pouvez faire partir notre commande ?

– Lucia voudrait bien savoir quand vous allez venir voir le petit Hamish, votre filleul.

– Très bientôt, c'est promis.

– Il commence à marcher, et vous allez tout manquer.

– Willie, nous avons faim !

Elspeth suivit des yeux Willie qui se dirigeait vers la cuisine.

– Je me demande ce que Lucia lui trouve.

– Il adore faire le ménage. Il la décharge de toutes les tâches domestiques et c'est pour ça qu'elle l'adore.

– Pour en revenir à Stoyre, où en est l'enquête ? J'y suis allée aujourd'hui.

– Alors vous en savez plus que moi. Du nouveau, de votre côté ?

– Non, mais je suis sûre que quelque chose de grave se trame.

– Quel genre de choses ?

– Je ne sais pas, mais je le sens.

– Eh bien moi, j'ai l'intention de tirer ça au clair, annonça Hamish, qui lui raconta son projet de vacances.

– Moi aussi, j'ai des congés en retard ! s'exclama Elspeth. Je pourrais venir avec vous.

– Où logeriez-vous ?

– Mais là où vous allez loger vous-même, bien sûr.

– Pour nous faire mal voir de ces fanatiques religieux ? Ils croiraient que nous vivons dans le péché.

– Soit. Mais je passerai vous voir, alors.

Hamish, qui commençait à se sentir pris au piège, dit d'une voix tendue :

– Non, laissez-moi mener mon enquête tranquille, s'il vous plaît.

Elspeth rougit un peu et sembla soulagée quand Willie arriva avec le vin.

– Alors, quoi de neuf à Lochdubh de votre côté ? demanda Hamish pour rompre leur silence embarrassé.

– Justement, je pensais solliciter votre aide, dit Elspeth. Vous connaissez la vieille Mrs Docherty ?

– Oui, bien sûr, mais je ne l'ai pas vue depuis un certain temps.

– Elle est trop seule. Elle n'a plus toute sa tête et je pense qu'elle n'est plus assez autonome. Il faudrait lui trouver une place dans une maison de retraite médicalisée.

– Elle n'a pas de famille ?

– Juste une fille, à Glasgow. Mrs Wellington lui a écrit plusieurs fois pour l'avertir mais elle ne répond pas.

– Vous avez l'idée d'un endroit qui lui conviendrait ?

– Une maison de retraite vient d'ouvrir tout près de Braikie.

– En effet, j'avais oublié. Les Pins, c'est ça ?

– Vous pourriez peut-être aller la voir pour la persuader de s'installer là-bas. Elle n'aurait qu'à vendre sa maison pour se financer.

La conversation, ainsi lancée, continua agréablement, et Hamish dut reconnaître plus tard qu'il avait passé une excellente soirée.

Hamish alla voir Mrs Docherty le lendemain. La porte d'entrée étant grande ouverte, il passa la tête à l'intérieur et appela :

– Mrs Docherty ! C'est moi, Hamish !

– Entrez ! répondit une voix pleine de santé.

Il pénétra dans un petit salon encombré et trouva Mrs Docherty qui semblait en grande forme, tout aussi vigoureuse que la dernière fois qu'il l'avait vue.

Sa toison grise était épaisse, sa carrure imposante, et elle n'était même pas voûtée. Dans le visage parcheminé, le regard gris délavé par le temps était frais et lucide.

– Asseyez-vous, Hamish. Expliquez-moi d'abord ce qui vous amène, et puis vous nous préparerez un petit thé.

– Je voulais seulement voir comment vous alliez, répondit Hamish, gêné.

Elle le dévisagea, l'air amusé.

– *Och*, on m'a dit que vous deveniez sénile, avoua Hamish en virant rouge betterave.

Elle éclata de rire.

– Ne vous en faites donc pas. La vérité, c'est que les gens m'ennuient en général. Je préfère la compagnie de mes livres et de mon ordinateur. Alors quand on vient me rendre visite, je fais semblant de radoter, je bave même un peu. Je ferais mieux d'arrêter ou on va finir par m'enfermer dans une maison de retraite.

– Justement, il y en a une nouvelle très bien près de Braikie.

– Pas si nouvelle que ça. Elle a ouvert depuis plus d'un an. Je n'irais pas là-bas même si j'étais à l'article de la mort.

– Pourquoi ?

– Je pense qu'on y tue les pensionnaires.

– *Och*, voyons… J'en aurais entendu parler.

– Et pourtant, j'avais une bonne amie à Braikie. Maisie Freeman. Elle est devenue trop faible pour rester seule et sa famille l'a persuadée d'emménager aux Pins. C'est une maison de retraite privée, mais on peut leur donner ce qu'on possède contre la promesse d'être logé et soigné jusqu'à la fin de ses jours. Il n'y avait que sa fille qui aurait pu s'occuper d'elle, Aileen, mais elle est mariée et c'est une sale égoïste. Comme le mari d'Aileen gagne très bien sa vie, ils étaient d'accord pour se passer de l'héritage de Maisie. Elle était fatiguée, comme je vous ai dit, mais ses facultés mentales restaient intactes. Je lui ai rendu visite là-bas. Le personnel ne m'a pas fait très bonne impression. Des gens bizarres, obséquieux... Toujours est-il que Maisie est morte au bout d'à peine un mois.

– De quoi ?

– Elle s'est brisé la nuque en tombant dans l'escalier. Et pourtant, les chambres sont toutes installées au rez-de-chaussée, il n'y a que l'administration à l'étage. Elle n'avait aucune raison de monter là-haut.

– Elle était peut-être allée se plaindre au directeur.

– Elle lui aurait demandé de descendre pour lui parler. Elle était atteinte d'arthrite rhumatoïde. Elle n'aurait pas plus songé à monter cet escalier qu'à escalader l'Everest.

– Comment les gens de la maison de retraite ont-ils expliqué l'accident ?

– Ils prétendent que Maisie souffrait de confusion mentale. Ils disent qu'elle a dû monter sans savoir ce qu'elle faisait et qu'elle a perdu l'équilibre. Pourtant, j'étais allée la voir deux jours plus tôt et elle se portait comme un charme. Mais vous savez comme moi que personne ne s'intéresse aux vieux. Je vois d'ici l'avenir qui nous attend... On va trouver le moyen de prolonger la vie en gardant l'air jeune aux gens. Les nouvelles générations vont se prendre de haine pour les anciennes qui monopoliseront les emplois disponibles et surchargeront la planète. Un criminel va avoir l'idée de lancer des dates de naissance sur Internet et d'ouvrir la chasse aux vieux.

– Je vais aller y faire un tour pour avoir une petite conversation avec eux.

– Vous n'apprendrez rien de cette façon. Il faudrait quelqu'un à l'intérieur. Que moi, par exemple, je m'inscrive là-bas pour voir ce qui se passe discrètement.

– Mais si vos soupçons sont fondés, ça risquerait d'être très dangereux pour vous.

– Pas si je faisais semblant d'être sénile. Bon, pas tout le temps, parce qu'il faudrait que je semble assez saine d'esprit pour signer leurs papiers.

– Vous devriez leur céder votre maison.

– C'est vrai qu'il y aurait un risque, mais ça m'amuserait.

– Attendez un peu... Les maisons ne valent pas grand-chose dans les Highlands. Si les pensionnaires commençaient à tomber comme des mouches peu de temps après leur admission, il y aurait une enquête.

– Il doit y avoir un moyen de justifier les décès. Seuls des gens très âgés et en mauvaise santé vont dans ces établissements médicalisés.

– Je vais tâter le terrain. Je dirai que je m'intéresse à la maison de retraite pour des raisons personnelles, que j'ai une vieille tante qui pourrait être intéressée.

– Vous pourriez demander à cette jeune journaliste de faire des recherches dans la rubrique nécrologique pour voir combien de gens sont décédés à Braikie cette année.

– C'est une idée, mais je vais y faire un tour quand même.

– Parfait. Et maintenant, faites-nous du thé.

Hamish passa au journal après avoir quitté Mrs Docherty. Elspeth, très sombre, était à son ordinateur, un crayon planté dans les cheveux.

– Je gâche mon talent, ici, gémit-elle en voyant Hamish. Je ne vois pas comment pimenter une brève sur la dernière réunion de l'Union des mères.

– Vous devriez postuler dans un journal de Glasgow.

– On verra. Qu'est-ce qui vous amène ?

– Je voudrais vous demander un service. Pourriez-vous relever dans les avis de décès la liste des personnes âgées qui sont mortes aux Pins cette année ?

– Pour quoi faire ?

– Vous ne pouvez pas me rendre un service sans poser de questions ?

– Je suis journaliste. Que se passe-t-il ? Quelqu'un s'essaie à l'euthanasie ?

– Possible. C'est ce que pense Mrs Docherty, en tout cas.

– Vous avez pu en tirer quelque chose ?

– Elle fait semblant d'être sénile, mais ne le dites à personne. C'est son astuce pour se débarrasser des gens qui la dérangent.

– Tiens ? Dire qu'elle m'a fait le coup ! s'indigna Elspeth. Je suis allée la voir pour mon dossier sur le Lochdubh d'autrefois et elle a joué les gâteuses.

– Tout le monde n'aime pas répondre aux reporters.

– Mettons. Je veux bien vous donner un coup de main à condition que vous me mettiez au courant s'il y a un scandale là-dessous.

Hamish alla à Braikie l'après-midi même. La maison de retraite des Pins était cachée à l'écart de la route, au bout d'une longue allée dans les bois. L'épaisse forêt de conifères lui remit en mémoire un prospectus publicitaire vantant justement le paysage arboré qui lui valait son nom. Le soleil, à travers les branches, éclairait par intermittence la Land Rover qui roulait sous les arbres. Hamish se gara devant le bâtiment massif d'un étage, et entra par la porte principale. Un infirmier à la peau sombre vint à sa rencontre. Peut-être un Indien, songea Hamish, ou un Pakistanais.

– Vous cherchez quelqu'un ? demanda l'homme.

– Je voudrais visiter l'établissement. Je suis obligé de placer ma vieille mère dans une structure médicalisée.

– Nous allons monter à l'administration. Notre directeur, Mr Dupont, va vous recevoir.

Hamish le suivit dans l'escalier et nota qu'il n'était pas couvert d'un tapis. En haut, l'infirmier frappa à une porte vitrée dépolie. Une voix répondit :

– Entrez !

Le directeur se leva pour l'accueillir. C'était un homme de petite taille, élégant, portant un blazer à écusson.

– Mr Dupont pour vous servir.

Cheveux clairsemés encore bruns, nez proéminent, petite bouche en forme de cœur, yeux très noirs, il n'avait pas une tête d'Anglo-Saxon, d'ailleurs il parlait avec un léger accent.

– J'aurais voulu visiter votre établissement, expliqua Hamish. Ma mère ne peut plus vivre seule.

Mr Dupont sourit.

– C'est drôle, on n'imagine jamais que les policiers ont une mère.

– Vous me connaissez ?

– Oui. Vous êtes Hamish Macbeth et vous vous occupez du secteur de Lochdubh.

– Comme je vous l'ai dit, je suis ici pour une affaire personnelle. Est-ce que je peux visiter ?

– Bien sûr. Je vais vous guider moi-même.

Mr Dupont sortit de derrière son imposant bureau. Il portait un pantalon gris au pli bien marqué et des souliers noirs vernissés. Il dit à l'infirmier qu'il n'avait plus besoin de lui puis descendit avec Hamish.

– Vous n'êtes pas d'ici, remarqua ce dernier. Qu'est-ce qui vous a attiré dans les Highlands ?

– J'étais directeur d'une maison de repos dans le Kent, mais les conditions d'emploi étaient meilleures à Braikie.

– Et le propriétaire ? Il est de la région ?

– Mr Frazier vient lui aussi du sud de l'Angleterre. Les propriétés et les terrains sont bien meilleur marché dans les Highlands. Chez nous, les patients vivent en chambre particulière et bénéficient d'une surveillance médicale de qualité. Ceux qui sont encore valides ont un beau parc à leur disposition et une salle de sport. Notre coach leur propose des programmes de mise en forme adaptés. Les repas sont délicieux, et nous respectons tous les régimes alimentaires.

Il ouvrit une porte.

– Je peux vous montrer cette chambre qui est inoccupée pour l'instant. Je préfère ne pas déranger les patients.

D'une bonne taille, elle était moquettée et meublée d'un lit d'hôpital, de deux chaises droites, d'une petite table et d'un fauteuil d'aspect confortable. Il y avait un téléviseur et une radio.

– Combien coûte la pension ? demanda Hamish.

– Deux mille livres par mois.

– Tant que ça ! Cela dépasse largement mes moyens !

– Si c'est trop pour vous, nous offrons un plan de financement. Nous n'aimons pas laisser les gens dans le besoin. Votre mère est-elle propriétaire de son logement ?

– Oui.

– Dans ce cas, il lui suffira de nous céder sa propriété et, en contrepartie, nous prendrons en charge tous ses frais jusqu'au jour de son décès.

– Tous vos patients se financent-ils de cette façon ?

– Heureusement non, répondit le directeur avec un rire. Ce serait la faillite assurée. La plupart des pensionnaires, ou leur famille, payent la pension dans sa totalité.

– Je m'étonne que vous trouviez beaucoup de clients capables de se le permettre.

– Nos patients viennent de partout dans le pays, pas seulement d'Écosse. Un lieu d'ailleurs très attractif : le romantisme lié aux Highlands joue en notre faveur.

Il ferma la porte de la chambre en sortant et fit prendre un long couloir à Hamish jusqu'à l'étape suivante.

– Vous avez ici la salle à manger, pour ceux qui peuvent encore se déplacer.

La pièce, plutôt petite, ne contenait qu'une dizaine de tables.

– Ensuite, il y a la salle de sport, continua Mr Dupont.

Il conduisit Hamish dans une pièce spacieuse et claire.

– J'imagine que peu de vos patients ont encore la force de se servir de toutes ces machines et de ces poids et haltères.

– Nous profitons des locaux pour proposer des cours de gymnastique aux habitants de Braikie. Justement, voici notre coach, Jerry Andrews.

Un homme jeune et musclé en survêtement blanc venait d'arriver. On aurait dit un poupon en plastique avec ses cheveux d'un blond artificiel et son visage bronzé à la peau trop tendue. Mr Dupont fit les présentations et Jerry expliqua d'une voix maniérée qu'il donnait plutôt des cours de pilates aux personnes âgées et que les massages leur faisaient du bien.

Mr Dupont reprit la visite d'un pas vif, ses petits souliers vernis cliquetant devant Hamish.

– Ici, dit-il en ouvrant une porte, le clou de notre installation.

Hamish découvrit une grande piscine d'un bleu parfait, totalement déserte.

– Très belle piscine, commenta-t-il. Je vais en parler à ma mère et je reprendrai contact avec vous.

Alors que le directeur le raccompagnait, Hamish exprima son étonnement :

– Je n'ai vu aucun patient nulle part. Si certains sont assez valides pour se servir de la salle de sport et de la piscine, pourquoi n'y a-t-il personne dans les couloirs ?

– En plein après-midi, ils font la sieste, répondit Mr Dupont avec un sourire indulgent.

– Je croyais que les personnes âgées avaient moins besoin de sommeil. Ma mère, pour sa part, dort très peu.

– Ils dorment peu la nuit, en effet, mais ils aiment faire une petite sieste, ou en tout cas se reposer dans leur chambre l'après-midi. Les seniors tiennent à leurs petites habitudes et apprécient un emploi du temps structuré.

Hamish n'arrivait pas bien à situer l'accent de Mr Dupont. Pas français… peut-être allemand. Ce nom, Dupont, ressemblait à un nom d'emprunt.

Une fois dehors, il se dit que Mrs Docherty se faisait certainement des idées et qu'il n'y avait pas lieu de s'inquiéter.

Il repartit pour Lochdubh et se gara devant le poste de police au moment où Elspeth arrivait à pied.

– J'ai du nouveau ! cria-t-elle alors qu'il descendait de la Land Rover.

– Entrez et racontez-moi ça.

Elspeth prit place à la table de la cuisine et lui tendit un papier.

– J'ai trouvé les noms de quatre personnes originaires du Sutherland qui sont mortes aux Pins cette année.

– Voyons… Quatre dames… Mrs Hudson, Mrs Jones, Mrs Chandler et Mrs Price. Deux originaires de Braikie et deux de Cnothan. Mortes paisiblement toutes les quatre.

– Ce qui n'est pas forcément vrai, précisa Elspeth, les yeux brillants. J'ai la preuve pour au moins l'une d'entre elles que c'est faux.

Elle poussa vers lui des photocopies de coupures de presse.

– J'ai trouvé des articles sur Mrs Price. Une dame plutôt jeune – soixante-trois ans. Elle a été retrouvée morte dans la piscine, dans le grand bain. Pourtant sa fille a confié à la presse que sa mère ne savait pas nager. Une enquête a été menée. La maison de retraite affirme que Mrs Price souffrait de confusion mentale et qu'elle a dû pousser la porte de la piscine par erreur. L'employé chargé d'assurer la surveillance a été licencié. Triste accident. Qui s'ajoute à la chute de Maisie Freeman.

– Laissez-moi les articles. Je vais vérifier les circonstances des décès des trois autres femmes.

Toute fière, Elspeth sortit un autre papier.

– Je vous ai trouvé les adresses des familles.

– Bravo ! Je m'en occupe tout de suite.

– Ça mérite bien un baiser, dit-elle avec un grand sourire.

Hamish rougit un peu et fit semblant de n'avoir rien entendu.

– Merci beaucoup, Elspeth. Vous serez la première avertie si je trouve quelque chose.

La fille de Mrs Price, une certaine Mrs Sarah MacPherson, vivait à Cnothan. En toute logique, Hamish aurait dû téléphoner au sergent MacGregor pour l'informer de la situation, mais cela ne lui parut pas urgent : MacGregor demanderait des explications, et, étant partisan du moindre effort, bâclerait l'enquête. Hamish nourrit Lugs, lui promit une longue balade à son retour et partit. Il ne visitait jamais Cnothan avec grand plaisir, car il trouvait le village triste et ses habitants médisants.

Une petite femme rondelette en tablier lui ouvrit la porte, des bigoudis sur la tête.

– Mrs MacPherson ?

– Oui, c'est pour quoi ?

Hamish dut se présenter car il portait des vêtements civils pour éviter de se faire repérer et que sa présence soit signalée à MacGregor.

– Je suis officier de police. Hamish Macbeth, de Lochdubh. Je peux entrer ?

– J'espère que rien de grave n'est arrivé.

– Non, rassurez-vous. Juste quelques petites questions.

– Bon, ben, faites donc.

Une fois assis dans un petit salon trop meublé, Hamish entra dans le vif du sujet.

– C'est à propos de votre mère.

– Vous allez enquêter sur sa mort ? Je croyais que la police ne voulait rien faire.

– Certains éléments nouveaux ont été portés à notre attention. Je voudrais savoir si elle avait fait don d'une propriété à la maison de retraite.

– Oui. Elle avait un très joli cottage, Rannoch Lodge, au bord du loch. Je devais en hériter mais ma mère a préféré cette solution pour m'éviter de payer ses frais de séjour.

– Elle avait perdu son autonomie ?

– Oui, à cause d'une terrible arthrite qui s'ajoutait à la maladie des os de verre. Elle n'arrivait pratiquement plus à se déplacer sans aide. Mais elle avait encore toutes ses facultés mentales. Ces gens prétendent qu'elle avait perdu la tête, mais c'est faux. Elle ne savait pas nager et elle avait la phobie de l'eau.

– Quand l'avez-vous vue pour la dernière fois ?

– La veille de sa mort, répondit Mrs MacPherson en essuyant une larme. Elle m'a dit qu'on lui donnait des médicaments pour calmer ses douleurs. Elle avait le moral, et elle se plaisait là-bas. Elle m'a dit : « Je vais encore vivre des années, et tu vas voir que j'aurai fait une bonne affaire. »

– Je vais vous demander de ne parler à personne de ma visite, surtout pas au sergent MacGregor, mais pas non plus autour de vous. Je veux éviter que les gens de la maison de retraite soient sur leurs gardes s'ils sont coupables.

– Bien sûr. La seule chose qui m'intéresse, c'est qu'on explique la mort de ma mère et que justice soit faite.

Après son retour à Lochdubh, Hamish partit promener son chien au bord de l'eau et tourna le problème dans sa tête. S'il avertissait Strathbane, il aurait droit à un coup de fil furieux de

Blair qui lui reprocherait de perdre du temps pour une affaire déjà close. D'un autre côté, si la vieille Mrs Docherty allait s'installer là-bas et qu'il lui arrivait quelque chose, il aurait sa mort sur la conscience. Et si elle y allait et que rien ne se passait ? Qu'arriverait-il alors ? Elle serait coincée aux Pins pour le reste de ses jours, ayant perdu son charmant cottage et son indépendance. Il ramena Lugs au poste de police, lui servit un bon repas de rognons d'agneau, puis il alla rendre visite à Mrs Docherty.

La vieille dame écouta ce qu'il avait à dire.

– Et les trois autres ? demanda-t-elle dès qu'il eut terminé. Vous ne m'avez parlé que de Mrs Price.

– Je préfère ne pas poser d'autres questions pour l'instant. Je ne veux surtout pas que la maison de retraite soit informée que l'enquête a repris.

Les yeux de Mrs Docherty étincelaient.

– Je me suis décidée, vous savez ! Je vais le faire ! Je vais signer leurs papiers et m'installer là-bas.

– Mais vous risquez de perdre votre maison !

– J'ai toujours rêvé de jouer les Miss Marple. Je mettrai mes affaires au garde-meuble en attendant.

– C'est très risqué, protesta Hamish en passant une main inquiète dans ses cheveux couleur carotte. Je ne pourrai même pas vous accompagner parce que j'ai prétendu vouloir inscrire ma mère.

– Vous n'avez qu'à demander à cette petite qui travaille au journal. Elle pourrait dire que je suis sa tante. Il faut bien prendre quelques risques si on veut découvrir ce qui se trame, Hamish. Qu'est-ce qui peut m'arriver de pire ? Si nous faisons fausse route et qu'il ne se passe rien, eh bien tant pis, je vivrai très bien là-bas. On s'occupera de moi dans mon vieil âge. Et si nous avons raison, je démasquerai les coupables !

– Vous êtes vraiment sûre ?

– Complètement !

6

« La mort efface les dettes. »

Proverbe du XVIIIe siècle

Tout alla très vite. Mrs Docherty déménagea aux Pins en deux jours. Elspeth l'y accompagna juste après la visite d'Hamish, et la vieille dame signa les papiers et annonça son arrivée pour le lendemain. Les bagages furent vite faits : Mrs Docherty ne prit qu'une valise de livres et une autre de vêtements, son ordinateur et son téléphone portable. Ceci fait, elle annonça à Elspeth qu'elle avait rempli sa part du marché, et que c'était à sa fausse nièce de s'occuper de mettre en cartons le reste de ses affaires et de s'occuper du garde-meuble.

Hamish recommanda à Mrs Docherty de lui téléphoner à la moindre frayeur et il demanda à Angela Brodie de s'occuper de ses moutons et de ses poules pendant son séjour à Stoyre.

– Et surtout, je veux que personne ne sache que je passe mes vacances là-bas.

– C'est de la folie, votre histoire, jugea Angela. Si vous avez vu juste et qu'il se passe quelque chose de louche à la maison de retraite, vous mettrez cette pauvre vieille dame en danger de mort.

– Je la crois tout à fait capable de se défendre, répondit sèchement Hamish.

Une irritation causée par l'appréhension, car il était torturé par le doute et s'accablait de reproches.

– J'espère que vous savez ce que vous faites, reprit Angela, mais j'ai une idée. Je pourrais passer voir Mrs Docherty sans trop attirer les soupçons, puisque je suis la femme de son médecin.

– Vous feriez ça ? Merci, ce serait formidable, Angela.

– Vous ne le méritez pas... Mais je ne vois pas comment cette pauvre femme pourra découvrir quoi que ce soit : elle est complètement gaga.

– C'est un genre qu'elle se donne.

– Vous croyez ? J'espère qu'elle comprendra ce que je lui dis. Elle s'est mise dans de beaux draps. Je compte bien l'avertir.

– Si vous voulez, mais veillez à ce que personne ne vous entende. Je ne pars pas tout de suite à Stoyre. Tenez-moi au courant.

Mrs Docherty regretta très vite sa décision de s'installer aux Pins. Rien de bien terrible ne semblait se passer dans la maison de retraite, mais les règles étaient un peu trop strictes à son goût et elle détestait tout particulièrement l'obligation de s'isoler pendant deux heures tous les après-midi pour la sieste. Quant à la compagnie, elle était décevante : les pensionnaires encore capables de quitter leur chambre étaient frêles et pâles comme des zombies.

Fière de ses talents de comédienne, elle s'était forgé un personnage crédible. Elle ne s'autorisait que quelques rares périodes de lucidité en public et prétendait le reste du temps perdre la mémoire et souffrir de confusion mentale. Un seul autre pensionnaire lui semblait digne d'intérêt, un certain Mr Jefferson, qui se distinguait de cette population principalement composée de femmes séniles. On l'encouragea dès le premier jour à aller dans la salle commune. Les résidents les moins mobiles y étaient emmenés en fauteuil roulant et installés devant une grande télévision. Mrs Docherty, qui trouvait ce spectacle affligeant, rêvait de prendre l'air dans la pinède pour voir le soleil.

Se doutant que le personnel ne la laisserait pas y aller seule parce qu'on la croyait sujette à des crises de confusion mentale, elle préféra passer par la fenêtre de sa chambre. Les lieux de vie étant au rez-de-chaussée, et les fenêtres basses, elle parvint à sortir sans trop d'efforts. Elle s'emplit les poumons d'air frais et traversa la pelouse d'un pas hésitant pour tromper d'éventuels observateurs. Une fois dans le bois à l'abri des regards, elle trouva un arbre couché et plia son vieux corps avec quelques craquements pour s'asseoir et réfléchir à sa situation. Elle se demandait comment elle avait pu se croire capable de vivre dans ce genre d'institution. Elle avait compté sur ses livres et son ordinateur pour se distraire, sans imaginer à quel point l'atmosphère la déprimerait. Cet entourage de morts-vivants lui pesait et elle redoutait de devenir sénile par contagion. Elle ne rêvait déjà plus que de détruire les papiers qu'elle avait signés et de récupérer l'acte de propriété de sa maison.

Soudain, Mrs Docherty se tendit. Elle se sentait observée. Elle se tourna lentement.

Mr Jefferson était à deux pas d'elle, appuyé à sa canne. Leurs regards se rencontrèrent et il vint s'asseoir à côté d'elle sur le tronc.

– Belle journée, dit-il.

Mrs Docherty prit son air de gâteuse.

– C'est bien imité mais ça ne prend pas, remarqua-t-il gentiment avec un sympathique accent populaire. Ma chambre est à côté de la vôtre. Je prenais le frais à ma fenêtre quand je vous ai vue sortir par la vôtre. À quoi jouez-vous ?

Mrs Docherty bava et fit entendre quelques sons incohérents.

– Ils vont venir nous chercher d'ici peu, avertit-il. C'est comme ça, ici. Nous vivons dans une prison dorée. Vous ne voulez pas savoir ce que je fais ici ?

La curiosité eut raison de sa prudence.

– Vous êtes là parce que vous êtes vieux, j'imagine, dit-elle.

– Je n'ai que quatre-vingt-huit ans, s'indigna-t-il. C'était ça ou la prison.

– Pour quel motif ?

– Vol.

– Vous êtes cambrioleur ?

– À la retraite forcée. J'ai travaillé sous des tas de pseudonymes. Dernièrement, j'incarnais le colonel Forbes-Peters, expliqua-t-il en prenant un accent snob. Voyez-vous, chère amie, je suis parvenu à m'intégrer dans le milieu de l'aristocratie anglaise. On m'invitait un peu partout en week-end et j'en profitais pour récupérer des objets en porcelaine, de l'argenterie, quelques bijoux. Et puis je me suis fait choper, continua-t-il en retrouvant son accent habituel. Heureusement, mon fils est avocat, soit dit en passant grâce à l'agent que j'ai volé, qui lui a permis de faire ses études. Il n'est pas comme moi. C'est un garçon très conventionnel et il a épousé une arriviste. Il a réussi à me dégoter un expert en psychiatrie qui a raconté que je souffrais de kleptomanie et m'a évité la prison. En échange, mon fils m'a obligé à aller vivre dans une maison de retraite de mon choix, parce que je lui faisais honte et que je compromettais sa carrière. D'où ma présence ici. Et vous ? Pourquoi faites-vous la gâteuse ?

Se résignant à l'inévitable, Mrs Docherty lui révéla ses soupçons.

– Jamais je n'aurais dû venir, conclut-elle. Il ne se passe rien.

– Au contraire, je crois que vous avez très bien fait. Je flaire une entourloupe. Avis de professionnel.

C'était un petit homme énergique qui n'avait pas perdu ses cheveux, châtains comme sa petite moustache. Une teinture, sans doute, songea Mrs Docherty. Il portait un dentier à grandes dents mal ajusté et avait les oreilles en feuilles de chou. Il inclina un peu la tête.

– Vous entendez ? Ça y est, ils se sont lancés à notre poursuite.

– Le bois est vaste. Ils auront du mal à nous retrouver.

– Pas avec les chiens.

– Ils ont des chiens !

– Chut ! Faites l'imbécile comme d'habitude. Je dirai que je vous ai vue errer dehors et que je vous ai suivie pour vous ramener. Ah, oui ! ajouta-t-il rapidement, n'avalez surtout aucun des médicaments qu'ils vous donnent. Je crois que les résidents ne sont pour la plupart pas plus gâteux que vous et moi. Ils sont drogués.

– Je me méfiais. Je les jette dans les toilettes. Vous pensez que… ?

Mrs Docherty se tut brusquement. Le coach sportif, Jerry Andrews, venait d'apparaître entre les arbres, entraîné par deux chiens de chasse qui tiraient sur leur laisse.

– Allez, debout, chère madame, dit Mr Jefferson en reprenant son accent snob. Il ne faut pas sortir comme ça toute seule...

Il se tourna avec un sourire vers le coach.

– Vous nous cherchiez ? Je l'ai vue qui allait vers le bois, et je me suis dit que je ferais mieux de la rattraper.

Le visage moulé plastique de Jerry resta immuable.

– Nous n'aimons pas que les patients se promènent dans la propriété. Ils pourraient se blesser. Prenez-lui le bras et suivez-moi.

Mrs Docherty, effrayée par les chiens, fut rassurée de sentir la main ferme de Mr Jefferson sous son bras. Elle pensa à balbutier quelques phrases incohérentes en chemin.

– Ne retournez pas dans vos chambres, ordonna Jerry quand ils furent à l'intérieur. Emmenez Mrs Docherty dans la salle commune, et je viendrai la chercher.

Mrs Docherty se laissa tomber dans un fauteuil.

– Comment vous appelez-vous ? chuchota Mr Jefferson.

– Mrs Docherty.

– Mais votre prénom ?

– Annie.

– Bien, Annie. Moi, je m'appelle Charlie. Faisons semblant de nous endormir. Ça les rassurera.

Mrs Docherty n'eut pas à se forcer : elle s'endormit pour de bon, fatiguée par sa promenade et la peur qu'elle avait eue devant Jerry et ses chiens. Ce fut une aide-soignante, une femme grande et forte, qui la réveilla en se penchant sur elle.

– Venez, c'est l'heure d'aller se reposer ! lui cria-t-elle à l'oreille.

Quelle idée de me réveiller pour me dire ça ! se dit Mrs Docherty, très irritée. Mais elle joua le jeu et se laissa reconduire dans sa chambre en boitillant.

Mrs Docherty, qui n'était pourtant pas un petit gabarit, fut mise au lit par l'aide-soignante sans le moindre effort. Elle eut droit à deux comprimés blancs avec un verre d'eau.

– C'est l'heure de vos vitamines, ma chérie.

Mrs Docherty fit semblant d'avaler, et dès que l'infirmière eut quitté sa chambre, elle se leva pour cracher dans le lavabo du coin-toilette. Ce ne fut qu'en se redressant qu'elle remarqua les barreaux tout neufs à sa fenêtre. Prise de panique, elle alla à la porte mais tourna la poignée en vain : on l'avait enfermée à clé.

Se sentant soudain très vieille et très fragile, elle s'assit sur le lit et posa les mains sur ses genoux pour tâcher de calmer son angoisse en respirant à fond.

Soudain, elle vit la poignée de la porte tourner lentement. Un glapissement de terreur lui échappa, mais ce n'était que Charlie Jefferson.

– Comment avez-vous réussi à ouvrir ? s'étonna-t-elle.

Il agita un trousseau de passe-partout.

– Tiens, ils vous ont mis des barreaux ! s'exclama-t-il. C'est parfait, ça !

– Ah, vous trouvez ? Pas moi !

– Si, ça prouve au moins qu'il y a bien anguille sous roche. On ne poursuit pas les gens avec des chiens et on ne les enferme pas sans raisons.

– Je ne pense plus qu'à une seule chose : récupérer les papiers que j'ai signés et l'acte de propriété de ma maison…

Il tira une petite bouteille de whisky de sa poche et alla prendre les verres posés sur la tablette du lavabo. Il les remplit généreusement et en tendit un à la vieille dame.

– Buvez un coup, ça vous fera du bien.

Ils s'assirent côte à côte sur le lit avec leur remontant.

– J'ai une proposition à vous faire, dit Mr Jefferson entre deux gorgées.

Désinhibée par l'alcool, Mrs Docherty retrouvait son sens de l'humour.

– Une proposition ? Honnête, j'espère !

– Pas tellement. Si j'arrive à mettre la main sur vos papiers, est-ce que je pourrais venir vivre chez vous ?

– Comment ça ?

– Attendez, je vous ressers à boire… Quel âge avez-vous ?

– Un an de plus que vous.

– Vous voyez… Nous pourrions veiller l'un sur l'autre. Je ne vous dérangerais pas.

– Je préfère vivre seule !

– Oui, mais réfléchissez : nous arrivons tous les deux à un âge où nous aurons besoin d'assistance.

– Mais enfin... Je ne vous connais même pas et vous êtes un voleur.

– Un ancien voleur.

– Encore faudrait-il que nous arrivions à sortir d'ici, pour commencer ! S'il se passe réellement quelque chose de louche, si on liquide vraiment les vieux pour leur argent, il va falloir réunir des preuves. Disons que j'envisagerai sérieusement votre idée si vous m'aidez à faire prendre ces assassins.

– Affaire conclue ! Il suffit que j'arrive à monter dans les bureaux pour trouver les dossiers. Je vais chercher quels autres pensionnaires ont légué leur maison et les surveiller pour voir ce qui arrive.

– Ne vous faites pas prendre. Il risque d'y avoir des systèmes d'alarme, des détecteurs à infrarouge.

– Ça m'étonnerait. Il n'y a pratiquement que des grabataires dans cette maison. Ils ne doivent pas se méfier. Attention ! On vient !

Ils s'immobilisèrent et attendirent en silence. Des pas approchaient dans le couloir, hésitèrent devant la porte, puis s'éloignèrent.

– Je ferais mieux de partir, chuchota-t-il.

Il revissa le bouchon de la bouteille, rinça les verres et les replaça sur la tablette du lavabo, puis il passa le bras entre les barreaux pour lever la fenêtre.

– J'aère pour chasser l'odeur de whisky, expliqua-t-il. Refermez après mon départ.

Il tourna prudemment la poignée de la porte et sortit en silence, puis Mrs Docherty entendit la serrure s'enclencher.

Elle regarda l'heure. Il restait encore trente minutes avant la fin de la période de sieste obligatoire. Elle ferma la fenêtre, alla faire couler de l'eau dans le lavabo pour chasser les comprimés qu'elle avait crachés et sortit son téléphone portable pour appeler le poste de police de Lochdubh.

Hamish Macbeth écouta son récit des événements, très alarmé.

– Je n'aurais jamais dû vous laisser prendre un tel risque, gémit-il. Il faut vite qu'on vous sorte de là !

– Je ne partirai pas avant d'avoir récupéré ma maison.

– Je vais demander à Elspeth de passer vous voir.

– Ça ne servira à rien. Ils vont m'avoir à l'œil maintenant. Je vais devoir continuer à jouer les gâteuses.

– On ne sait jamais. Je vous l'envoie quand même.

Tout aussi inquiète qu'Hamish, Elspeth se mobilisa. Elle retira la pancarte « À VENDRE » accrochée à la maison de Mrs Docherty et la cacha sous un buisson. À son arrivée aux Pins, on la fit attendre dans la salle commune. Une aide-soignante arriva avec Mrs Docherty et ne quitta pas la pièce de toute la visite, ne perdant pas une miette de ce qui se disait. Elspeth dut donc jouer le rôle de la nièce inquiète tandis que la pauvre Mrs Docherty faisait semblant de ne rien comprendre à ce qu'elle disait.

Elspeth tenta bien de soustraire Mrs Docherty à la surveillance de son garde-chiourme, mais en vain.

– Je peux sortir me promener un peu avec tata ? demanda-t-elle.

– Désolée, mais c'est tout à fait impossible ! répondit l'aide-soignante. Votre tante s'est égarée dans le parc et nous a beaucoup inquiétés. Elle est sous notre responsabilité, vous comprenez.

– Mais je suis là pour veiller sur elle !

– Non, nous ne la laissons plus sortir.

Elspeth dut donc repartir sans avoir pu communiquer avec Mrs Docherty, se sentant tout aussi impuissante et coupable qu'Hamish.

Angela Brodie, qui téléphona une demi-heure après la visite d'Elspeth, ne parvint pas non plus à tirer une seule phrase cohérente à la vieille dame.

Cette nuit-là, Mrs Docherty attendit Charlie Jefferson avec impatience. Au moins, elle avait un allié dans la place. Et elle avait bien besoin de se rassurer, car un silence profond régnait dans l'établissement et on l'avait de nouveau enfermée à clé. L'infirmière lui avait donné ses comprimés, mais sans attendre de la voir les avaler. Mrs Docherty avait donc pu les envelopper dans un mouchoir en papier et les cacher au fond de son sac à main. Son idée était de les donner à Elspeth lors de sa prochaine visite pour les faire analyser. Il ne s'agissait très certainement pas de vitamines comme on le prétendait, mais sans doute de somnifères. Le silence l'attestait : les pensionnaires dormaient trop profondément pour que cela soit naturel.

Les nuits n'étant jamais parfaitement noires en été au nord de l'Écosse, un peu de lumière filtrait à travers les rideaux. Elle les ouvrit et s'assit dans son fauteuil près de la fenêtre pour se tenir éveillée.

Vers quatre heures du matin, un déclic de la serrure la tira de sa somnolence. Mr Jefferson se glissa dans la pièce et referma à clé derrière lui.

– Il fait suffisamment clair, chuchota-t-il, il vaut mieux ne pas allumer : ils sont tout à fait capables d'avoir mis un garde à l'extérieur pour surveiller la maison.

– Vous avez du nouveau ? demanda-t-elle fiévreusement.

– J'ai vu où étaient gardés les papiers : je peux récupérer les documents que vous avez signés et votre acte de propriété facilement, mais je pense que c'est encore trop tôt. À part vous, il y a deux autres pensionnaires qui se sont financés en cédant leur maison. Deux dames : Mrs Hague et Mrs Prescott. J'ai parlé à Mrs Prescott. Elle a encore toute sa tête. Elle possédait une grande propriété dans le Perthshire qui avait beaucoup de valeur. Je pense que c'est sur elle qu'il faut surtout veiller.

– De quoi a-t-elle l'air ?

– C'est une dame toute petite et voûtée. Les

cheveux teints, pas très abondants. Quand je lui ai parlé, elle portait une robe d'été en coton imprimé de grosses roses rouges.

– Ah, oui ! Je vois. Elle arrive encore à se déplacer. Vous avez remarqué qu'on ne nous propose jamais d'aller dans la salle de sport ou à la piscine ? On nous avait aussi promis des massages…

– Les cours de sport et l'aquagym sont réservés aux personnes extérieures. Ils ne perdent pas leur temps avec les vieux croulants que nous sommes.

– Est-ce qu'on peut savoir qui a signé le certificat de décès de Mrs Price ? Hamish m'a parlé d'un article dans le journal.

– Sans doute le médecin qui consulte ici… Je ne me souviens pas de son nom. De toute façon, je pense qu'il vaut mieux nous concentrer sur Mrs Prescott pour l'instant…

– C'est plus facile pour vous que pour moi : je dois faire comme si j'étais sénile, vous vous souvenez ? Si je me mets à lui parler, ça va éveiller les soupçons.

– Nous trouverons bien l'occasion de l'avertir.

Et en effet, le lendemain matin, dans la salle commune, Mr Jefferson s'assit à côté de Mrs Prescott.

– Je n'en peux plus de regarder la télévision à longueur de journée… Pas vous ?

– C'est bien vrai. Il n'y a aucune autre activité. Ils nous bourrent de cachets qui sont tellement forts que j'ai l'impression d'avoir la gueule de bois tout le temps.

– Pourquoi avez-vous voulu venir ici ?

– Je n'avais pas assez de revenus. Ma maison était trop grande pour moi toute seule et je n'arrivais plus à l'entretenir. J'ai entendu parler du financement qui est offert ici : la pension à vie en échange du produit de la vente. Ça m'a semblé idéal. Les factures devenaient trop lourdes à régler. L'hiver dernier, le chauffage a failli me ruiner. C'est vraiment agréable de ne plus avoir à se soucier de rien, d'être nourrie, logée...

Elle s'interrompit, prise d'une terrible quinte de toux. Quand elle eut retrouvé son souffle, elle expliqua :

– J'ai de l'emphysème. J'ai fumé toute ma vie et je n'arrive pas à arrêter. Ils m'ont repérée hier en train de fumer à la fenêtre et je me suis fait drôlement attraper. Le docteur a promis de me faire une piqûre qui m'aidera à arrêter.

– Quel docteur ?

– Eh bien, Mr Nash. Le médecin d'ici.

– Une piqûre ? C'est bizarre. Je n'ai jamais entendu parler de cette méthode. Je connais l'acupuncture, les patchs de nicotine, l'hypnose... Mais arrêter de fumer par injection... jamais.

– Comment voulez-vous que je sache si c'est bien ? C'est lui le docteur.

– Quand doit-il vous la faire, cette piqûre ?

– À quinze heures, à l'infirmerie.

– Je n'y suis jamais allé, où est-ce ?

– Dans le couloir, entre la salle de sport et la piscine.

Mr Jefferson fit claquer nerveusement son dentier. S'il lui conseillait de ne pas y aller, elle demanderait pourquoi. Et si l'injection était anodine, l'alerte serait donnée pour rien et ils perdraient leur chance de prendre les criminels en flagrant délit.

La sieste commençait à quatorze heures. Une fois tous les résidents parqués dans leur chambre, il attendit une demi-heure, puis alla voir Mrs Docherty. Elle écouta attentivement son histoire de piqûre.

– Il faut faire quelque chose !

– Elle m'a dit où était l'infirmerie. En sortant par ma fenêtre et en faisant le tour sans être vus, nous pourrons espionner par la fenêtre de l'infirmerie. Ils ne vous enferment plus : je n'aurai pas à refermer derrière nous, ce sera plus simple. Vous avez réussi à désamorcer leurs soupçons, bravo.

Mrs Docherty le regarda avec admiration.

– Vous n'avez vraiment peur de rien, vous.

– Je ne risque pas grand-chose : comme mon fils paye ma pension, je leur rapporte plus d'argent en restant en vie. Allons-y.

Ils sortirent de la chambre, passèrent dans celle de Mr Jefferson et s'échappèrent par la fenêtre. Le cœur de Mrs Docherty battait beaucoup trop fort et elle espéra qu'il ne la lâcherait pas trop vite. Elle voulait vivre au moins assez de temps pour finir l'enquête. Voyant qu'il fallait se déplacer à quatre pattes sous les fenêtres pour ne pas être repérés de l'intérieur, elle protesta un peu.

– Je suis trop vieille pour ce genre d'acrobaties !

– C'est bon, nous y sommes presque. Et il sera quinze heures dans deux secondes.

Ils se redressèrent juste suffisamment pour regarder discrètement dans l'infirmerie. Un homme en blouse blanche, qui devait être le docteur Nash, discutait avec l'infirmier pakistanais. Mrs Docherty et Mr Jefferson entendaient des voix étouffées, mais sans distinguer le sens des mots. La porte s'ouvrit et Mrs Prescott entra, accompagnée par une aide-soignante. Des paroles furent échangées, puis on la fit allonger sur la table d'examen. Tout en continuant de parler, le docteur Nash prit une seringue. L'infirmier pakistanais remonta la manche de Mrs Prescott. L'aiguille s'enfonça dans son bras. Le docteur Nash continua de parler pendant que les yeux de Mrs Prescott se fermaient. L'aide-soignante, l'infirmier et le médecin restèrent là à l'observer. Puis le docteur Nash lui prit le pouls, hocha la tête et ils quittèrent tous les trois la pièce.

– Elle est morte, j'en suis sûre ! chuchota furieusement Mrs Docherty. Qu'est-ce qu'on fait ?

– Attendons jusqu'au dîner, je demanderai de ses nouvelles. Si elle est morte, vous appellerez votre ami policier et il enverra un médecin légiste pour pratiquer une autopsie.

– La police voudra nous interroger, s'inquiéta Mrs Docherty alors qu'ils revenaient sur leurs pas, toujours à quatre pattes. Nous allons devenir des témoins gênants et ces assassins vont vouloir nous supprimer.

– Il va falloir nous enfuir ce soir. La police n'aura qu'à nous interroger chez vous. Je vais récupérer vos papiers. Personne ne cherchera à nous poser de questions avant l'autopsie.

De retour dans sa chambre, Mrs Docherty était tellement épuisée qu'elle dormit pratiquement jusqu'à l'heure du dîner. À son réveil, elle crut avoir rêvé. Ils avaient construit tout un roman à partir de pas grand-chose. Ils allaient trouver Mrs Prescott assise à table avec tout le monde.

Les genoux douloureux après son escapade, Mrs Docherty fit sa toilette et se changea car sa robe était salie de taches d'herbe. Elle ne se rendit compte que trop tard de son imprudence, au moment où elle entrait dans la salle à manger : les vieilles dames gâteuses ne se changeaient pas toutes seules et n'arrivaient pas à l'heure pour les repas… Elle risquait d'attirer les soupçons sur elle.

Son angoisse monta encore d'un cran quand elle vit que la place de Mrs Prescott était vide. Mr Jefferson, qui dépliait sa serviette, demanda à l'employée qui faisait le service :

– Mrs Prescott ne dîne pas ?

– Oh, monsieur, elle s'est trouvée mal et elle est morte.

– Elsie ! s'écria une aide-soignante à l'autre bout de la salle. On ne parle pas aux patients !

L'appétit coupé, Mrs Docherty ne put rien avaler. La soirée lui sembla interminable. Elle dut attendre la fin du repas, puis patienter dans la salle de télévision avec les autres pendant le programme du soir jusqu'à ce qu'une aide-soignante daigne la raccompagner. En entrant dans sa chambre, son regard tomba sur ses livres près du lit. Quelle idiote ! Ses livres et son ordinateur pouvaient l'avoir trahie. Avec un peu de chance, l'équipe s'était simplement dit qu'Elspeth les lui avait fait prendre mais qu'elle ne les ouvrait pas... Elle se souvint aussi qu'Elspeth avait expliqué que sa « tante » avait de rares moments de lucidité.

Elle ajouta ses comprimés du soir à ceux qu'elle avait déjà mis de côté, puis elle sortit son téléphone et appela Hamish Macbeth. Il l'écouta, puis lui recommanda :

– Ne dites à personne que j'ai participé à votre projet d'infiltration. Ne bougez pas, j'arrive.

– Nous allons nous enfuir ce soir.

– Comment cela ?

Elle lui expliqua le plan de Mr Jefferson.

– Je serai dans de beaux draps si Strathbane apprend que j'ai encouragé un cambriolage ! Surtout, dites à votre ami de ne pas laisser d'empreintes digitales.

– Je suis sûre qu'il y pensera. Demandez à Elspeth de sortir mes affaires du garde-meuble demain.

Après le coup de fil de Mrs Docherty, Hamish réfléchit un instant, sourcils froncés, puis il téléphona au commissaire Daviot à son numéro personnel et lui expliqua la situation.

– J'envoie le médecin légiste et une équipe sur place tout de suite. Vous êtes sûr que cette dame n'a pas tout inventé, au moins ?

Hamish lui expliqua de nouveau patiemment l'escroquerie, le don d'une propriété contre la pension, et la mort de déjà six personnes en comptant Mrs Prescott.

– Quelle affaire épouvantable, soupira le commissaire. Je m'en occuperai moi-même. Je vous retrouve là-bas.

– À tout à l'heure, répondit Hamish, assez mal à l'aise car il conservait quelques doutes.

Il espérait de tout son cœur ne pas s'être trompé.

Mrs Docherty était prête à filer avec sa valise et commençait à se demander ce que fabriquait Mr Jefferson. Il lui semblait l'attendre depuis une éternité. Et puis elle entendit un petit bruit devant sa fenêtre. Elle le vit qui descendait d'une voiture de sport longue et basse.

– Passez par ma chambre, chuchota-t-il, et sortez par la fenêtre.

Le cœur tambourinant dans sa poitrine, elle porta sa valise dans la chambre voisine, puis ses livres et son ordinateur, et les lui fit passer par la fenêtre.

– Vite ! souffla-t-il.

Elle sortit en se livrant à sa petite escalade, prit

place dans la voiture et referma tout doucement la portière.

– Bon, maintenant, il faut que j'arrive à démarrer cette bagnole avec les fils, marmonna-t-il.

– Comment l'avez-vous conduite jusqu'ici ?

– Elle était garée en haut de la pente. J'ai juste desserré le frein à main et je suis arrivé en roue libre.

Soudain, la lumière vive d'une torche illumina l'habitacle. L'infirmier pakistanais apparut à la vitre, du côté de Mrs Docherty.

– Allez, allez, maugréa Mr Jefferson en frottant les fils.

Le moteur se réveilla soudain. Mr Jefferson partit en marche arrière dans la côte, juste au moment où la porte de la maison de retraite s'ouvrait sur le coach et ses chiens qui se ruaient dehors.

Mrs Docherty se cramponna de toutes ses forces tandis que Mr Jefferson faisait un demi-tour échevelé et fonçait dans l'allée principale.

– Vous avez récupéré mes papiers ? cria-t-elle pour se faire entendre malgré le vrombissement du moteur.

– Oui ! Ah, bon sang ! Le portail automatique !

– La grille se referme ! Nous ne passerons jamais !

– Accrochez-vous, Annie !

Il plaqua le pied sur l'accélérateur, et la voiture se faufila entre les battants du portail qui se refermait, si juste qu'un horrible raclement de tôle froissée s'éleva des deux côtés.

– C’est bon ! lança Mr Jefferson en continuant de rouler. La voiture de ce salopard en a pris un bon coup, mais ça lui fera les pieds !

– À qui est-elle ?

– Au docteur Nash !

Un éclat de rire salua cette nouvelle. Annie Docherty respirait enfin.

C’est ainsi qu’Hamish Macbeth dut encore retarder son séjour à Stoyre. Les analyses ayant montré que Mrs Prescott était morte d’une dose massive de morphine, des corps furent exhumés. L’absence de l’inspecteur-chef Blair, qui séjournait à l’hôpital à cause de sa cirrhose, permit à Hamish de protéger Mr Jefferson. Ce dernier raconta lors de l’enquête que Mrs Docherty et lui, ayant eu peur d’être assassinés, avaient profité de ce que la porte du bureau était ouverte pour reprendre les documents signés par Mrs Docherty. Certes, il avait un casier judiciaire, mais il s’était rangé et, comme il le fit fort justement remarquer, sans leur intervention la police n’aurait rien su.

Mr Dupont s’avéra être la fausse identité d’Heinrich Bergen, un homme recherché par la police allemande pour une escroquerie de même type commise à Hambourg.

Le rapport prit des heures à rédiger. Hamish effaça son rôle pour laisser tout le mérite du coup de filet à Annie Docherty et à Charlie Jefferson :

il n'aurait plus manqué que cette réussite remette sa promotion à l'ordre du jour.

Elspeth fit aussi l'éloge des deux héros dans la presse nationale. Mrs Docherty et Mr Jefferson furent couverts de louanges et baptisés la Miss Marple et l'Hercule Poirot des temps modernes dans tous les journaux. Les retentissements de l'affaire occupèrent la police jusqu'au retour de la fraîcheur et des nuits plus noires. Finalement Hamish n'eut guère le temps de penser à Stoyre avant la fin de l'été.

Ce ne fut donc pas avant les derniers jours du mois d'août que, surveillé de loin par des regards curieux, il prit possession un matin de sa maison de location sur le port de Stoyre. Lugs, méfiant, visita sa demeure provisoire en grognant sourdement.

– Oui, je te comprends, dit Hamish.

Une forte odeur d'humidité et de poussière rendait en effet la maison peu accueillante malgré le ménage qui venait visiblement d'être effectué. Il monta sa valise dans la chambre, puis redescendit dans le séjour et s'accroupit devant la cheminée. Il avait demandé de quoi faire du feu, les nuits devenant froides. Il y avait donc un panier de briques de tourbe, des bûches et du petit bois dans une caisse à côté du foyer. Il déchira les pages d'un vieux numéro du *Highland Times* qu'il avait trouvé sur la table, et en fit des boules qu'il plaça dans l'âtre, ajouta du petit bois et craqua une allumette.

Il s'assit sur ses talons pour regarder le feu prendre. Une épaisse fumée se répandit aussitôt dans la pièce. Toussant et jurant, il courut ouvrir la porte pour aérer. Il attendit que les flammes s'éteignent, puis il inspecta l'évacuation en introduisant le bras à l'intérieur du conduit. Sa main détecta un bouchon de papier journal qui obstruait le passage. Il tira et le fit tomber dans une cascade de suie.

Très contrarié, il nettoya sommairement et replaça le bois. Une fois dégagée, la cheminée tirait bien, et le feu partit sans difficulté. Après avoir ajouté la tourbe et les bûches, Hamish trouva un aspirateur dans le placard de l'escalier et le brancha. Rien ne se passa quand il appuya sur le bouton. Il se rappela alors que l'électricité dépendait de compteurs à pièces. Il prit cinquante pence dans sa poche, et introduisit la monnaie dans le sous-compteur qui se trouvait dans l'entrée, près du tableau de répartition et du compteur général. Cette fois, l'aspirateur se mit en marche. Une fois les restes de suie disparus, il monta se laver et défaire ses bagages.

Dans la salle de bain, il découvrit qu'il n'y avait pas de baignoire mais seulement une douche. Hamish Macbeth n'aimait pas les douches, préférant de loin se prélasser dans de l'eau chaude ; cependant, pour se débarrasser de la suie dont il était couvert, une douche, songea-t-il, serait beaucoup plus efficace. Il se mit sous l'eau, et, seulement alors, s'aperçut que le porte-savon était vide.

À la guerre comme à la guerre : il prit une noix de shampoing dans son flacon.

Il se sécha, passa des vêtements propres puis défit sa valise. La penderie n'était qu'une simple alcôve fermée par un vieux rideau, avec trois cintres en tout et pour tout. Lugs, assis à la porte de la chambre, observait toute cette activité avec curiosité.

– C'est quand même un peu scandaleux de louer une maison pareille, lui dit Hamish avec l'accent écossais que sa mauvaise humeur faisait ressortir. Comment espèrent-ils attirer les touristes s'ils les traitent aussi mal ?

Il y avait aussi une commode rustique dont les tiroirs coinçaient. Il rangea ce qu'il put à l'intérieur, accrocha son costume du dimanche et son uniforme, et laissa le reste dans sa valise, qu'il glissa sous le lit en la poussant avec le pied.

Il testa le matelas, qui lui sembla dur, puis redressa l'édredon glissant posé sur deux minces couvertures.

– On verra bien… Je ne vais pas faire le difficile. Bon, allons voir si l'épicerie est ouverte.

Il sortit, suivi par son chien, et se dirigea vers le magasin d'alimentation. Il entendit des bruits de voix à l'intérieur mais le silence se fit quand il entra. Il ne vit aucun client.

Sans trop se poser de questions, il prit un panier et fit le tour des rayons. Il avait apporté un carton de provisions, mais il avait besoin de lait frais, de bacon et de pain… et d'un savon.

Il porta son panier à la caisse, où officiait Mrs MacBean. Elle sortit ses articles et tapa les prix sur sa vieille caisse enregistreuse.

Il paya, puis vit que ses courses restaient étalées sur le comptoir.

– Vous n'avez pas de sac ? demanda-t-il.

– C'est trois pence le sac.

– Il m'en faudra deux, soupira-t-il.

– Vous venez faire quoi, ici ? demanda l'épicière.

– Je suis en vacances.

– Alors que vous vivez à Lochdubh ?

– *Aye*, pourquoi pas ?

Elle le dévisagea longuement, ses yeux trahissant le combat qu'elle se livrait entre le désir de ne pas ouvrir la bouche et celui de poser des questions. La curiosité l'emporta.

– Vous avez participé à l'enquête sur le scandale de la maison de retraite à Braikie ?

– *Aye*, une affaire difficile.

– C'est sûr, approuva-t-elle en s'appuyant au comptoir. C'est déjà assez dur comme ça de vieillir sans qu'on vous empoisonne en plus.

– Ah, ça, je ne vous le fais pas dire. Des gens très malfaisants… Mais c'est une vieille dame bien courageuse qui les a démasqués, Mrs Docherty. Elle…

Un bruit l'interrompit, et le visage de l'épicière se referma.

– Et avec ça ? Ce sera tout, Mr Macbeth ? Je dois vérifier mon stock.

Hamish se retourna. L'épicerie était agencée comme une petite supérette, avec deux allées pour circuler entre les étagères de produits alimentaires, deux vitrines réfrigérées et un congélateur. À l'arrière du magasin, un rideau dissimulait une porte. Il vit le rideau bouger un peu, puis s'immobiliser.

Il fit de nouveau face à Mrs MacBean, dont les yeux gris de vieille femme restèrent aussi indéchiffrables que des morceaux de verre. Il rassembla ses achats et sortit.

C'était une journée brumeuse au silence ouaté que ponctuait le doux bruit des vagues sur les galets. Il retourna à la maison de location et put enfin préparer son petit déjeuner tardif.

La maison étant sombre, il alluma le plafonnier, un luminaire ancien constitué de deux ampoules dissimulées à l'intérieur d'un globe en porcelaine retenu par du fil de fer.

Il prit le temps de ranger d'abord les provisions qu'il avait apportées ainsi que celles achetées à l'épicerie, laissant le bacon et les œufs sortis. Lugs gronda un peu, impatient.

Hamish se frappa le front.

– J'ai oublié de te prendre une boîte. Attends, je reviens.

Il retourna en courant à l'épicerie. Alors qu'il poussait la porte, il entendit la voix de Mrs MacBean.

– Il dit qu'il est en vacances…

Elle s'interrompit en le voyant et le silence se fit. Il y avait cinq personnes dans le magasin, qui sortirent aussitôt, yeux baissés, le dépassant sans le regarder.

Hamish prit six boîtes de nourriture pour chien et une bouteille de whisky, régla ses achats et repartit. Une fois rentré, il nourrit Lugs et alluma la cuisinière électrique.

Aussitôt, la lumière s'éteignit. Très irrité, il remit une pièce dans le compteur, et le courant revint.

– Ces radins ont raccourci la minuterie, dit-il à Lugs.

Il prit son petit déjeuner puis téléphona à l'agence pour signaler un compteur défectueux.

– Je suis sûr que vous ne volez pas intentionnellement vos clients, conclut-il.

Très gêné, le directeur de l'agence promit de lui envoyer un électricien. Justement, il y en avait un à Stoyre.

Hamish venait de découvrir à sa grande fureur que même le ballon d'eau chaude fonctionnait avec un compteur à pièces, quand il entendit frapper à la porte.

Il ouvrit et trouva devant lui une sorte de nain de jardin chargé d'un gros sac à outils.

– Hughie McGarry pour vous servir, dit l'homme. L'agence de Strathbane a dit que comme vous ne restiez qu'une semaine, je n'avais qu'à shunter les sous-compteurs.

– Formidable, dit Hamish. Entrez.

– Ça va prendre un petit moment. Vous n'avez qu'à sortir faire un tour pour me laisser travailler.

N'ayant apporté aucun objet de valeur qu'il craignait de voir disparaître, Hamish accepta.

Il alimenta le feu, mit sa laisse à Lugs et ouvrit la porte.

– Vous en avez pour combien de temps ? demanda-t-il avant de partir.

– Une heure, à peu près.

– Vous vivez ici ?

– *Aye*, sur la colline, pas loin de l'église.

L'électricien prit une chaise et la plaça sous le compteur général pour l'atteindre.

– Bon, je jette un coup d'œil à votre affaire.

Malgré l'apparition d'un soleil assez puissant pour chasser la brume, Mr McGarry portait plusieurs pulls qui dégageaient une forte odeur de fumée de tourbe. Son visage raviné était incrusté de saleté et ses yeux bizarrement rouges semblaient malades. Il posa la main sur le levier du compteur électrique.

– Je coupe l'alimentation. Allez-y, je n'ai plus besoin de vous.

Hamish se promena sur le port, saluant ceux qu'il croisait par d'aimables bonjours et obtenant de non moins aimables réponses. Mais sous ces apparences de normalité, on sentait une atmosphère tendue, comme si le village retenait son souffle.

Dans les hauteurs, les dernières nappes de brume se dissipaient sur le flanc de la montagne. Un héron planait dans le ciel. Hamish admirait le paysage, conscient que ces petits villages éloignés et méconnus des Highlands étaient d'une beauté exceptionnelle. L'air y était délicieusement pur. Quel dommage, songea-t-il, que l'ambiance soit aussi lourde. Il aurait voulu de tout son cœur que Stoyre soit épargné, mais on ne pouvait oublier la bombe chez le major. En haut de la colline, la maison éventrée par l'explosion était visible de tous.

Il lui vint pour la première fois à l'esprit qu'il se mettait peut-être en danger lui-même. Si on avait pu détruire la maison du major, on pouvait tout aussi bien s'en prendre à lui. Il se rendit à Braikie avec Lugs pour acheter des détecteurs de fumée. À son retour à Stoyre, il découvrit que l'électricien avait fini son travail et était parti en laissant la porte ouverte. Il fit prudemment le tour des lieux et appuya sur un interrupteur en rentrant la tête dans les épaules. Pas de feu d'artifice.

Il ranima les braises dans la cheminée : il avait beau faire chaud dehors, l'humidité était toujours terrible dans la maison. Il fixa les deux détecteurs de fumée, l'un en bas, au plafond du séjour, et l'autre en haut de l'escalier, sur le palier.

Il vérifia l'extincteur de la cuisine, qu'il préféra placer près de la porte d'entrée.

Il dîna tôt et décida de passer une soirée tranquille à lire. Il avait acheté la bouteille de whisky surtout en prévision d'une éventuelle visite de Jimmy, mais il se versa tout de même un verre et prit son livre. Lugs s'allongea près de lui devant le feu avec un soupir d'aise.

Dans la journée, Elspeth était allée chez Mrs Docherty pour voir comment se portaient les deux héros.

– Tout va pour le mieux, ma petite, la rassura Mrs Docherty, qu'elle trouva seule. Notre heure de gloire nous a fait bien plaisir.

– Ce n'est pas terminé. Il reste encore le procès. Vous allez témoigner. Comment se passe la cohabitation avec Mr Jefferson ?

– J'avais un peu peur qu'il me dérange, mais nous nous entendons bien. Il y a assez de place dans la maison pour que nous ayons chacun notre espace. Et puis il aime sortir et il s'est trouvé des occupations au village.

– Vous n'avez pas peur qu'il soit tenté de reprendre ses activités criminelles ?

– Il n'a plus vraiment l'âge... Et il n'a sûrement pas envie d'aller en prison. Je ne m'inquiète pas. Et Macbeth ? Où est-il passé ? Il a affiché un mot à la porte du poste de police pour dire d'appeler Cnothan en cas de besoin.

Elspeth hésita, mais elle ne vit pas de raison de cacher à la vieille dame où était Hamish, du moment qu'elle restait discrète.

– Je vais vous le dire, mais surtout, ne le répétez à personne...

– Promis.

– Eh bien, vous vous souvenez de l'explosion dans la résidence secondaire d'un major anglais à Stoyre ?

– Bien sûr. Les journaux ne parlaient que de ça.

– Hamish est allé passer quelques jours là-bas. Il est officiellement en vacances, mais en fait, il a loué une maison sur le port pour essayer de découvrir ce qui cloche là-bas.

Après le départ d'Elspeth, Mrs Docherty attendit Mr Jefferson avec impatience pour lui apprendre la nouvelle. Elle lui annonça dès son retour :

– Hamish, notre policier, vous savez, eh bien il est allé passer ses vacances à Stoyre.

– Tiens ? Ce n'est pas là qu'on a fait sauter une maison ?

– Si, justement. Il veut passer du temps dans le village pour découvrir les coupables.

– Il aurait dû nous mettre dans le coup. Après tout, c'est nous qui lui avons résolu l'affaire de la maison de retraite.

– Nous pourrions aller y faire un tour pour lui parler.

– D'accord ! dit Mr Jefferson en ajoutant très vite : C'est moi qui conduis !

Mrs Docherty roulait un peu trop prudemment à son goût : elle était connue pour ne jamais dépasser les trente kilomètres à l'heure.

Dans la maison de location, le détecteur de fumée de l'étage se déclencha. Lugs, couché sur la carpette, se réveilla et se mit à aboyer, mais son maître, qui s'était endormi dans le fauteuil, ne bougea pas. Lugs prit sa jambe de pantalon entre ses dents et tira, mais sans résultat. Le chien dressa alors la tête et se mit à hurler à la mort.

– C'est complètement désert, remarqua Mr Jefferson en se garant sur le port. Il n'y a pas un chat dehors.

Mrs Docherty descendit péniblement de voiture.

– J'entends un chien hurler, dit-elle.

– Là-bas ! s'écria Mr Jefferson. Il y a de la fumée qui sort d'une fenêtre en haut de cette maison !

Il courut vers la maison en question, Mrs Docherty le suivant de son mieux. Il tambourina à la porte, puis il essaya d'ouvrir, mais elle était fermée à clé. Sans la moindre hésitation, il sortit ses passe-partout et la crocheta. Lugs les attendait de l'autre côté en aboyant comme un fou. Mr Jefferson se couvrit le nez avec un mouchoir et monta quatre à quatre. Dans la chambre, il vit des flammes qui brûlaient la plinthe électrique. Il redescendit à toutes jambes au compteur et coupa l'électricité, ce qui plongea la maison dans l'obscurité, puis il remonta avec l'extincteur, et en dirigea le jet sur les flammes. Le début d'incendie fut vite maîtrisé. Retenant sa respiration, il releva complètement la fenêtre entrouverte pour chasser la fumée.

Toussant et s'étouffant, il redescendit. À la lueur des flammes dans l'âtre, il vit que Mrs Docherty donnait de grandes claques à Hamish.

– Il est mort ? demanda-t-il.

– Non, mais il ne revient pas à lui. Qu'est-ce qui a causé l'incendie ?

– Un court-circuit, je pense. J'ai coupé l'électricité. Appelons la police.

– Non, réveillons d'abord Hamish. Si la police revenait à Stoyre, cela pourrait compromettre son enquête et il ne serait pas content. Faisons-le vomir, et nous verrons.

Elle fouilla dans les placards.

– C'est vide. Je ne trouve que du sel. Ça pourrait suffire à la rigueur, mais nous devons le réveiller d'abord. Mettons-le debout.

Mais même en unissant leurs forces, le vieux monsieur et la vieille dame ne réussirent pas à le redresser. Ils tirèrent, poussèrent, mais ne parvinrent qu'à le faire tomber par terre.

– On dirait qu'il a été empoisonné, dit Mr Jefferson, à bout de souffle. Je vais chercher la voiture. En la mettant juste devant la porte, on devrait arriver à hisser Hamish sur le siège arrière pour l'emmener chez le docteur Brodie.

– Son pouls est régulier, ce n'est peut-être qu'un somnifère, mais vous avez raison. Allez chercher la voiture.

Heureusement pour eux, Hamish reprit conscience juste le temps de faire quelques pas avec leur aide. Lugs sauta sur la banquette à côté de son maître qui s'était rendormi à peine assis. Mr Jefferson referma la porte de la maison avec son passe-partout, se mit au volant et roula pied au plancher vers Lochdubh.

En ouvrant sa porte, le docteur Brodie, effaré, se trouva face aux deux vieux complices qui criaient en même temps. Il comprit d'abord qu'il y avait eu le feu quelque part, puis que quelqu'un avait été drogué et qu'Hamish était en danger. Ayant saisi l'essentiel de l'histoire, il courut avec eux à la voiture. Hamish entrouvrit les paupières, mais sans sembler les voir.

– Allez, mon garçon, dit le médecin en le faisant sortir de la voiture. Tâchez de marcher.

Sa femme sortit pour les aider.

À eux quatre, ils parvinrent à faire entrer Hamish et à l'allonger sur la moquette du salon. Le docteur Brodie lui examina les pupilles à l'aide d'une petite lampe.

– Oui, je pense en effet qu'on lui a fait prendre un somnifère puissant. Il vaut mieux avertir sa hiérarchie à Strathbane.

– Attendons plutôt qu'il se réveille pour lui demander ce qu'il veut faire, intervint Mrs Docherty. Il était en mission d'infiltration ultrasecrète, ajouta-t-elle en prenant un air important.

– Si vous voulez. Nous allons le faire marcher un peu. Angela, ajouta-t-il en s'adressant à sa femme, tu vas te mettre d'un côté, moi de l'autre.

Hamish se réveilla lentement et finit par sortir

suffisamment de sa léthargie pour s'asseoir et boire du café noir.

– La drogue était dans le whisky, c'est certain, dit-il, la voix pâteuse. J'ai acheté la bouteille à l'épicerie. J'ai eu la visite d'un artisan qui s'appelle McGarry pour réparer la minuterie. Je pense qu'il a versé la drogue dans la bouteille et qu'il a saboté l'installation électrique. Vous avez pris la bouteille de whisky avec vous ?

– Je n'ai pas vu de whisky là-bas, répondit Mrs Docherty, et il n'y avait pas de verre non plus. J'ai cherché pourtant, au cas où vous auriez pris trop de cachets involontairement.

– Eh bien, ces activités cachées à Stoyre doivent être vraiment très criminelles si elles poussent quelqu'un à essayer de tuer un policier. Avez-vous pris contact avec Strathbane ?

– Non, nous n'avons averti personne. Nous attendions de voir ce que vous diriez.

– Je ne peux pas cacher une chose pareille. J'appelle Daviot tout de suite.

Ils patientèrent pendant qu'Hamish réveillait le commissaire. Des protestations indignées se firent entendre à l'autre bout du fil.

– Oui, commissaire, je sais, mais l'affaire est grave. Je préférerais venir vous en parler directement.

Dès qu'il eut raccroché, il demanda :

– Je peux vous emprunter votre voiture, Angela ? Je dois aller discuter de tout ça avec Daviot.

– Vous n'êtes pas encore en état de conduire, protesta le médecin.

– Ce n'est pas grave, intervint Mr Jefferson, l'air tout à fait ravi. Nous allons l'emmener là-bas, n'est-ce pas, Annie ?

– Mais bien sûr, avec plaisir.

Angela sourit.

– Dans ce cas, vous feriez mieux d'aller vous rafraîchir dans la salle de bain, Mr Jefferson. Vous avez le visage noir de suie.

Encore groggy, Hamish, installé à l'arrière de la voiture avec Lugs, s'émerveilla de l'audace de Mrs Docherty et de Mr Jefferson, qui conduisait à vive allure vers Strathbane.

– Où faut-il vous déposer ? Au commissariat ou au domicile du commissaire ? demanda Mr Jefferson.

Il s'interrompit en freinant brutalement pour éviter un chevreuil qui traversait la route.

– Eh bien, nous l'avons échappé belle, remarqua-t-il alors que l'animal bondissait hors de vue. La voiture aurait pu être fichue.

– Et nous avec, remarqua Hamish, un peu secoué. Nous allons au commissariat, reprit-il. Daviot a dit qu'il me rejoindrait là-bas. Comment avez-vous compris que le circuit électrique avait été trafiqué et qu'il fallait couper le courant ?

Il y eut un silence. Une chouette passa à côté d'eux et, pendant un bref instant, on n'entendit plus que le ronronnement du moteur. Mr Jefferson se décida à parler, visiblement ennuyé.

– Je peux bien vous le dire, maintenant que je me suis racheté. Il m'est déjà arrivé de jouer un tour un peu semblable – pas pour tuer, bien entendu, mais pour vider une maison où je passais quelques jours. Dans la panique, il est toujours plus facile de récupérer une ou deux bricoles.

– Je n'aurais jamais cru devoir remercier un jour un malfaiteur, même réformé. Vous m'avez sauvé la vie. Mais comment saviez-vous que j'étais à Stoyre ?

– C'est votre petite amie qui nous l'a dit, expliqua Mrs Docherty.

– Ce n'est pas ma petite amie ! protesta Hamish avec un sursaut d'énergie avant de retomber sur la banquette et de fermer les yeux.

7

« L'homme est le seul animal qui sache rire et pleurer, car c'est le seul à se frapper de la différence entre ce que sont les choses et ce qu'elles devraient être. »

William Hazlitt

– J'espère que ce que vous avez à me dire en vaut la peine, bougonna Daviot. Il est deux heures du matin !

Hamish lui raconta la tentative de meurtre dont il avait été victime.

– Il fallait nous avertir plus tôt ! J'envoie une équipe sur place !

– Non, non, commissaire, mieux vaut attendre. Vous allez de nouveau vous heurter à la complicité des gens de Stoyre. Il n'y aura pas de preuves : le whisky et la drogue qu'il contenait ont disparu, et ils ont dû se mettre d'accord sur leur version des faits. Ils prétendront que j'étais complètement soûl. Je suis certain que cet électricien connaît parfaitement son métier, et vu l'état de la maison, laissée à l'abandon depuis des années, il a dû avoir la tâche facile. Un court-circuit peut être réalisé sans difficulté sur une vieille installation et les spécialistes nous diront que l'électricité était effectivement entièrement à refaire.

– Mais vous avez une idée…

– Oui. Je suggère d'envoyer à Stoyre des hommes en civil qui se feront passer pour des ouvriers chargés de remettre la maison en état. Je voudrais qu'on change la serrure et qu'on installe un système d'alarme. Nous ne dirons rien à l'agence pour l'instant. Je retournerai là-bas demain avec les gars et je ferai comme si de rien n'était. Ceux qui me veulent du mal vont se méfier, je pense, et ne plus rien tenter pour l'instant. Ce qui se passe dans ce village est grave et semble impliquer toute la population. Une grosse opération de contrebande, peut-être. Il y a des quantités de criques et de ports naturels au nord de Stoyre, et un seul sentier pour y accéder. Je voudrais inspecter cette partie de la côte pour voir si des livraisons illégales ont lieu.

Daviot considéra Hamish avec un soupir intérieur. Comme souvent, il se demandait pourquoi ce grand rouquin de Macbeth ne pouvait pas être un peu plus comme ses collègues. Ce long gars au visage sympathique ne faisait jamais rien comme tout le monde, mais on pouvait lui faire confiance.

Grâce à lui, la police de Strathbane avait récemment connu deux grosses réussites avec l'affaire de la fraude à l'assurance et celle de la maison de retraite. Il accepta à contrecœur.

– Bien. Vous avez le reste de la semaine. Si vous ne découvrez rien d'ici lundi prochain, on arrêtera les frais. Comment vous sentez-vous ? Les effets de la drogue se sont-ils dissipés ?

– À peu près.

– Comment êtes-vous venu à Strathbane ?

– Le couple de retraités qui m'a sauvé la vie m'a emmené ici en voiture. Mrs Docherty et Mr Jefferson, vous savez…

– Ne les embarquez pas dans cette nouvelle affaire ! Je vous demande de me le promettre.

– Oui, bien sûr.

Ils discutèrent encore un peu de l'intervention du lendemain, puis Hamish alla à la cafétéria où il surprit Mr Jefferson en train de donner des chouquettes à Lugs.

– Ça va lui abîmer les dents, s'écria Hamish.

Un bol posé par terre attira son attention.

– Ne me dites pas que vous lui avez aussi fait boire du café !

– Le pauvre toutou méritait bien une friandise, intervint Mrs Docherty. Alors, vous avez obtenu du renfort ?

Hamish hésita. L'inspecteur Harry MacNab, assis à une table voisine, écoutait de toutes ses oreilles.

– Venez, partons d'ici, dit-il en guise de réponse.

Sur le chemin du retour, les questions se faisant de plus en plus pressantes, il finit par céder.

– Bon, d'accord, je vais vous dire ce qui se passe, mais il faut me promettre de rester à l'écart de l'enquête et de ne pas retourner à Stoyre.

Une fois qu'il eut exposé son plan, la réaction ne se fit pas attendre.

– Mais nous pourrions vous être très utiles ! s'exclama Mr Jefferson.

– Non, vous avez déjà couru assez de risques comme ça. Je vous donne l'interdiction de vous mêler de cette affaire. Promis ?

Il leur arracha à tous deux un oui peu enthousiaste.

– Tiens, dit Mrs Docherty en changeant de sujet, vous ne nous avez pas dit si le labo avait trouvé ce qu'il y avait dans les cachets qu'on nous donnait à la maison de retraite.

– C'était un mélange de somnifères et de Nuctadorm.

– Du Nuctadorm ? C'est quoi ? interrogea Mrs Docherty.

– Un dépresseur du système nerveux central, comme les barbituriques. Les effets physiques sont un ralentissement du rythme cardiaque et de la tension artérielle. À petites doses, cela donne un sentiment d'euphorie, mais des doses plus importantes peuvent provoquer de la dépression, des comportements irrationnels, une diminution des réflexes et des difficultés d'expression. En fait, tous les symptômes de la sénilité. C'était exactement ce qu'il leur fallait.

– Et si le même genre de procédé était utilisé à Stoyre ? suggéra Mr Jefferson. Peut-être que des contrebandiers font venir de la drogue et que le renouveau religieux n'est qu'un camouflage pour détourner l'attention.

– Ne vous occupez plus de ça ! Ramenez-moi juste là-bas, et puis après, ne vous approchez plus jamais de cet endroit !

Le lendemain, Hamish, retranché dans sa maison de Stoyre, surveillait le port par la fenêtre. Derrière lui, les envoyés de Daviot nettoyaient les dégâts causés par la fumée et vérifiaient l'installation électrique. Une alarme et une nouvelle serrure étaient en cours d'installation. Dehors, la guerre se préparait.

Les habitants ne se cachaient plus. Rassemblés en vue de la maison par petits groupes, ils se parlaient bas en observant les travaux. On entendait le murmure de leurs voix par la fenêtre ouverte, une rumeur vaguement inquiétante qui rappelait le bruit du ressac sur la grève.

Un sentiment d'étrangeté fit frissonner Hamish. Il avait l'impression de jouer dans un film de science-fiction et de faire face à une population possédée par des envahisseurs venus d'une autre planète.

Soudain, une petite voiture de sport bruyante déboula sur le bord de mer et pila devant la maison. Elspeth en descendit, vêtue d'un long gilet de laine rouge vif qui lui arrivait aux chevilles, sur un chemisier blanc et un short très court. Hamish n'avait jamais été aussi content de la voir. Son arrivée avait comme brisé un maléfice, et les habitants commencèrent à se disperser.

– Entrez, dit Hamish. Quel bon vent vous amène ?

– Je viens seulement voir où vous en êtes. Dites donc, il y a des travaux ?

– L'électricité n'était pas aux normes.

– Ah oui ?... Et c'est aussi pour ça que vous faites mettre une alarme et une serrure trois points ?

– Venez, allons faire un tour sur la digue. Lugs ! Promenade !

– Qu'est-ce qu'il a, votre chien ? Il a l'air tout triste.

– Ses poils empestaient la fumée. J'ai dû lui faire prendre une douche ce matin. Il retrouvera le moral au soleil.

Ils s'adossèrent à la digue.

– Il ne manquerait plus qu'une tempête, remarqua Hamish. Le froid et l'humidité dans cette maison me font penser que par grand vent, les vagues doivent passer par-dessus la digue et arriver jusqu'à la porte.

Elspeth se baissa pour caresser Lugs. Il eut un mouvement de recul et s'écarta tout en la surveillant de ses étranges yeux bleus.

– Votre chien est jaloux de moi.

– N'importe quoi. Il n'était pas jaloux de Priscilla.

Mais quand va-t-il arrêter de parler de cette fille ? s'irrita Elspeth, qui dit seulement à voix haute :

– Bon, vous pouvez parler maintenant. Que se passe-t-il ?

– Je vais vous le dire, mais il faut me promettre que ça restera entre nous. Rien dans les journaux pour l'instant. Si je découvre quelque chose, vous serez la première avertie.

Il lui raconta alors sa terrible soirée : la drogue dans le whisky, l'incendie, et son sauvetage.

Elspeth, les yeux brillants, s'exclama :

– Alors ils sont prêts à tuer un policier pour garder leur secret !

– On dirait bien.

– Dans ce cas, pourquoi la police de Strathbane n'inculpe-t-elle pas tous les habitants du village ?

– J'ai demandé au commissaire de me laisser un peu de temps. Je pense que les violences vont cesser pour l'instant.

– Justement ! Ils vont se tenir tranquilles jusqu'à votre départ.

– Dès que les travaux seront terminés, j'irai me promener le long de la côte histoire de voir.

– Je serais bien venue avec vous, mais j'ai un reportage à faire à Cnothan.

– Sur quel sujet ?

– Un concours de pâtisserie. Je craque.

– Vous allez vous dégoûter du journalisme si vous restez ici.

– Sauf que j'ai l'intuition que grâce à vous, je

vais tomber sur quelque chose qui en vaut vraiment la peine.

– J'ai un service à vous demander.

– Allez-y…

– Si vous pouviez me trouver une carte détaillée du littoral au nord d'ici, ça me serait très utile. On verrait s'il y a des grottes, un endroit où un bateau pourrait être dissimulé.

En fin d'après-midi, Elspeth rentrait au journal quand elle aperçut Mrs Docherty au bord du loch, absorbée par la contemplation du paysage. Elle traversa la route pour la rejoindre.

– Où est votre fiancé ? demanda-t-elle.

– Ne me parlez pas de lui ! Je n'en peux plus.

– Déjà ? Que se passe-t-il ?

– Il veut qu'on se marie.

– Et ça vous embête ?

– Je voudrais qu'il me laisse tranquille, soupira Mrs Docherty. Il ne le sait pas, mais j'ai déjà fait un testament en sa faveur. Je ne veux rien laisser à mon ingrate de fille. Elle n'est pas venue me voir depuis des années. S'il veut se marier, c'est pour se sentir en sécurité. Il n'a pas d'argent.

– Mais si vous avez l'intention de lui laisser vos biens, pourquoi ne pas l'épouser ?

– Pour tout dire, je regrette ma solitude. Je me sens envahie. Oh, je ne sais pas… J'ai des douleurs dans le bras, c'est peut-être ce qui me met de mauvaise humeur.

J'espère que ce n'est pas de l'angine de poitrine, songea Elspeth, qui demanda :

– Vous faites des bilans de santé réguliers ?

– Je n'ai pas vu de médecin depuis des années. Je déteste le corps médical et les hôpitaux.

– Le docteur Brodie est quelqu'un de très bien. Vous devriez aller lui parler de vos douleurs.

– On verra...

En rentrant chez elle, Mrs Docherty fut suffoquée par l'odeur de cigarette, et vit que la salle de séjour était totalement enfumée.

– Je vous ai demandé de ne pas fumer dans la maison ! s'indigna-t-elle.

Mr Jefferson écrasa sa cigarette et ouvrit la fenêtre.

– Quelle enquiquineuse ! Vous devriez être plus reconnaissante, Annie. Sans moi, vous n'auriez même pas de maison.

– Je me serais très bien débrouillée toute seule pour que la police intervienne.

– Pas si sûr.

Mrs Docherty ne le supportait plus, au point qu'elle ne se sentait même pas capable de rester dans la même pièce que lui. Il fallait trouver un moyen de lui faire vider les lieux. Hamish Macbeth ! Lui, il saurait comment s'y prendre.

– Où allez-vous ? demanda Mr Jefferson en la voyant se diriger vers la porte.

– Je sors ! répondit-elle d'un ton sec.

Mrs Docherty prit sa voiture et, alors qu'elle roulait au pas sur les quais, elle croisa de nouveau Elspeth et s'arrêta à sa hauteur.

– Je vais voir Hamish Macbeth, dit-elle. Il saura comment me débarrasser de Charlie Jefferson.

– Il ne sera peut-être pas encore rentré. Il m'a dit qu'il comptait se promener le long de la côte, au nord de Stoyre, pour inspecter les petites criques.

– Je n'aime pas trop conduire dans le noir. Je me dépêche pour ne pas rentrer trop tard.

Elle repartit donc, mais roulait si lentement qu'elle n'arriva qu'à la nuit tombée. Elle se gara sur le port et alla sonner à la porte toute neuve de la location d'Hamish. Pas de réponse.

Il n'allait sûrement pas tarder à rentrer. Impatiente de lui parler, elle décida d'aller à sa rencontre sur le chemin côtier. La nuit, sans nuages, était claire et étoilée. Elle suivit le sentier herbeux un moment, puis, sentant la fatigue la gagner, elle se dit qu'il était temps de faire demi-tour. Il lui restait tout le chemin inverse à parcourir. Elle s'assit un instant sur un rocher pour reprendre des forces.

Mrs Docherty était sur le point de se relever quand une apparition terrifiante se dressa devant elle. C'était une vision horrible : une silhouette drapée de noir, gigantesque, qui faisait disparaître les étoiles.

La Faucheuse ! Sûre de voir la mythique messagère de la mort, la vieille dame poussa un hurlement de terreur et porta les deux mains à son cœur.

Hamish Macbeth était au pub de Stoyre, son chien à ses pieds. Un large espace vide l'entourait : les autres consommateurs occupaient les tables les plus éloignées de lui que possible. Tant mieux, songeait-il, plus ils seront mal à l'aise plus ils se trahiront en commettant des erreurs.

Son téléphone portable sonna. C'était Elspeth.

– Je suis un peu inquiète, Hamish. Avez-vous vu Mrs Docherty ?

– Non, je suis au pub. Un grand moment de solitude…

– Elle n'en peut plus de sa cohabitation avec Charlie Jefferson. Elle a dressé un testament en sa faveur par gratitude, mais elle voudrait retrouver sa solitude. Je l'ai croisée tout à l'heure. Elle allait vous voir à Stoyre pour vous demander conseil. Comme je lui ai dit que vous comptiez inspecter la côte au nord de Stoyre, j'ai un peu peur qu'elle ne soit partie à votre recherche par là.

– J'ai dû remettre mon expédition à plus tard. Les ouvriers ont pris toute la journée. Je vais voir si je la trouve.

En sortant du Fisherman's Arms, il vit tout de suite la petite voiture de Mrs Docherty garée devant sa maison. Il se dépêcha donc de prendre le chemin de la côte. Le vent se levait et un voile de nuages masquait la lune.

Pressant le pas, Lugs sur ses talons, il sortit sa torche électrique pour éclairer le chemin.

En haut d'une côte, il la vit gisant dans la bruyère.

Il courut à elle et chercha son pouls, mais ne le trouva pas. Dirigeant le faisceau de sa lampe sur la vieille dame, il vit une expression d'horreur figée sur le visage surpris par la mort.

Il sortit son téléphone pour appeler le commissariat de Strathbane, puis ôta sa veste, qu'il plaça doucement sur les traits terrorisés de Mrs Docherty.

Les jours suivants furent particulièrement difficiles. L'autopsie ayant déterminé que la mort de Mrs Docherty avait été causée par une crise cardiaque, Daviot décida de retirer sa carte blanche à Hamish. Son infiltration à Stoyre ne donnait rien. S'il se passait vraiment quelque chose d'illégal dans ce village, alors il fallait envoyer la brigade pour ratisser la côte. Il refusait de croire que la vieille dame était morte de peur. Le légiste avait déterminé qu'elle souffrait d'angine de poitrine et qu'elle aurait pu s'effondrer à tout moment. Les frais engagés pour la location de la maison étaient déjà trop conséquents. Daviot avait discuté de la question avec l'inspecteur-chef Blair, qui avait fait remarquer – fort justement – que c'était dilapider les fonds limités de la police. Hamish devait retourner à Lochdubh, et une partie des réparations seraient facturées à l'agence immobilière. Après tout, l'installation électrique défectueuse était sans doute à l'origine de l'incendie.

Quant au cottage du major, l'affaire était claire pour Daviot : Scotland Yard soulignait dans un rapport que le major était criblé de dettes et que la maison était assurée très au-dessus de sa valeur réelle. Il y avait de fortes chances pour que le major ait organisé l'explosion lui-même, même si l'on ne pouvait rien prouver.

Hamish s'était pourtant fixé une dernière tâche avant son départ de Stoyre. Alors que la police arrivait par fourgons entiers au village pour écumer la côte, il se rendit à l'église où se déroulait un service.

Il remonta la nef latérale jusqu'à la chaire et prit la place du pasteur, qui, stupéfait, s'interrompit au milieu de son sermon. Portant un regard sévère sur les fidèles, Hamish cria :

– C'est vous qui l'avez tuée ! C'est votre faute ! Vous êtes tous complices des crimes qui sont commis ici. Vous aurez sa mort sur la conscience. J'ignore ce qui lui a fait peur au point de la tuer, mais je sais que cette pauvre femme était une innocente. Vous et votre fanatisme !... J'espère que vous brûlerez tous en enfer !

Puis, dans le silence général, il ressortit de l'église.

Macbeth fut d'une humeur de chien tout le reste de la journée. Il voulait aller rendre visite au pauvre Mr Jefferson, mais avait quelques tâches à effectuer auparavant. Il ne doutait plus que des criminels agissaient à Stoyre. Même si Mrs Docherty avait eu le cœur fragile, il avait la certitude que quelque chose, ou quelqu'un, l'avait fait mourir de peur.

Après avoir tapé un long rapport qu'il envoya à Strathbane, il nourrit Lugs, dîna lui aussi, puis, malgré sa lassitude, alla voir Mr Jefferson. Le vieil homme lui ouvrit, les yeux rouges de chagrin.

– Entrez, Hamish, dit-il. Je ne sais pas ce qui me fait le plus pleurer : le coup de fil de mon fils qui veut m'obliger à retourner dans une maison de retraite, ou la disparition d'Annie. Elle me manque horriblement. Je ne la connaissais pas depuis longtemps, mais avec elle, je ne me sentais jamais seul. Asseyez-vous.

– Donc vous ne savez pas qu'il y a un testament ? lui demanda Hamish.

– Un testament ? Quel testament ?

– Mrs Docherty a dit à Elspeth il y a peu de temps qu'elle vous léguait tous ses biens. Donc, si vous préférez continuer à vivre ici, c'est tout à fait possible. Je vous conseille de regarder dans ses papiers pour trouver le nom de son notaire.

– Cela vous ennuierait de chercher pour moi, Hamish ? Je ne peux pas toucher à ses affaires sans me mettre à pleurer.

Hamish regarda un peu partout et finit par mettre la main sur une boîte métallique noire rangée en haut de l'armoire de la chambre de la vieille dame. Il y avait à l'intérieur divers papiers : acte de naissance, certificat de mariage, et deux testaments. Dans le premier, elle laissait tout à sa fille, mais à son grand soulagement, il découvrit aussi une copie d'un testament plus récent qui faisait de Mr Jefferson son légataire universel. Hamish le lui apporta.

– Le nom du notaire est là, indiqua-t-il au vieux monsieur. Appelez l'étude dès demain matin. La fille d'Annie a été avertie du décès de sa mère.

– Elle va venir à l'enterrement, bien sûr ?

– Elle m'a dit que non.

– Mais pourquoi ?

– C'est une femme qui semble très égoïste. Quand je lui ai annoncé la mauvaise nouvelle, elle a dit calmement que cela devait bien arriver un jour ou l'autre. Et puis tout de suite, elle a voulu savoir combien elle pourrait tirer de la vente de la maison. Quand je lui ai appris qu'elle vous avait légué ses biens, elle s'est mise en colère et a crié que dans ce cas c'était à vous de payer les funérailles, et qu'elle ne viendrait pas.

– J'ai déjà organisé la cérémonie… Je savais qu'Annie n'était pas en bons termes avec sa fille. Je suis étonné que le notaire ne m'ait pas téléphoné.

– Les notaires ne sont jamais pressés. Si j'en crois mon expérience, on vous contactera par courrier non prioritaire. C'est heureux que vous soyez là pour vous occuper des obsèques, et les frais seront inclus dans la succession.

– Vous allez venir ?

– Mais voyons, nous sommes dans les Highlands ! Tout Lochdubh sera là. L'enterrement a lieu demain à quatorze heures, c'est bien ça ?

– Oui, on nous a rendu le corps hier. Archie

Maclean a proposé de la faire exposer selon la tradition écossaise, mais c'est trop dur pour moi. Je préfère me souvenir d'elle telle qu'elle était quand elle était en vie.

Cette mention d'Archie Maclean rappela à Hamish qu'il avait demandé au pêcheur d'essayer de faire dire à Harry Bain ce qui se passait à Stoyre.

– J'ai été très surpris d'apprendre qu'elle avait quatre-vingt-douze ans, continua Mr Jefferson. Ce n'est pas ce qu'elle m'avait dit.

– Sans doute n'avait-elle pas l'impression elle-même d'avoir cet âge. Elle était pleine de vie.

– Je me sens tellement coupable…

– Mais pourquoi donc ?

– J'aurais dû la ménager pendant notre mésaventure à la maison de retraite. Dire que je lui ai demandé de marcher à quatre pattes jusqu'à l'infirmerie le jour du meurtre… J'ai peur d'avoir provoqué sa mort.

Hamish se demanda s'il fallait lui dire qu'elle était peut-être morte de peur, mais préféra ne pas le bouleverser davantage. Il y avait d'autres arguments pour le réconforter.

– Les gens se sentent souvent coupables à la mort d'un proche et ils en veulent à la terre entière. Vous savez qu'on a déterminé à l'autopsie que sa vie ne tenait plus qu'à un fil… Vous commencerez à vous sentir mieux après l'enterrement.

– Est-ce que ce serait une trahison de fumer

une cigarette ? Annie détestait que je fume dans la maison.

– Fumez tant que vous voudrez ! Elle n'aurait pas voulu vous priver de ce réconfort.

– Je voulais l'épouser, vous savez ? Elle vous en a parlé ?

Le regard d'Hamish se teinta d'innocence.

– Elle m'a dit que vous étiez un parfait gentleman, le plus charmant qu'elle ait jamais rencontré.

Le vieux monsieur alluma une cigarette d'une main tremblante.

– Merci, Hamish. Je l'aimais beaucoup.

– Je n'en doute pas, dit Hamish, plein de compassion. Je dois vous laisser, mais nous nous verrons à l'enterrement.

Il se leva, et, se tournant en arrivant à la porte, ajouta :

– À propos, vous avez pensé à organiser le buffet ?

– Le buffet ? répéta Mr Jefferson en scrutant Hamish sans comprendre à travers un nuage de fumée de cigarette.

– Pour le retour de l'enterrement, voyons. Tout le monde va s'inviter ici. Ne vous inquiétez pas. Je m'en charge. Achetez simplement chez Patel du whisky pour les messieurs et du sherry pour les dames.

Sur le chemin du retour, Hamish s'arrêta tour à tour chez Mrs Wellington, Angela Brodie et les sœurs Currie, ne se sentant pas de taille à organiser seul la réception. Les sœurs Currie lui refusèrent tout net leur aide.

– Elle vivait dans le péché ! Dans le péché ! s'indigna Jessie.

– À son âge ? Vous croyez vraiment ? Il faut avoir l'esprit bien mal tourné pour imaginer une chose pareille, ironisa Hamish. Si vous ne voulez pas donner un coup de main, je vais aller trouver de vraies chrétiennes.

– Ne vous énervez pas, soupira Nessie. Nous nous chargeons des gâteaux.

Mrs Annie Docherty fut conduite à sa dernière demeure sous le soleil timide d'une journée sereine. Tout le village participa. Même Mr Patel avait fermé boutique, et les chalutiers paressaient au port dans les eaux du loch, sous l'église. Hamish se doutait que l'entreprise de pompes funèbres avait rendu au visage de Mrs Docherty une expression paisible, mais au moment où le cercueil descendit dans la fosse, il revit comme par transparence à travers le couvercle ses traits déformés par la peur. Alors que tous baissaient la tête pour la prière, il resta droit et jura de lui faire justice. Il avait reçu l'ordre de ne plus s'occuper de Stoyre. Le commissaire était échaudé par l'attentat à la bombe qu'on soupçonnait à présent le major d'avoir commandité lui-même. On avait gâché suffisamment de temps et d'argent pour ce petit village. Peu importait : Hamish se débrouillerait pour continuer l'enquête seul.

Le service terminé, tous se rendirent à la salle paroissiale, Mrs Wellington ayant jugé la maison trop petite pour accueillir les invités, comme elle l'avait dit à Mr Jefferson la veille au soir par téléphone. On commença par faire circuler des plateaux de verres de whisky, pendant que les gens se remémoraient les trente années passées par Mrs Docherty à Lochdubh et racontaient des anecdotes. Le pasteur prononça un petit discours pour rappeler l'attachante personnalité de la vieille dame, puis Mrs Wellington chanta *Amazing Grace* atrocement faux, laissant la pianiste suivre tant bien que mal au galop. Après cela, l'atmosphère se réchauffa, et à la grande surprise de Mr Jefferson, l'orchestre du village arriva, avec son tambour, son violon et son accordéon.

– Est-ce que ça va durer longtemps ? demanda-t-il à Hamish.

– Toute la nuit. Autrefois, cela durait pendant des semaines.

Voyant Jimmy Anderson entrer, il quitta le vieux monsieur pour aller rejoindre l'inspecteur.

– Je ne m'attendais pas à vous voir.

– Je tenais à honorer la mémoire de cette grande dame.

– Dites plutôt que vous vouliez honorer le whisky gratuit, rétorqua Hamish. Allez, prenez un verre et sortons dehors un instant.

Une fois qu'ils furent à l'extérieur, Hamish demanda :

– Alors, l'enquête est close à Stoyre ?
– On dirait bien, oui.
– Mais Jimmy, cette vieille dame est morte de peur.
– Je sais, mais on a ratissé la côte de long en large et on n'a rien trouvé. Ce genre de recherches coûte une fortune et Daviot n'a pas encore digéré la facture des réparations de la maison de location. Comme toujours, c'est une affaire de gros sous.
– C'est dommage, parce que si je trouve quelque chose, j'aurai du mal à faire rouvrir l'enquête.
– Vous pensez vraiment que le village cache des activités criminelles ?
– Je n'ai aucun doute là-dessus. Et le major Jennings connaît peut-être des difficultés financières, mais je suis prêt à parier qu'il n'a pas commandité l'explosion de son cottage.
Jimmy vida son verre.
– Si j'apprends quelque chose, vous serez le premier informé. Retournons à l'intérieur.
Hamish trouva Archie Maclean devant le buffet.
– Avez-vous réussi à faire parler Harry Bain ? demanda-t-il.
– Il ne m'a rien dit de précis sur Stoyre, mais *och*, quel trouillard, cet homme ! Il a peur de son ombre. Il croit aux esprits !
– Quoi ? Vraiment ? Aux gentilles petites dames avec des ailes et des paillettes ?
– Non, plutôt aux méchants fantômes qui rôdent dans la nuit.

– Tiens donc… Je regrette qu'il ne veuille pas me parler…

– C'est triste que Mrs Docherty soit partie si vite. C'était une grande dame. Toujours le mot pour rire.

– Ah ? Donc elle ne faisait pas la gâteuse avec vous ?

– Non. Elle m'aimait bien. Vous êtes sûr que ce n'est pas Jefferson qui l'a tuée ? Il paraît qu'il hérite.

– Qui vous a dit ça ?

– Tout se sait.

– En tout cas, il n'a strictement rien à voir là-dedans, et si vous entendez raconter ce genre de bêtise, faites taire les gens : c'est une vilaine rumeur. Le pauvre, il souffre suffisamment comme ça.

– Tiens, voilà votre petite copine.

– Ce n'est pas ma petite copine, répondit vertement Hamish, s'attendant à voir Elspeth derrière lui.

Mais en se retournant, il vit arriver Mary Bisset, un peu éméchée.

– J'attends toujours mon invitation à dîner, Hamish.

– Votre mère m'a pratiquement traité de vieux vicieux.

– Bah, il ne faut pas écouter maman. Moi, je la laisse dire. Vous et moi, on a des tas de choses en commun.

Elle se pressait contre lui, seins en avant. Ses cils, noirs de mascara, papillonnaient d'un air aguicheur. Il recula.

– *Och*, vous êtes très charmante, lâcha-t-il sans savoir où se mettre, mais arrêtez je vous en prie, mon amoureuse ne va pas être contente.

Mary eut l'air déçue.

– Je ne savais pas que vous étiez avec quelqu'un.

– Hamish !

– Elspeth ! s'écria Hamish, soulagé. Je me demandais où vous étiez passée ! On sort respirer dehors ? ajouta-t-il en lui prenant le bras.

– Mais je viens d'arriver…

Sans écouter ses protestations, il l'entraîna vers la porte.

– Qu'est-ce qui vous prend ? demanda Elspeth quand ils furent sortis.

– C'est à cause de Mary Bisset. Elle me faisait un grand numéro de charme et j'ai eu peur que sa mère me tombe dessus avec son rouleau à pâtisserie.

Très amusée, Elspeth fut compréhensive.

– Bon, alors faisons quelques pas pour lui laisser le temps de se remettre.

Seul avec elle dans la lumière devant la salle paroissiale, il l'observa. Elle portait une robe flottante grise garnie d'un peu de strass qui scintillait dès qu'elle bougeait, comme des étoiles sous un léger voile de nuages. Son chignon haut et ses sandales à talons la changeaient beaucoup. Désarçonné tant il était habitué à ses vêtements excentriques et à ses grosses chaussures, il fut pris d'une gêne bizarre.

– Pourquoi me regardez-vous comme ça ? demanda-t-elle.

Il maudit l'intuition qui la rendait si perspicace et se dit que ce serait plus facile en marchant.

– Je n'ai pas l'habitude de vous voir aussi bien habillée.

– Compliment à double tranchant s'il en est… Votre jour de congé tombe quand ?

– Samedi. Mais attendez ! Je ne voulais pas vous donner l'impression que…

– Pas de panique. Je ne vous propose pas une échappée romantique mais plutôt d'aller faire un tour à Stoyre. Qu'est-ce que vous en dites ?

– Je vous rappelle que l'enquête est close.

Elspeth le regarda du coin de l'œil tout en continuant la promenade.

– Nous savons très bien tous les deux qu'il se passe quelque chose là-bas. Nous n'avons qu'à prendre un pique-nique et des bonnes chaussures, et nous irons explorer la côte nous-mêmes.

– Parce que vous croyez vraiment que nous réussirons mieux qu'une troupe de policiers chevronnés ?

– Nous aurons les cartes détaillées que vous m'avez demandées.

– Vous avez repéré un endroit possible ?

– La côte est tellement découpée que la police ne peut pas avoir visité tous les coins et recoins. Le sentier au nord du village monte jusqu'aux falaises avant de se perdre dans la lande. En bas, il y a des petites criques et des grottes. Vous avez déjà fait de l'escalade ?

– Un peu.

– Moi, je suis très entraînée. Je pense que ça vaut la peine d'aller explorer les rochers.

– Vous avez l'équipement ? Des cordes ?

– Oui. Il vous faudra seulement des vraies chaussures d'escalade. Le mieux serait de pique-niquer à Stoyre et puis de prendre le sentier ensuite. Autant ne pas trop se charger, nous aurons assez de matériel à porter.

– D'accord.

– Nous ne pouvons pas emmener Lugs. Il voudrait nous suivre et risquerait de tomber en bas de la falaise.

– Il n'est quand même pas idiot, protesta Hamish. Il va pleurer si je le laisse seul.

– Si ma rivale était une femme, ça irait encore, marmonna Elspeth, mais un chien !…

– Quoi ?

– Rien. Je vous assure qu'il vaut mieux laisser Lugs avec Angela. Il l'aime bien, et il adore courir après ses chats.

– Si vous insistez. On retourne dedans ?

Ils firent demi-tour et virent Mary Bisset devant la salle. Elspeth enlaça Hamish par la taille et appuya la tête contre lui.

– Chéri, dit-elle bien fort, j'adore quand tu m'embrasses.

Mary, furieuse, leur tourna le dos et rentra à l'intérieur.

– Ah, c'est malin, gémit Hamish. La nouvelle va

faire le tour du village, et demain tout le monde sera au courant !

Hamish était vite passé à l'eau minérale au cours de la soirée. Cela n'avait malheureusement pas été le cas de Jimmy. Il avait fallu lui ouvrir l'une des cellules du poste de police pour la nuit, et au matin, Hamish avait eu beau le secouer, il s'était contenté de grogner que c'était son jour de congé et s'était rendormi.

Hamish lui en voulait beaucoup. Sous l'influence de l'alcool, l'inspecteur était allé raconter aux sœurs Currie que Mrs Docherty était morte de peur. Nessie avait confié l'information à Mrs Wellington, et Mrs Wellington l'avait répétée de sa grosse voix claironnante au milieu d'un grand silence. Impossible dès lors de stopper les commérages. Le seul point positif était que Mr Jefferson, qui était parti se coucher tôt, n'avait plus été là pour l'entendre. Il risquait cependant de l'apprendre encore par la bande, et ce serait bien dommage, car, dans ce cas, Hamish craignait fort qu'il se précipite à Stoyre pour enquêter, malgré sa promesse.

Hamish laissa un mot à Jimmy pour lui dire de se servir pour le petit déjeuner, puis il partit faire sa patrouille. Même si Stoyre faisait partie de son secteur et que rien ne l'empêchait de s'y rendre, il préféra ne pas perturber le village avant l'équipée du samedi. Il alla plutôt à Drim, un petit village dont l'épicerie était tenue par Jock.

– Tout va bien aujourd'hui ? demanda-t-il en entrant dans la boutique.

– Pas un chat. On n'a pas eu de touristes cette année.

– Et ça vous étonne ? Quand je vois comment les gens traitent les visiteurs, ça me fait honte.

– Nous n'aimons pas être dérangés.

– C'est bien ce que je dis : vous ne faites rien pour accueillir les touristes, et ensuite, vous vous étonnez que personne ne revienne.

– Il y a bien eu un peu de monde : quelques types dans un bateau.

– Ah, oui ? Quel genre de bateau ?

– Un gros yacht rapide. Ils sont venus se ravitailler. Des étrangers.

Hamish sortit son calepin.

– Pouvez-vous les décrire ?

– *Och*, ça… Je ne suis pas très observateur. Pour moi, les étrangers sont tous pareils.

– Essayez, au moins, dit Hamish avec patience.

Jock se tourna vers le fond du magasin et appela :

– Ailsa !

Sa femme émergea de l'arrière-boutique.

– Les étrangers qui sont venus l'autre jour, dit Jock, tu te souviens à quoi ils ressemblaient ? Ça intéresse Macbeth.

– Ah, oui… Il n'y en a que deux qui sont venus au magasin, mais ils étaient plus nombreux dans le bateau. Un grand blond… Les joues creuses…

L'autre était petit et très brun. Ils se parlaient dans une langue étrangère, je ne sais pas laquelle.

– Vous avez vu le nom du bateau ?

– Oui, oui…

– Et donc ? C'était quoi ?

– Pas fichue de m'en souvenir…

– Et vous, Jock ?

– Ne vous fatiguez pas… Je ne me souviens même pas de ce que j'ai fait hier.

Hamish referma son calepin avec un soupir et décida de faire du porte-à-porte. Il frappa un peu partout mais ne recueillit rien de passionnant. Seule une vieille dame qui aimait observer les oiseaux avec ses jumelles avait quelque chose à rapporter. Elle avait remarqué un élément bizarre : des planches fixées sur la coque cachaient le nom du bateau, et quand ils étaient repartis en mer, elle avait aussi vu qu'un objet masquait aussi le nom à l'arrière. Pas de pavillon non plus. Donc comment Ailsa avait-elle pu voir le nom ? Il retourna à l'épicerie, mais cette fois Ailsa dit qu'elle avait dû se tromper.

Je me demande s'il y a un lien avec Stoyre, songea Hamish. Il s'agit peut-être bien de drogue, finalement.

Il reprit sa voiture et s'arrêta dans différents villages pour rendre visite à des personnes âgées isolées, bavarda ici et là, et rentra au poste en début de soirée. Jimmy était parti en laissant son assiette et sa tasse de petit déjeuner sales sur la table de la cuisine. Lugs, qui avait suivi Hamish toute la journée, poussa bruyamment son écuelle avec le museau.

Hamish prépara donc à dîner pour son chien, puis il se fit cuire une truite. Il venait de terminer son repas quand Lugs appuya la patte sur son genou en posant sur lui un regard accusateur.

– Qu'est-ce qu'il y a ? demanda Hamish. Tu as assez mangé comme ça.

Il se pencha pour lui caresser la tête mais Lugs s'écarta, mécontent. Hamish le considéra avec surprise.

La porte de la cuisine s'ouvrit à cet instant et la voix d'Elspeth se fit entendre :

– Je peux entrer ? J'apporte les cartes topographiques et d'autres bricoles.

Lugs grogna sourdement et, tête basse, alla s'allonger dans son coin en leur tournant le dos.

Si ce chien était humain, je jurerais qu'il est jaloux, se dit Hamish, sidéré. Et pourtant, Lugs n'avait pas été jaloux de Priscilla. Sans doute parce qu'il savait qu'elle ne resterait pas longtemps, songea encore Hamish avec cynisme. Mais pourquoi ce chien imagine-t-il qu'il y a quelque chose entre moi et Elspeth ?

– C'est quand vous voulez, Hamish, ironisa Elspeth. Dès que vous aurez fini de vous attendrir sur votre chien, nous regarderons les cartes.

– Oui, bien sûr. Attendez, je débarrasse la table d'abord.

Hamish rassembla son assiette et ses couverts et les mit dans l'évier pour faire place nette.

– Bon, dit-il, voyons voir ça.

Ils étudièrent les cartes de près.

– En effet, il y a des grottes au pied de la falaise, déclara-t-il.

– Oui, mais la paroi est très raide à cet endroit. Et elles ne doivent pas être très accessibles par bateau non plus à cause des déferlantes.

– À marée basse c'est sans doute moins dangereux.

– Quand même un peu, même si le temps a été plutôt clément cet été. Imaginez la violence de la mer en bas de la falaise un jour de tempête.

– Allons tout de même jeter un coup d'œil par là. J'irai m'acheter des chaussures d'escalade à Strathbane demain.

Hamish n'était pas de très bonne humeur en montant le samedi dans la voiture de sport d'Elspeth. Les chaussures d'escalade lui avaient coûté une petite fortune, or il détestait les dépenses inutiles et ne portait en général que ses bottes d'uniforme, même quand il était en civil. Du côté de Lugs, la journée avait aussi assez mal commencé : cette tête de mule avait freiné des quatre fers en comprenant qu'Hamish n'allait pas l'emmener. Il avait fallu le porter pour le laisser à Angela.

Seul point positif, le temps était au soleil, avec juste une petite fraîcheur dans l'air, annonciatrice des précoces automnes écossais.

– Quelle belle journée ! s'écria Elspeth.

– Arrêtons-nous un peu avant Stoyre pour pique-niquer. Mieux vaut ne pas attirer l'attention sur nous.

Elspeth fit donc halte au bord de la route avant Stoyre et ils étalèrent leur nappe sur la bruyère en fleur en haut d'une colline qui dominait le village.

– Vous n'avez pas pris de vin ? demanda Elspeth.

– Certainement pas ! Ce serait fou de boire avant de grimper. Et puis cette expédition me coûte déjà assez cher comme ça.

– J'aurais apporté le pique-nique avec plaisir si j'avais su, rétorqua Elspeth. Je ne pensais pas que vous aviez de telles difficultés financières que quelques sandwichs et du café puissent vous ruiner.

– Je ne parle pas du pique-nique, je parle des chaussures.

Elspeth regarda avec surprise les rangers de police noires qu'il portait.

– Je croyais que l'uniforme était gratuit.

– Je ne vous parle pas de ces chaussures-là ! Je parle des chaussures d'escalade.

– Ah ! Je n'avais pas pensé à ça. C'est vrai que vous ne devez pas gagner lourd à votre échelon. Vous n'auriez pas pu en emprunter une paire ?

– J'ai essayé mais je n'ai pas trouvé.

– Bon, vous savez quoi ? Si nous découvrons ce qui se passe et que nous tombons sur une grosse affaire qui me permet de vendre des articles à la presse nationale, je vous les rembourserai.

Cette fois, Hamish lui sourit franchement.

– Mais non, j'exagère. Si nous trouvons quelque chose, la dépense en vaudra largement la peine.

Ils terminèrent leur repas en meilleure entente, puis Hamish fit le point.

– Il vaut mieux laisser la voiture ici et contourner le village à pied. On ne nous verra que de loin si nous passons par l'arrière et on nous prendra pour des randonneurs quelconques.

– D'accord, dit Elspeth en commençant à ranger les assiettes et les gobelets dans le panier. Allons-y. J'ai hâte de jeter un coup d'œil à ces grottes.

Ils firent un large crochet pour atteindre le sentier, à peine marqué au milieu de l'herbe rase.

Ils continuèrent d'un bon pas jusqu'en haut des falaises. Le fracas des vagues sur les rochers montait jusqu'à eux au milieu des cris des mouettes qui chevauchaient les courants d'air au-dessus de leur tête. Hamish sortit la carte et l'étala sur un rocher plat, vestige de l'ère glaciaire émergeant de la bruyère violette.

– Nous descendrons là, dans un kilomètre et quelques, annonça-t-il. Ce sera marée basse, ce qui nous permettra probablement de trouver un bout de grève en bas. Il ne s'agit pas de se retrouver les pieds dans l'eau.

Ils reprirent leur marche en file indienne, Elspeth à l'avant en short et chemise à carreaux rouge et blanc, son gros sac sur le dos. Elle ne semblait pas peiner, petite mais solide sur ses jambes musclées et bronzées. Ayant repéré l'endroit qu'il avait choisi sur la carte, il le lui signala :

– Stop, je crois que c'est ici !

Charlie Jefferson rencontra Mrs Wellington en se promenant sur le port.

– Vous avez l'air de ne pas vous en être trop mal tiré après les excès des funérailles, lui dit la femme du pasteur. Le reste du village a eu une gueule de bois monstre. J'espère que ce n'est pas trop dur pour vous.

– Je tiens le coup, dit-il tristement. Au moins, c'est une mort naturelle, pas un meurtre.

L'expression fugitive de doute qui traversa le visage de Mrs Wellington n'échappa pas au vieux monsieur.

– C'est bizarre, dit-il.

– Qu'est-ce qui est bizarre ?

– Quand j'ai dit que ce n'était pas un meurtre, vous avez pris un drôle d'air.

– Sûrement pas drôle... L'idée d'un meurtre, ça n'amuse personne, répliqua Mrs Wellington qui se dépêcha de passer son chemin.

Il la regarda s'éloigner pensivement, jusqu'au moment où Angela, qui arrivait avec Lugs en laisse, interrompit ses réflexions.

– Tiens, Hamish est encore parti ? demanda-t-il.

– Il est en déplacement aujourd'hui, confirma Angela. Il m'a confié Lugs juste pour la journée.

– Où est-il allé ?

– Je n'en sais rien…

Mr Jefferson vit tout de suite qu'elle mentait et constata qu'elle partait elle aussi précipitamment pour éviter d'avoir à répondre à ses questions.

Sa curiosité éveillée, il se rendit à l'épicerie. Il déambula dans l'allée et s'arrêta derrière un présentoir qui le dissimulait. Toutes les informations échouaient fatalement chez Mr Patel. Et en effet, assez vite, il entendit une voix d'homme.

– L'inspecteur de police qui était à la veillée l'autre soir en tenait une bonne, et vous savez ce qu'il a raconté ?

– Non, répondit Mr Patel. Je suis parti tôt.

– D'après lui, la pauvre vieille Mrs Docherty est morte de peur.

– Pas possible !

– J'ai vu Macbeth ce matin qui partait avec la petite journaliste. Ils cherchent peut-être à découvrir ce qui s'est passé.

Mr Jefferson se précipita vers la caisse et reconnut Mungo Patterson, un forestier.

– C'est quoi, cette histoire ? Annie est morte de peur ?

– Je n'ai jamais dit ça ! Vous avez mal entendu. C'est la hausse des prix qui vous fait mourir de peur ces temps-ci.

Mr Jefferson faillit avaler son dentier devant une

telle mauvaise foi. Il sortit du magasin n'ayant plus qu'une idée en tête : aller à Stoyre pour retrouver Hamish qui y était sûrement.

Les eaux tumultueuses de l'océan Atlantique venaient s'abattre sur les galets aux pieds d'Hamish et d'Elspeth, fascinés par ce spectacle grandiose.

– Inspectons un peu les lieux, cria Hamish pour couvrir le rugissement des vagues, mais nous n'avons pas dû descendre au bon endroit. Je ne vois pas de grotte.

– Il y a une ouverture dans la paroi, là-bas, indiqua Elspeth. Il y a peut-être une cavité.

– Allons voir, mais vite, la mer remonte.

Ils quittèrent la grève pour escalader des rochers glissants couverts de varech.

– Même s'il y avait un passage, cela ne nous avancerait pas à grand-chose parce que les bateaux ne peuvent pas accoster ici, dit Hamish.

Elspeth passa la première dans la faille, suivie par Hamish. Ils se retrouvèrent dans une grande grotte. Ils sortirent leurs torches et balayèrent l'espace de leur faisceau lumineux.

– Rien, constata Hamish. Remontons pour essayer un peu plus loin.

– Attendez ! Il y a comme un couloir par là qui semble aller assez loin. Allons voir s'il mène quelque part.

Elle continua d'avancer et Hamish la suivit sans grand espoir.

– Ça tourne au bout et ça continue, lui annonça-t-elle sans s'arrêter.

Ils suivaient un passage naturel creusé par les vagues au cours du temps.

– Il ne faut pas traîner, avertit Hamish. Nous risquons d'être coincés par la marée.

– Encore une seconde.

Ils passèrent un autre coude et entendirent alors le bruit des vagues monter plus fort. Encore quelques pas, et ils découvrirent une autre grotte qui s'ouvrait sur la mer, et une étroite bande de galets léchée par l'océan.

– Ici, il y a eu de la visite, remarqua Elspeth en se baissant pour ramasser une canette de Coca vide.

– Je pense que c'est ici, dit Hamish. On peut accoster en bateau à marée haute. C'est dangereux, mais faisable.

Il avança jusqu'à l'entrée de la grotte et surveilla la crique.

– Ces barres de rochers des deux côtés jouent le rôle de brise-lames et forment un petit port naturel. On voit que les vagues sont beaucoup moins hautes ici.

– Hamish ! appela Elspeth depuis l'intérieur. Venez voir !

Il alla la rejoindre et vit qu'elle brandissait une touffe de varech.

– Ces algues sont en plastique, annonça-t-elle, triomphante. Elles ont été installées pour camoufler ça.

Elle désignait un pieu d'amarrage peint en noir.

– Installé récemment, commenta Hamish, les yeux brillants. Bien, dépêchons-nous de remonter, nous réfléchirons à tout ça en haut.

Mr Jefferson commençait à sentir la fatigue le gagner, mais il voulut suivre encore un peu le sentier des falaises avant de faire demi-tour. Il marchait en pensant à Annie. Je fais ça pour toi, songeait-il, reste avec moi.

Finalement, trop épuisé pour faire un pas de plus, il s'assit dans la bruyère.

Il s'allongea sur le dos, les yeux tournés vers le ciel et le ballet des mouettes. Juste un petit somme pour recharger les batteries et il repartirait, se promit-il. Ses paupières se fermèrent.

Il rouvrit brusquement les yeux. Un bruit bizarre de frottement l'avait réveillé. Il n'aurait sûrement rien entendu s'il avait été en train de marcher, mais couché dans la bruyère, l'oreille près du sol, il captait toutes les vibrations. Il souleva prudemment la tête. La silhouette d'un homme accroupi au bord de la falaise se dessina. Forme noire vêtue d'un anorak, le visage dissimulé par une capuche remontée, il semblait scier quelque chose.

Mr Jefferson se raplatit dans la bruyère, son rythme cardiaque s'accélérant. Cette rencontre avait quelque chose d'inquiétant. Il resta allongé hors de vue, oreille tendue, guettant la fin du bruit de frottement. Ensuite il entendit des pas approcher, le dépasser et continuer en direction du village. Il attendit une dizaine de minutes, puis se redressa avec précaution et regarda autour de lui. Personne.

Il alla voir l'endroit où s'était tenu l'homme accroupi. Une corde d'escalade était arrimée autour d'un rocher, et juste à l'endroit où cette corde passait le bord de la falaise pour descendre dans le vide, il vit qu'elle avait été frottée et usée au point qu'elle ne tenait plus que par un fil.

Horrifié, il comprit que cette corde allait céder dès que les grimpeurs – qui pouvaient très bien être Hamish et Elspeth – voudraient remonter. Il tira dessus pour la faire un peu remonter, passa la partie effilochée, et se servit de la partie saine pour la fixer de nouveau au rocher.

Ceci fait, il approcha du bord de la falaise et se coucha sur le ventre pour tâcher de regarder en bas. Impossible… La roche était trop en surplomb pour permettre de voir le pied de la falaise.

Il voulut appeler, mais le tumulte des vagues et le vacarme du vent et des mouettes étouffèrent sa voix.

– Il s'est passé quelque chose, dit Hamish. La corde était plus longue.

– Hamish, il faut remonter. Tant pis, tentons le coup.

Une énorme vague s'abattit sur les galets et monta jusqu'à leurs pieds, les mouillant jusqu'à la cheville.

– Vite ! hurla-t-elle.

– Passez d'abord. Dire que vous m'avez fait croire que vous aviez du matériel professionnel, et que vous n'avez qu'une corde !

– C'est une très bonne corde, cria Elspeth. La falaise ne fait que dix mètres.

Elle saisit la corde et entreprit l'escalade. Hamish attendit de la voir passer le haut de la paroi, puis empoigna la corde à son tour et souleva les pieds juste au moment où une nouvelle déferlante envahissait l'étroit espace qui restait encore.

En haut, il trouva Elspeth et Mr Jefferson assis côte à côte dans la bruyère.

Hamish s'emporta contre le vieux monsieur.

– Vous n'avez rien à faire ici ! Comment nous avez-vous trouvés ?

Elspeth ne laissa pas à Mr Jefferson le temps de répondre et montra la corde sabotée à Hamish. Le policier se baissa pour l'examiner.

– Pouvez-vous décrire la personne qui a fait ça ?

– Non, je n'ai pas vu son visage, répondit Mr Jefferson. Il portait un anorak noir à capuche.

– Bon, rentrons, dit Hamish en détachant la corde. Nous pouvons bien passer par le village maintenant. Le mal est fait. Comment avez-vous su où nous trouver ? demanda-t-il de nouveau.

Mr Jefferson expliqua qu'en entendant dire à l'épicerie que Mrs Docherty était morte de peur et qu'ils étaient partis en expédition, il s'était douté qu'ils iraient sur le sentier des falaises. C'était là qu'il avait surpris l'homme en train de cisailler la corde.

Ils rentrèrent sans se presser, laissant à Mr Jefferson, qui en avait grand besoin, le temps de faire des pauses. Ils ne virent personne en traversant le village, pas même des rideaux bouger aux fenêtres.

– Retrouvez-nous au poste de Lochdubh, dit Hamish à Mr Jefferson.

– Vous n'allez pas avertir Strathbane ?

– Justement, c'est de ça que nous devons discuter.

Une fois tous les trois réunis dans la cuisine du poste de police, Hamish exposa ses craintes.

– Voici ce qui va se passer. Si j'avertis le commissaire, il enverra des hommes qui ne trouveront que l'amarrage dans la grotte, mais rien d'autre. Les criminels vont se faire discrets jusqu'au départ de la police. Personne ne les dénoncera au village parce qu'ils ont réussi à terroriser Stoyre.

– Vous croyez vraiment que c'est ce qu'ils font ? Moi, je n'en suis pas certaine. Les gens d'ici ont plutôt l'air d'être sous l'emprise d'une expérience spirituelle. Je me demande ce qu'on leur a fait croire. Et dans quel but ? Est-ce qu'il s'agit de trafiquants qui réceptionnent de grosses quantités de drogue ?

Hamish réfléchit un instant en silence.

– Ils n'auraient pas besoin de manipuler ou d'effrayer tout un village pour empêcher les gens de parler. Il y a des quantités d'endroits discrets sur la côte nord de l'Écosse et cette grotte n'est vraiment pas la plus pratique : il faut des pilotes très expérimentés pour se déplacer en bateau dans ce coin.

– Peut-être qu'il y a une épave, suggéra Mr Jefferson.

– Oui, peut-être..., dit pensivement Hamish. Vous connaissez la législation sur les épaves ?

– Mon ordinateur est dans ma voiture, dit Elspeth. Nous n'avons qu'à lancer une recherche.

Elle alla chercher son portable qu'elle alluma.

– Voyons... Ah, voilà des explications sur le statut des épaves. Là, il y a quelque chose sur la loi de 1973. Le texte dit : « Le décret de 1973 sur la protection des épaves donne tout pouvoir aux autorités compétentes qui mettront en œuvre les moyens nécessaires pour protéger les épaves revêtant un intérêt historique, archéologique ou artistique présentes dans les eaux territoriales ou sur le domaine public maritime britannique, qu'elles soient flottantes ou qu'elles reposent sur les fonds marins, ainsi que de tout objet qu'elles contiendraient ou pourraient contenir, ou qui se serait déposé à proximité. » Ah, ah ! Intéressant !

– Et donc, comment obtient-on les autorisations pour fouiller les épaves ? demanda Hamish.

– Auprès de l'administration, mais elles ne sont accordées qu'à des personnes « compétentes et adéquatement équipées pour mener à bien les opérations de renflouage et de sauvetage en fonction de la valeur historique, archéologique ou artistique des objets concernés ». Ensuite, même si l'autorisation est accordée, tous les objets découverts doivent être « remis au receveur des épaves, qui fera savoir publiquement qu'une épave a été découverte afin de retrouver d'éventuels propriétaires ou ayants droit ».

– C'est par là qu'il faut commencer, conclut Hamish. Je vais m'adresser au service compétent pour demander si une demande d'exploitation d'épave a été déposée pour la zone. Si ce n'est pas le cas, il nous restera à étudier la liste des épaves connues. Je dois vous remercier, Mr Jefferson, vous nous avez sauvé la mise, mais il faut me promettre que vous ne remettrez plus les pieds à Stoyre.

– Promis juré, répondit Mr Jefferson en croisant les doigts derrière son dos pour annuler sa promesse.

Après le départ d'Elspeth et de Mr Jefferson, Hamish partit à pied chercher Lugs chez Angela.

– Entrez un moment, proposa Angela une fois que Lugs eut fini de faire follement la fête à Hamish. Votre chien n'a pas apprécié la séparation. Il était tellement triste qu'il n'a même pas couru après mes chats. Je vous offre un café ?

– Avec plaisir. Noir, ajouta-t-il promptement, ayant vu l'un des chats plonger le museau dans le pot à lait.

– Alors, du nouveau ? demanda Angela. Ou vous avez juste passé la journée en amoureux avec votre jolie petite journaliste ?

– Certainement pas. Vous la trouvez jolie ?

– Pas vous ? Vous seriez bien le seul. Mary Bisset raconte à tout le monde que vous sortez avec Elspeth.

– Nous avons joué la comédie pour la décourager.

– Mais vous continuez l'enquête tous les deux...

– Oui. Nous sommes allés faire un tour à Stoyre.

– Et vous avez trouvé quelque chose ? demanda-t-elle en posant un mug de café devant lui.

Il ôta un poil de chat collé au bord de la tasse et se demanda si Angela se vexerait s'il ne buvait pas.

– Non, répondit-il, nous n'avons rien trouvé du tout.

Même s'il faisait globalement confiance à Angela, il avait peur que la nouvelle ne s'ébruite à Lochdubh et que des détectives amateurs ne lui compliquent la tâche.

– Harry Bain mis à part, y a-t-il d'autres personnes à Lochdubh qui soient originaires de Stoyre ? demanda-t-il.

– Il y a le vieux Mr Gorrie, sur la route de Drim.

– Je vais aller le voir.

– Pour quoi faire ?

– J'ai quelques questions à lui poser.

– Oui, mais quelles questions ?

– N'insistez pas, Angela. Je ne veux rien dire pour le moment.

Le lendemain matin, Hamish alla voir Mr Gorrie. Il imaginait bien que le vieux monsieur n'était plus tout jeune, mais l'âge exact des gens était difficile à déterminer dans les Highlands, où le whisky et les intempéries vieillissaient les visages.

Mr Gorrie lui ouvrit. Sa peau, ravinée et ridée, semblait toute craquelée, et sa tête enfoncée dans les épaules le faisait paraître tout petit mais il se tenait encore assez droit. Une forte odeur de fumée de tourbe et de tabac l'accompagnait.

– Entrez, Hamish. Vous n'êtes pas passé me voir depuis longtemps.

Hamish se sentit coupable. Il tâchait de rendre visite régulièrement à toutes les personnes âgées de son secteur pour s'assurer que tout allait bien, mais il avait oublié Mr Gorrie.

Ne voulant pas poser trop brutalement ses questions sur Stoyre, il parla un peu de la pluie et du beau temps, de l'automne et du prix de vente des moutons. Enfin, il lança la conversation sur ce qui l'intéressait, d'un ton aussi détaché que possible :

– Vous avez vécu à Stoyre, je crois me souvenir…

– *Aye*, avec Jeannie quand elle était encore en vie, paix à son âme. Nous avions une petite maison sur le port, mais pendant les grandes tempêtes, les vagues montaient jusqu'à notre porte. Jeannie n'a plus voulu habiter aussi près de la mer, et comme je venais de prendre ma retraite de la pêche, nous avons acheté cette maison ici. Pauvre Jeannie. Voilà vingt ans qu'elle est partie. Comme le temps passe… J'aurais bien voulu la suivre, mais le Seigneur n'a pas voulu de moi, alors je suis toujours là. J'ai ma voiture, mais ça devient compliqué. Pour renouveler mon permis, je suis obligé d'envoyer un long rapport médical pour prouver que je suis encore en état de conduire.

– Avez-vous gardé des liens avec Stoyre ?

– Non. Je n'ai pas de famille là-bas et c'est un peu loin. Je vais juste faire mes courses à Drim.

– Dites-moi, quand vous viviez à Stoyre, vous n'auriez pas entendu parler d'un naufrage, ou d'un bateau échoué par là-bas ?

– Non… Mais attendez. Si, il y a très longtemps, au début de la guerre…

– La Deuxième Guerre mondiale ?

– *Aye*, bien sûr. De mon temps, quand on parlait de la guerre, tout le monde savait de quoi il s'agissait. Quand j'ai été démobilisé et que je suis rentré au pays, mon père m'a raconté que deux Allemands avaient été retrouvés sur la grève près du port. L'un des deux était mort, et l'autre ne valait guère mieux. Celui qui n'est pas mort tout de suite a refusé de dire comment il était arrivé là, si c'était par bateau…

– Quelle année exactement ?

– Je ne peux pas vous dire, mais plutôt vers le début de la guerre.

Trop vague. Hamish dut se résoudre à attendre les informations fournies par l'administration. Il avait déposé une demande le matin même avant d'aller voir Mr Gorrie, en précisant dans sa lettre que le document devait lui être envoyé directement à Lochdubh sans passer par Strathbane, mais il n'était pas certain que ce serait le cas.

Il se rendit soudain compte qu'il n'écoutait plus Mr Gorrie qui continuait à parler.

– … comme Napoléon…

– Désolé, dit Hamish, j'ai pensé à autre chose un instant. Quel est le rapport avec Napoléon ?

– Mais la Russie ! Je préfère ne pas savoir ce qui se serait passé si la Russie était restée alliée à l'Allemagne. Heureusement, le pacte a été rompu et Hitler s'est affaibli en s'attaquant à la Russie. Un peu comme avec Napoléon. Des milliers de soldats sont morts pendant la campagne de Russie, vous savez. Il n'y a pas pire adversaire que l'hiver russe.

Ils poursuivirent la conversation et Hamish promit de venir prendre plus souvent de ses nouvelles.

Tu risques de finir comme lui, se dit-il. Un jour, tu vieilliras et tu te retrouveras seul. Il regrettait encore son beau rêve de fonder une famille avec Priscilla. Et en fin de compte, elle allait épouser un autre homme. Pourquoi ? se demandait-il souvent. Avec lui, elle n'avait pas été très portée sur l'amour physique, mais peut-être que son nouveau fiancé avait mieux su éveiller ses désirs.

Il chassa ces sombres pensées en retournant à

l'énigme de Stoyre. Au cours de la Seconde Guerre mondiale, deux hommes avaient échoué sur cette côte écossaise, l'un mort, l'autre mourant. Il fallait bien qu'ils soient venus de quelque part... D'un navire, certainement.

Seul le document du service des épaves pourrait le renseigner. Il n'y avait plus qu'à attendre.

8

« De la peur des goules, des spectres
et des grosses bébêtes,
Et des drôles de bruits dans la nuit,
Délivre-nous, Seigneur ! »

Vieille prière écossaise

Deux jours plus tard, Hamish reçut un long fax de l'administration. Il l'arracha à la machine, le lut d'une traite, puis le lâcha avec rage.

– Rien ! dit-il à Lugs. Pas la moindre épave à proximité de Stoyre, ni hier, ni aujourd'hui.

Si on lui avait signalé l'épave d'un bateau ayant transporté un chargement d'une quelconque valeur, il aurait pu faire rouvrir le dossier par Strathbane. Mais non… Il venait de perdre sa dernière piste concrète.

Il téléphona à Elspeth pour lui confier sa déception.

– Et maintenant ? demanda-t-elle.

– Je ne sais pas, soupira-t-il, découragé. Je suis

pourtant sûr que cette pauvre Annie Docherty est morte de peur. Il devait déjà faire noir quand elle a pris le sentier. Je me demande s'ils essaieraient aussi de me jouer le même genre de mauvais tour si j'allais me promener là-bas la nuit.

– On a déjà voulu vous tuer deux fois. Ils ne se contenteraient pas de sortir des buissons en criant pour vous faire peur comme ils ont dû le faire avec Mrs Docherty. Vous devriez avertir Strathbane de l'existence de la grotte et du nouveau point d'amarrage.

– Et si le poteau avait été retiré ? S'il n'y avait plus rien ? La prochaine fois que je trouverais une preuve, le commissaire ne voudrait plus intervenir.

Mr Jefferson se morfondait dans la maison d'Annie en fumant cigarette sur cigarette. Il aurait tellement voulu pouvoir agir… Cet étrange renouveau spirituel que connaissait Stoyre devait bien venir de quelque part. Il fallait évidemment commencer par le pasteur. Il décida de profiter d'un moment où le village serait à l'église pour visiter discrètement le presbytère.

Il téléphona à Hamish Macbeth.

– Comment s'appelle le tenancier du pub de Stoyre ?

– Andy Crummack. Pourquoi ?

– Ah oui ! C'est ça ! Ce nom me dit quelque chose. Je dois le connaître.

– Écoutez-moi bien, Mr Jefferson. Je vous répète

que Stoyre est un endroit extrêmement dangereux. Vous ne devez à aucun prix aller là-bas.

– Mais bien sûr. Je vous l'ai déjà promis.

Dès qu'il eut raccroché, Mr Jefferson chercha le numéro du Fisherman's Arms et appela le pub. Entendant une voix d'homme à l'autre bout du fil, il demanda :

– Allô ? Andy Crummack ?

– Oui, de la part de qui ?

– Juste un touriste. J'aurais voulu visiter l'église, et je me demandais quand aurait lieu le prochain service.

– Demain matin, à onze heures.

Mr Jefferson le remercia et raccrocha. Si on donnait aussi facilement l'heure du service à une personne extérieure, cela signifiait que rien de particulier ou de répréhensible ne se passait dans l'église même.

D'autant plus persuadé que le presbytère était l'endroit à visiter, il décida de se rendre à Stoyre le lendemain en fin de matinée, et de profiter que le village serait à l'église. Il devait bien cela à Annie.

Heureux de passer enfin à l'action, Mr Jefferson partit pour Stoyre en faisant en sorte d'arriver une dizaine de minutes après onze heures. Il trouva le village désert et se dépêcha de monter au presbytère. Il fit le tour par l'arrière et repéra la porte de la cuisine. Il posa la main sur la poignée, qui tourna sans difficulté. Ce n'était pas fermé. Il traversa la cuisine et partit à la recherche du bureau. Une fois dans la place, il feuilleta des papiers qui s'empilaient sur le secrétaire.

Des sermons, des informations concernant la paroisse. Rien d'intéressant. Il ouvrit les tiroirs de droite. Rien là non plus. Juste du papier machine, des relevés de banque, d'anciens sermons. Il s'attaqua aux tiroirs de gauche. Dans le premier, il tomba sur la reproduction d'un tableau. La retournant, il lut au dos : « Josephé, évêque de Sarras et fils de Joseph d'Arimathie, promettant à Alain, à genoux, de lui confier le Saint-Graal à sa mort. Manuscrit français du début du XIVe siècle. »

Était-ce un indice ? Était-ce la raison du fanatisme religieux qui s'était emparé des gens de Stoyre ? Avait-on profité de la crédulité des habitants pour leur promettre que le Saint-Graal leur serait confié ?

Un petit bruit derrière lui attira son attention, mais trop tard. Un sac s'abattit sur sa tête et ses bras furent maintenus contre son corps.

Les deux jours suivants, Hamish dut mettre Stoyre de côté pour se consacrer à une disparition inquiétante. Il s'agissait d'un enfant de sept ans, Tommy Gilchrist, de Braikie, qui avait disparu sur le trajet entre son domicile et l'école. La police passait Braikie et ses environs au peigne fin. Chargé de l'enquête, l'inspecteur-chef Blair multipliait les conférences de presse et faisait tout pour empêcher

Hamish d'approcher de la famille. Il avait bien l'intention cette fois de s'attribuer le succès de l'enquête si elle finissait bien.

À défaut de rencontrer les parents, Hamish dut se contenter de ce que Jimmy Anderson pouvait lui raconter.

– Ce sont des gens simples, lui dit Jimmy. Ian et Morag Gilchrist sont devenus parents sur le tard. À mon avis, ils sont un peu trop stricts avec leur fils. J'ai vu sa chambre. Pas d'affiches, pas de jeux, rien de ce qu'on s'attend à trouver dans une chambre d'enfant.

– Ils ont de la famille ?

– Une tante et un oncle à Strathbane. Il n'y a pas grand-chose à dire de ces gens-là.

– Il manque des vêtements ?

– Seulement ceux qu'il portait pour aller à l'école.

– De la nourriture a disparu de chez lui ? De l'argent ?

– Je crois qu'on ne leur a pas posé cette question. Pourquoi ?

– Parce que le gamin a pu faire une fugue.

– Deux jours, c'est long. Je me dis que c'est plutôt un accident. Ah, voilà Daviot. Retournez faire du porte-à-porte.

– Macbeth ! appela Daviot.

À l'instant où Hamish répondait à l'appel du commissaire, la grosse silhouette de Blair surgit et l'inspecteur-chef les rejoignit en hâte, le front moite.

– L'enquête piétine, se plaignit Daviot.

– Nous faisons de notre mieux, protesta Blair. Allez, Macbeth, filez ! Au travail !

– Une seconde, intervint Daviot. Avez-vous discuté avec les parents ? ajouta-t-il en se tournant vers Hamish.

– Non.

– Non, qui ? aboya Blair.

– Non, commissaire.

– Je me dis que vous pourriez peut-être aller les voir.

– Je ne vois vraiment pas..., explosa Blair qui fut interrompu par un geste du commissaire.

– Macbeth est un enfant du pays. Il pourra peut-être tirer des parents des informations qui vous auraient échappé. Allez les voir, mon garçon.

Hamish se dépêcha d'obéir et se rendit dans le quartier de banlieue où vivaient les Gilchrist. Il expliqua au policier en faction devant la porte qu'il avait ordre d'enquêter auprès de la famille.

Il ôta sa casquette et prit place face aux parents, assis côte à côte sur leur canapé. Proches de la cinquantaine, ils se ressemblaient énormément, tous les deux bien en chair, le visage bouffi et impassible. Sur les joues grasses de Mrs Gilchrist, aucune trace de larmes. Elle lui fit assez bizarrement penser aux habitants de Stoyre. Cette femme cache quelque chose, songea-t-il. Son radar d'Highlander lui faisait détecter chez elle de la dissimulation... et une tendance moralisatrice.

– Je n'ai que quelques questions à vous poser,

dit-il d'un ton rassurant. Donc votre fils est parti à l'école à l'heure habituelle, mais ses professeurs ne l'ont pas vu en classe de la journée.

– C'est ça, répondit Mr Gilchrist de la voix rauque d'un homme peu habitué à parler.

– Est-ce que Tommy était triste, ces temps-ci ?

– Il n'avait aucune raison d'être triste, riposta Mrs Gilchrist. Nous lui donnons tout ce qu'il faut.

– Je n'ai rien vu sur ses camarades de classe dans le rapport de police. A-t-il un ami proche ?

Les parents échangèrent un regard, puis Mr Gilchrist répondit :

– Pas à notre connaissance.

– Vous avez sans doute des contacts avec les autres parents d'élèves. Mrs Gilchrist, avez-vous des liens plus particuliers avec certains d'entre eux ?

– On ne voit pas grand monde.

– Je peux jeter un coup d'œil à la chambre de votre fils ?

Mrs Gilchrist se leva pesamment et Hamish la suivit. À l'étage, elle ouvrit une porte.

Malgré la description de Jimmy, Hamish avait été loin d'imaginer la réalité de la situation.

La chambre, spartiate, ne contenait qu'un lit étroit, une petite armoire, une chaise en bois et un bureau. Seule une bible était posée sur la table de chevet. Hamish s'attarda une minute pour s'imprégner de l'atmosphère.

– Redescendons, dit-il enfin. Je n'ai plus que quelques questions à vous poser.

Il reprit place sur sa chaise tandis que Mrs Gilchrist rejoignait son mari sur le canapé.

– Tommy va-t-il à l'église ? demanda-t-il.

– *Aye*, répondit fièrement Mr Gilchrist. Tous les dimanches sans faute. Il va à la messe avec nous le matin, et puis il a catéchisme l'après-midi, et nous lisons la Bible le soir.

– Ça en fait, de la religion, pour un petit bonhomme.

– Il n'y a jamais trop de religion dans la vie, gronda Mr Gilchrist, une flamme de fanatisme dans les yeux.

– Si ça ne vous ennuie pas, je vais faire un petit tour dans votre jardin.

Étonnés, ils ne répondirent rien, se contentant de le regarder sans bouger du canapé. Hamish en profita pour continuer la visite sans eux. Il passa par la cuisine, ouvrit la porte de derrière et la referma en la claquant mais en restant à l'intérieur. Il fouilla les tiroirs sans bruit jusqu'à en trouver un qui contenait des clés. L'une d'elles, petite, argentée, lui sembla correspondre à ce qu'il cherchait. Sur la pointe des pieds, il retourna à un placard cadenassé qu'il avait vu sous l'escalier en descendant de la chambre de Tommy. La clé entrait. Il défit le cadenas et ouvrit la porte. Deux yeux terrorisés se levèrent vers lui. Tommy Gilchrist était là, attaché et bâillonné.

Hamish courut ouvrir tout grand la porte d'entrée et cria :

– Il est là, je l'ai trouvé !

Puis il retourna en trois bonds au placard et en sortit l'enfant au moment où les membres de la brigade faisaient irruption dans la maison et les entouraient. Hamish retira son bâillon au petit, en pleurs, et le détacha. Il le prit dans ses bras et le porta dehors. On entendait, venant du salon, la voix ferme de Jimmy Anderson qui signifiait aux parents qu'ils étaient accusés de séquestration d'enfant et de maltraitance.

– Nous avons appelé une ambulance, annonça une policière. Pauvre petit gars… Ses parents sont des monstres.

– Des fanatiques religieux, je pense, dit Hamish gravement. Mais chut ! Ne parlons pas de ça devant le petit.

Des flashes d'appareils photos l'aveuglèrent. La presse n'avait pas traîné. Il se tourna vers la policière et lui murmura :

– Il a fait sous lui. Ils ne le laissaient même pas aller aux toilettes. Montez dans sa chambre et prenez-lui son pyjama et des vêtements propres.

L'ambulance arriva relativement vite, mais pour Hamish, cela sembla une éternité. Il installa Tommy à l'intérieur, puis la policière revint, la petite valise de l'enfant à la main, et l'accompagna à l'hôpital.

Blair, accoudé au comptoir du pub le plus proche, s'était commandé un double whisky et se confiait au barman tout en le buvant :

– Un beau gâchis des fonds publics, je vous

assure. Le gamin a dû tomber d'un rocher ou au fond d'un étang dans la lande.

C'est alors qu'il entendit hurler la sirène de l'ambulance qui repartait. Il termina son verre d'un trait et se précipita dehors. Des badauds s'agglutinaient devant la maison des Gilchrist, et il vit Mr et Mrs Gilchrist qu'on escortait vers une voiture de police.

Il interpella rudement Jimmy Anderson après s'être frayé un chemin à travers la foule.

– Qu'est-ce qui se passe ?

– Hamish a découvert Tommy attaché dans le placard sous l'escalier. C'est bête, on n'a même pas pensé à fouiller la maison, ajouta Jimmy en prenant un malin plaisir à observer la tête de Blair. Vous auriez dû voir ça. La presse a pris plein de photos de Macbeth qui portait le petit garçon.

– Qu'est-ce qui a pu pousser ces parents à faire une chose aussi atroce ? demanda Hamish à Jimmy qui passait la soirée avec lui au poste de Lochdubh.

– Ils ont trouvé un numéro de *Playboy* sous son matelas. Ils disent que le diable s'était emparé de lui, et qu'il fallait affamer le petit pour faire sortir le mal de son corps.

– Le diable, c'est eux. Que va-t-il devenir, cet enfant ?

– Sa tante et son oncle, Mr et Mrs Clair, sont allés lui tenir compagnie à l'hôpital. Des gens gentils qui ont l'air de beaucoup l'aimer. J'espère qu'ils obtiendront la garde. Daviot nous a passé un sacré savon.

Je ne sais pas comment on a pu passer à côté de ça. Comment avez-vous deviné qu'il fallait fouiller la maison ? Quand des parents déclarent la disparition d'un enfant, on ne s'amuse pas à le chercher chez eux.

– C'est en voyant la chambre du petit que j'ai eu un doute. Et puis la mère ne pleurait pas. J'ai aussi vu la Bible à côté du lit… Mais je me demande pourquoi ils ont attiré l'attention de la police sur eux en déclarant une disparition.

– En fait, ce n'est pas eux qui ont alerté la police, c'est l'école. La jeune institutrice de Tommy s'est inquiétée en ne le voyant pas en classe et elle est allée demander de ses nouvelles chez lui. Quand ses parents lui ont dit qu'il était bien parti à l'école, elle a posé des questions à quelques personnes sur le chemin, et puis elle a alerté la police.

La voix d'Elspeth se fit entendre.

– Il y a quelqu'un ? demanda-t-elle en passant la tête par la porte de la cuisine.

Elle entra sans laisser à Hamish le temps de répondre et s'assit avec eux.

– Vous faites figure de héros encore une fois, dit-elle à Hamish. Cette fois, c'est la promotion assurée, que vous le vouliez ou non. Et j'ai un autre mystère à démêler pour vous.

– Ah oui ? Quel mystère ?

– Mr Jefferson est introuvable et sa voiture n'est pas garée à sa place. Je reviens de chez lui. La porte était fermée à clé, mais comme une fenêtre à l'arrière était ouverte, je suis entrée.

– Violation de domicile, vous savez que vous risquez la prison ? plaisanta Jimmy.

– Sérieusement : j'ai trouvé un mot sur la table de la cuisine. Un message tapé à la machine qui dit : « Je suis parti dans le Sud, je ne sais pas quand je rentre. À bientôt, Charlie. »

– Vous l'avez apporté ?

– Oui, le voilà.

Elle sortit de sa poche un papier qu'elle lui tendit.

– Est-ce bien sa signature ?

– Aucune idée, répondit-elle. Et pourquoi laisser un message à l'intérieur d'une maison fermée à clé ?

– Je n'aime pas ça, dit Hamish, et je pense que c'est lié à Stoyre. Je vais aller voir là-bas si je trouve sa voiture.

– Je viens avec vous !

– Non, je préfère y aller seul. Je me ferai moins remarquer sans vous.

Elspeth protesta en vain : Hamish partit sans elle en compagnie de Lugs.

C'était une nuit étoilée, avec une nette fraîcheur dans l'air. Hamish laissa la Land Rover sur le port de Stoyre et entreprit de faire le tour du village à pied, mais il ne vit la voiture de Mr Jefferson nulle part.

– Allons jeter un œil sur le sentier des falaises, dit-il à Lugs à voix basse. Ce vieux fou a pu vouloir retourner là-bas.

Le maître et son chien quittèrent donc le village. Ils arrivaient en haut de la montée qui marquait la fin du sentier quand soudain une immense silhouette enveloppée d'une cape surgit devant Hamish. Il se figea, d'abord paralysé par la peur, mais en voyant que son chien ne réagissait pas, il se rassura. Lugs profitait de la pause, tranquillement assis au clair de lune, sans rien remarquer.

– Allez, dégage, dit-il en avançant vers la forme fantomatique.

Il la traversa et, se retrouvant de l'autre côté, il se retourna et ne vit rien. Elle avait disparu.

Il courut à la Land Rover et roula au plus vite jusqu'à Lochdubh. Il savait maintenant ce qui avait tué Annie. Il fila dans le bureau, mais sa main hésita au-dessus du téléphone. Au lieu d'appeler Strathbane, il passa un coup de fil à Elspeth et lui raconta ce qui était arrivé.

– Un hologramme ! s'exclama-t-elle. Vous en aviez déjà vu un ?

– Non, jamais.

– Moi, si. Il y en a parfois dans les châteaux et les musées pour représenter des personnages historiques.

– Vous ne connaîtriez pas quelqu'un qui serait capable d'en fabriquer un ?

– Je pense que oui. J'ai un ex qui vit à Strathbane et qui adorait bricoler ce genre de choses. Vous feriez mieux d'avertir votre chef.

– Pas tout de suite. Je dois faire prendre conscience aux habitants de Stoyre qu'on a abusé de leur crédulité. Pourriez-vous demander à votre ami de venir ici demain avec son matériel ? Combien de temps pensez-vous qu'il lui faudra pour fabriquer une image de ce genre ?

– Aucune idée, je vais lui demander. Je sais juste qu'à l'époque, il faisait toutes sortes d'expériences avec cette technique. Je peux même vous dire qu'un hologramme est le résultat de l'enregistrement d'un champ lumineux sur une plaque photographique. Une fois projeté et éclairé correctement, cet enregistrement peut produire une image en trois dimensions. Vous voulez leur montrer un hologramme de quoi ?

– De Jésus-Christ.

– Vous êtes sûr ?

– Absolument. Comment s'appelle votre petit ami ?

– Ex-petit ami. Graham Southey.

– Expliquez-lui la situation, et demandez-lui de m'appeler.

Hamish attendit en marchant de long en large et sauta sur le téléphone dès la première sonnerie. C'était Graham. Hamish lui raconta en détail ce qui se passait, puis en vint à la question clé :

– Pouvez-vous venir demain ?

– Oui. C'est très amusant, votre histoire. Je viendrai avec le matériel, mais il faut aussi avoir un espace très tranquille, sans trop de mouvements ou de courants d'air. Il me faut une température stable et uniforme, pas de vibrations, pas de bruits de ventilation.

– Ça devrait aller.

– Alors, je vous prépare l'image. Je vais en avoir

pour toute la nuit, mais vous aurez votre hologramme demain.

Hamish le remercia et raccrocha. Il espérait avoir enfin trouvé le moyen de briser le silence complice des habitants de Stoyre.

Mr Jefferson était ligoté sur une chaise dans la cave du presbytère. On ne l'avait pas bâillonné, sans doute parce que c'était inutile : il s'était épuisé à hurler sans que personne l'entende. À l'heure des repas, deux hommes masqués le détachaient, attendaient qu'il ait fini de manger, puis le conduisaient à un seau surmonté d'une lunette de toilettes. Là, ils attendaient patiemment qu'il se soit exécuté, comme un enfant à qui on apprend à aller sur le pot, et puis ils le rattachaient. Malgré sa bonne forme, il n'était plus tout jeune et sentait ce régime le miner. Son seul espoir était que les habitants de Lochdubh, qui l'entouraient beaucoup depuis la mort d'Annie, s'inquiéteraient de ne plus le voir. Si on ne le trouvait plus chez lui, quelqu'un aurait bien l'idée d'alerter Macbeth.

Puisqu'il était au presbytère, cela signifiait que le pasteur était dans le coup… Drôle de pasteur ! Au moins, on ne l'avait pas frappé. La nourriture qu'on lui servait était bonne et nourrissante, même si l'angoisse lui coupait l'appétit. Il tenta une énième fois de desserrer ses liens, sans succès. Il avait l'impression que le presbytère au-dessus de sa tête était vide. Tant mieux : sa plus grande peur était que ses geôliers le tuent pour se débarrasser de lui.

Les habitants de Stoyre, mal à l'aise, s'étaient réunis à l'église, convoqués par Fergus Mackenzie, le pasteur. Les fenêtres étaient masquées par des stores noirs de black-out datant de la Deuxième Guerre mondiale.

Le pasteur s'avança devant ses ouailles.

– Mr Macbeth, ici présent, m'affirme qu'on nous a joué un mauvais tour et il se propose de nous en faire la démonstration.

– C'est faux ! cria une femme en colère.

Il y eut un mouvement général vers la porte, mais Hamish avait fermé à clé.

Graham officiait devant son matériel posé sur une table, au fond de la nef. Hamish, qui s'était attendu à rencontrer un gringalet neurasthénique à grosses lunettes, avait eu la surprise de voir arriver un beau et grand gaillard blond fort sympathique.

Hamish lui fit signe qu'il pouvait commencer. Une musique céleste monta dans l'église en s'amplifiant, majestueuse, et soudain un hologramme de Jésus-Christ apparut devant les fidèles médusés, qui tombèrent à genoux. Le regard du Christ brillait de compassion et il étendait les bras comme pour bénir les villageois à ses pieds.

La musique s'éteignit et la voix habituellement douce d'Hamish s'éleva avec force.

– Voilà la supercherie ! On vous a fait croire à une vision, mais c'est tout simplement un hologramme. Allez voir Graham au fond de l'église, il vous montrera comment ça marche.

Elspeth remonta les stores et la lumière entra à flots dans l'église tandis que tous se regroupaient autour de Graham. Alors qu'il leur expliquait la technique holographique, un gémissement se fit entendre, accompagné du bruit mat d'un corps qui tombe. Mrs Mackenzie, la femme du pasteur, venait de s'évanouir. Un fidèle la porta sur un banc.

Quand Graham eut terminé ses démonstrations, Hamish reprit la parole.

– À présent, vous allez me dire quelle forme ont pris les images qu'on vous a montrées.

Très gênés, les paroissiens baissèrent le nez sans répondre. Fergus Mackenzie répondit pour eux.

– Je vais vous raconter ce qui s'est passé. C'était une journée très sombre, il y a quelques mois. J'allais commencer mon sermon quand Dieu nous est apparu.

– Pourquoi avez-vous pensé qu'il s'agissait de Dieu ?

– Il ressemblait aux illustrations religieuses de la Bible.

– Des cheveux longs, une grande barbe et des sandalettes ?

– Ne blasphémez pas !

– Continuez ! Une vieille femme est morte de peur en voyant une de vos apparitions, rétorqua Hamish.

– Eh bien, il y a eu de la musique et nous avons entendu une voix céleste. Dieu nous a parlé. Il a dit que des hommes qui œuvraient pour Sa cause allaient remonter le Saint-Graal du fond de la mer.

Leur tâche serait longue et ardue et notre devoir était de nous assurer que personne, du village ou d'ailleurs, ne parle de leur présence, sans quoi Sa colère serait terrible et nous brûlerions tous en enfer.

– Ces hommes, les avez-vous vus ? Où sont-ils ?

– Ils viennent en bateau et plongent dans Scorie Bay. Ne nous jugez pas trop mal, nous sommes des gens simples.

– Est-ce une vision qui vous a ordonné de faire sauter la maison du major ?

– Une vision, en effet...

– Encore une vision du Bon Dieu ?

– Non, de l'ange Gabriel. Il nous a dit que le major était un grand pécheur, et que le Graal ne pourrait pas être apporté dans l'église s'il était présent.

– Qui s'est chargé de poser la bombe ?

Le pasteur baissa la tête.

– Nous sommes tous responsables.

– Je verrai ça plus tard. Maintenant, écoutez-moi bien : vous aller faire comme si de rien n'était, et pas un mot de tout ceci. Il ne faut pas que ces hommes soient alertés. Et pour finir, reprit Hamish, je veux savoir ce que vous avez fait d'un vieux monsieur qui s'appelle Charlie Jefferson !

Mr Jefferson entendit des pas dans l'escalier de la cave. Il se mit à trembler, redoutant que ses ravisseurs n'aient décidé de se débarrasser de lui.

La porte s'ouvrit et il vit entrer Hamish Macbeth, suivi par Elspeth et un grand homme blond. Ses yeux se remplirent de larmes et la détresse l'étouffa.

– J'ai cru que vous n'alliez jamais me retrouver !

Hamish sortit son canif pour trancher les liens de Mr Jefferson. Quand il fut libéré, Elspeth s'agenouilla et lui massa les chevilles pour aider le sang à circuler tandis qu'Hamish lui tendait une flasque de brandy dont il prit une bonne gorgée.

– Quelqu'un aurait une cigarette ? demanda-t-il.

Graham sortit un paquet de sa poche, lui en alluma une et la lui tendit.

– Qu'est-ce qui est arrivé ? demanda Mr Jefferson.

– D'abord, dites-nous comment vous avez abouti ici, dit Hamish.

– En apprenant qu'Annie était morte de peur, j'ai eu l'idée de visiter le presbytère pendant la messe. Le pasteur semblait avoir une telle influence sur le village que je me suis dit qu'il y aurait sans doute des indices chez lui. Je jetais un coup d'œil dans le secrétaire quand on m'a mis un sac sur la tête, et on m'a forcé à descendre ici.

– Il va être difficile de poursuivre le pasteur pour kidnapping à cause de votre casier judiciaire, Mr Jefferson. On risque de vous poser des questions embarrassantes. On voudra savoir comment vous vous êtes introduit dans les lieux. Je vais vous ramener à Lochdubh, et je vous demande d'y rester tant que l'affaire ne sera pas close.

– Je ne veux plus vivre à Lochdubh, avoua

Mr Jefferson dont les yeux se remplirent de nouveau de larmes. Ce n'est plus pareil sans Annie. Est-ce qu'elle m'en voudrait beaucoup si je vendais sa maison et que je retournais vivre à Londres ? La vie est beaucoup trop dangereuse, ici.

– Je suis sûr qu'elle ne vous en voudrait aucunement. Elspeth va vous raccompagner. Votre voiture se trouve dans le garage du pasteur mais vous n'êtes pas en état de conduire. Laissez-la pour l'instant. Je demanderai à quelqu'un de vous la rapporter.

– Je peux la ramener tout de suite, proposa Graham, puisque je suis venu avec vous et que la mienne est restée au poste de police.

– C'est très gentil. Merci pour tout, Graham. Et maintenant, j'ai deux mots à dire au pasteur.

Une fois Elspeth, Graham et Mr Jefferson partis, Hamish rejoignit le pasteur qui l'attendait dans la cuisine du presbytère.

– Ma femme vous demande de l'excuser, dit Fergus, la voix lasse. Elle est allée se reposer. Toute cette histoire l'a horriblement perturbée. Elle redoutait que le vieux monsieur ne survive pas à cette épreuve. Je crois que nous sommes tous devenus un peu fous.

Hamish cherchait à comprendre.

– Au siècle où nous vivons, avec la télévision et les moyens de communication modernes, comment peut-on encore être aussi coupé du monde ?

– Nous ne recevons pas la télévision à Stoyre.

Les montagnes bloquent les ondes, et personne ne s'embête à arranger ça. Le village est trop petit. Nous n'avons pour nous soutenir que notre foi.

– Cela n'excuse pas un tel manque de bon sens ! Je ne vous fais pas encore suffisamment confiance pour vous en dire davantage, mais je vous demande de ne plus rien faire jusqu'à nouvel ordre, ou je mets tout le village en examen pour tentative de meurtre et enlèvement. Vous m'avez compris ?

Le pasteur fit oui de la tête.

– Si vous n'entravez plus mon enquête, je ne parlerai pas de l'enlèvement de Mr Jefferson.

– Je ferai tout ce que vous voudrez.

– Avez-vous vu les hommes qui font ces recherches sous-marines dans Scorie Bay ?

– Non : nous avons reçu l'ordre de ne pas approcher. Je crois qu'ils cachent leur bateau quelque part pendant la journée, et qu'ils plongent la nuit. Vous devez nous pardonner. Nous pensions obéir à la volonté divine.

– Arrêtez de vous conduire comme une secte d'illuminés ! ironisa Hamish. Vous devriez essayer le catholicisme ou le judaïsme pour changer. Savez-vous seulement d'où vient le mythe du Saint-Graal ? Il remonte aux vieilles légendes celtes ! Comme toutes les croyances de la région d'ailleurs. Elles sont pleines de coupes et de calices magiques.

Se rappelant soudain l'expression de terreur figée sur le visage d'Annie Docherty, il ajouta avec colère :

– Vous n'avez plus quatre ans pour croire à des bêtises pareilles !

En repartant du presbytère, il songea que sa journée était loin d'être terminée. Allez, en route pour Strathbane. Il va falloir que j'explique tout ça à la hiérarchie.

En repassant par Lochdubh, Hamish voulut laisser Lugs à Elspeth, mais son chien, pourtant si doux, gronda en montrant les dents. Rien à faire : il dut de nouveau mettre Angela à contribution. Après lui avoir confié Lugs, il partit pour Strathbane. Là, il fut arrêté à la porte du bureau du commissaire Daviot par Helen, sa secrétaire, qui le coupa net dans son élan.

– Vous ne pouvez pas entrer ! s'écria-t-elle. Il est occupé et ne doit être dérangé sous aucun prétexte.

Hamish l'écarta d'une main ferme et passa. Daviot, installé devant un petit téléviseur, regardait un match de foot, les Rangers contre les Celtic. Il s'arracha à son fauteuil, en colère.

– Comment osez-vous entrer dans mon bureau ? J'ai demandé à ne pas être dérangé !

– Vous ne le regretterez pas quand vous saurez ce qui m'amène, répondit tranquillement Hamish.

– D'accord, asseyez-vous. Mais vous avez intérêt à m'apporter quelque chose d'intéressant.

Hamish lui raconta toute l'histoire par le menu. Il lui parla de l'hologramme qui avait servi à faire peur à Annie Docherty et à essayer de le chasser lui aussi. Il expliqua qu'il en avait fait la démonstration à l'église de Stoyre mais il passa sous silence la grave mésaventure de Mr Jefferson.

– Bref, acheva-t-il, nous avons la preuve que des plongeurs opèrent illégalement à Scorie Bay de nuit, et c'est donc la nuit qu'il faudra les surprendre.

– Il faudrait nous adresser à l'administration maritime pour savoir quelle épave ils recherchent.

– C'est fait. Aucun naufrage n'est répertorié dans ce coin.

– Nous aurions pu les arrêter plus tôt si vous n'aviez pas gardé toutes ces informations pour vous !

– Il fallait que j'arrache la vérité aux habitants de Stoyre et à leur pasteur. Vous n'auriez rien trouvé si vous aviez envoyé des hommes pendant la journée.

– But ! hurla la voix du commentateur.

Daviot se tourna vers l'écran avec un soupir.

– Très bien. Je m'en occupe et je vous tiens au courant.

– Pas question !

– Pardon ? s'étrangla Daviot.

– Commissaire, je veux être présent quand l'équipe interviendra. C'est mon enquête.

– L'affaire est trop grosse pour vous… Bon, d'accord. Je vais rassembler les gars et nous vous retrouverons à Stoyre à… disons minuit.

– Je sais où ils mouillent leur bateau. Il y a une grotte à laquelle on ne peut accéder que par les falaises, et encore, seulement à marée basse. Il va nous falloir de bons grimpeurs.

– Nous aurons des bateaux et des grimpeurs, promit Daviot, ses yeux s'égarant de nouveau vers le téléviseur avec regret.

– Vous me confirmerez que l'opération aura bien lieu cette nuit ?

– Mais oui, bien sûr.

Sur des charbons ardents, Hamish attendit toute la journée. Le téléphone sonna plusieurs fois, mais ce n'étaient que des habitants de Lochdubh qui appelaient pour échanger quelques mots avec lui, et Hamish dut se retenir de leur raccrocher au nez pour libérer la ligne.

Enfin, à dix-sept heures, il reçut un coup de fil de Jimmy Anderson.

– Nous n'irons pas ce soir, Hamish, annonça-t-il.

– Mais pourquoi, enfin ?...

– Vous n'avez pas écouté les prévisions météo ?

– Pas eu le temps, mon vieux ! J'ai attendu des nouvelles toute la journée. Il va faire mauvais ?

– Un ouragan va toucher la côte ce soir. Cette nuit, c'est tous aux abris, et on émergera demain, en espérant que ça va se tasser. Ils ne sortiront pas par un temps pareil.

Hamish raccrocha et réfléchit. S'il y avait une épave et que ces hommes avaient déjà pris de tels risques pour récupérer son chargement, il était très possible que leur avidité les pousse à ignorer l'alerte météo.

Il sortit les cartes d'Elspeth et repéra Scorie Bay. La baie où ils plongeaient était située au nord de la grotte choisie pour cacher le bateau et formait une anse assez large. Là-bas, ils n'étaient pas aussi protégés que dans le petit port naturel aux eaux plus calmes où ils s'amarraient. Hamish, inquiet, sentit monter en lui un fort sentiment d'urgence. Et si l'opération de récupération touchait à sa fin ? Si les plongeurs avaient presque fini de remonter ce qu'ils voulaient de l'épave ? Ils pouvaient très bien en être à leur dernière plongée. Si la brigade attendait le lendemain pour intervenir, les oiseaux risquaient de s'être envolés. N'importe quel informateur de Stoyre pouvait les avoir avertis que la supercherie avait été découverte et que les villageois savaient qu'on s'était moqué d'eux. Il était fort possible qu'ils soient pressés de partir et qu'ils ne tiennent pas compte de l'avis de tempête. Peut-être même, dans la précipitation, trop occupés à récupérer tout ce qu'ils pouvaient avant qu'il ne soit trop tard, oublieraient-ils d'écouter le bulletin météo.

Incapable d'attendre, Hamish décida de se rendre seul à Stoyre. C'était risqué, car si les criminels le repéraient, ils pouvaient prendre peur et s'enfuir avant la descente de police.

Il nourrit Lugs, puis prit la Land Rover. Le vent violent ne le dérangea pas, car dans le Sutherland on était habitué au mauvais temps.

Il laissa la voiture à l'abri dans une carrière désaffectée juste avant Stoyre pour éviter que le sel des embruns n'endommage le moteur s'il se garait sur le port. Il termina le trajet à pied, traversa le village puis s'engagea sur le sentier des falaises.

Sur la lande, la fureur du vent le heurta de plein fouet et le fit tituber. La tempête se déchaînait dans le ciel comme les foudres du Dieu de colère auquel croyaient les gens de Stoyre. La mer en furie s'abattait sur la côte, projetant des embruns qui vous giflaient de leurs milliers d'aiguilles.

Penché en avant, luttant de toutes ses forces, Hamish atteignit le haut des falaises. Il résistait avec peine à ce tumulte infernal, les épaules cisaillées par le poids du puissant projecteur qu'il portait dans son sac à dos.

Une rafale d'une force incroyable le fit tomber en avant et, le souffle coupé, il se retrouva le nez dans la bruyère au bord du sentier. Inutile de sortir la carte, songea-t-il, car elle serait aussitôt arrachée de ses mains. Il parvint à se relever et continua bravement, s'éclairant avec sa torche électrique. Enfin il vit le rocher où il avait attaché sa corde d'escalade. Il était presque arrivé à Scorie Bay.

L'air, saturé d'eau salée, était aussi épais qu'un jour de brouillard mais un vacarme assourdissant régnait. Hamish était éreinté et meurtri comme s'il sortait d'une bagarre. Les yeux brûlants, il avançait, écrasé par le vent qui hurlait comme un démon.

Il gagna le haut de la falaise et atteignit l'endroit qui, d'après ses estimations, devait se trouver au-dessus de Scorie Bay.

Avec sa torche, il repéra le début d'un étroit sentier qui descendait en pente raide. D'après la carte, il devait mener à la grève.

Hamish enleva son sac à dos et le traîna jusqu'au bord de la falaise. Il ne devait pas rester grand-chose de la plage, recouverte par la mer en furie.

Il ouvrit son sac à dos et en sortit le projecteur qu'il installa et alluma. Le puissant faisceau éclaira des vagues hautes comme des montagnes. Personne ne pouvait s'être risqué sur une mer pareille.

Il fit pivoter le projecteur sur son pied et balaya les flots.

Soudain, la lumière trouva un bateau, une vedette qui chevauchait une vague noire géante. Le pilote, à la barre, s'abrita les yeux et sa bouche s'ouvrit comme s'il lançait un appel. Le bateau tomba alors dans un creux. Hamish attendit. Le souvenir du visage terrorisé d'Annie Docherty lui ôta toute compassion pour les hommes en difficulté dans la tempête.

Le bateau remonta sur la vague suivante. Le pilote criait toujours. Hamish vit d'autres hommes, quatre, s'il comptait bien. Le bateau resta sur la crête une éternité, lui sembla-t-il, devenu le jouet de l'océan déchaîné. Il s'inclina, bascula dans le creux qui l'avala, et disparut.

Hamish chassa l'eau salée de ses yeux puis stabilisa le faisceau du projecteur, restant sur l'endroit où le bateau aurait dû reparaître. Il ne le vit pas remonter. Puis, après avoir un peu cherché, il éclaira le jaune d'un ciré et le blanc d'un gilet de sauvetage. Un homme essayait de regagner la côte à la nage. Hamish ne put que regarder, impuissant, car s'il tentait de descendre le sentier pour leur porter secours, le vent l'emporterait et le jetterait à la mer.

L'homme, qui nageait de toutes ses forces, fut pris par une vague qui le souleva et le projeta vers la falaise. Sa bouche s'ouvrit en un hurlement inaudible, alors qu'il était inexorablement emporté vers les dangereux rochers. Hamish ferma les yeux un instant. Quand il les rouvrit, il ne vit plus que la mer démontée. Au bout de quelques minutes, le rond lumineux éclaira des débris de bateau.

Il éteignit le projecteur, qu'il rangea avec difficulté dans son sac à dos. Ceci fait, il coinça fermement le sac entre deux rochers.

Plié en deux, luttant contre le vent, il prit le chemin du retour.

Le trajet lui sembla durer des heures. Une rafale particulièrement violente le bouscula contre un rocher et le choc lui tira un cri de douleur. Il attendit une minute pour reprendre son souffle et rassembler assez d'énergie pour poursuivre sa route vers les maisons où il pourrait s'abriter.

Alors qu'il abordait la dernière descente, un petit croissant de lune sortit de derrière la sarabande des nuages noirs et lui montra le village.

Hamish vit alors un spectacle si terrible qu'il en tomba à genoux.

Des vagues monstrueuses s'abattaient sur le petit port, passant par-dessus les toits, inondant les habitations et remontant presque jusqu'à l'église.

Stoyre était noyé par les flots.

9

« Ô Dieu ! quelle douleur c'était de se noyer !
Quel affreux bruit d'eau dans mes oreilles !
Quel spectacle hideux de mort devant mes yeux !
Il me semblait voir mille effrayantes épaves ;
Des milliers d'hommes que rongeaient les poissons ;
Des lingots d'or, de grandes ancres, des monceaux de perles... »

William Shakespeare

Hamish chassa l'eau de ses yeux. Une faible lueur provenait de l'église, au sommet de la côte à l'arrière du village. Il vit qu'en passant par le haut, et grâce à quelques détours, il pourrait rejoindre ce refuge. Il se remit en marche, ballotté par le vent, assourdi par les hurlements du ciel en furie, vacillant sur le sol qui semblait trembler sous les assauts féroces de la tempête.

Il atteignit enfin la porte de l'église. Une petite porte, découpée dans le grand portail, permettait d'entrer. Il l'ouvrit juste assez pour passer, la retenant contre le vent qui s'engouffrait derrière lui, puis s'arc-bouta pour la refermer.

Il regarda autour de lui. Tout le village était là, avec les animaux domestiques, même les poules. Les gens, assis sur les bancs, attendaient en silence. Contre les murs de l'église, il vit des piles de bagages. Hamish sortit son téléphone portable, mais il n'y avait pas de réseau. Trempé jusqu'aux os, il grelottait. Il avança vers l'autel où le pasteur vérifiait une liste de noms.

– Je dois appeler le commissariat, lui dit-il.

– Aucun appel ne passe, la ligne est coupée, lui apprit Fergus Mackenzie qui, élevant la voix, cria à l'assemblée :

– Mrs Tyle ? Où est Mrs Tyle ?

– Elle n'a pas voulu venir avec nous, répondit une voix éplorée. Elle a voulu rester chez elle avec sa petite-fille d'Oban qu'elle garde pendant les vacances.

– Où vit-elle ? demanda Hamish.

– Sur le port.

– Les vagues sont en train d'engloutir les maisons du port, dit Hamish.

Il avança et annonça à tous d'une voix forte :

– Je vais aller porter secours à Mrs Tyle. J'ai besoin d'une corde solide et de quelques hommes.

– Vous n'y arriverez jamais ! cria Andy Crummack.

– Essayons quand même. Trouvez-moi une corde, nom de Dieu !

Il y en avait une dans la sacristie, prévue pour changer celle des cloches. Hamish l'enroula et la porta jusqu'au portail, accompagné d'Andy et de deux autres volontaires. Il leur donna ses directives.

– Nous descendrons aussi loin que possible, puis vous m'assurerez avec la corde pour me permettre de continuer. Ramenez-moi en cas de problème.

Ils sortirent par la petite porte et se retrouvèrent dans le noir et la tempête. Hamish prit rapidement ses marques. Les vagues s'abattaient sur les toits de la rangée de maisons de pêcheurs qui faisait face à l'eau, puis remontaient dans les jardins vers l'église.

– Où est la maison de Mrs Tyle ?

– C'est la troisième par là, hurla Andy pour se faire entendre.

Ils s'en approchèrent le plus possible, puis Hamish noua la corde autour de sa taille.

– Tenez bien la corde, ou le reflux risquerait de m'emporter et de me jeter sur les maisons.

Hamish attendit le reflux et compta les secondes pour savoir de combien de temps il disposerait entre deux vagues. Il évalua plusieurs assauts des monstrueuses lames, puis il partit en courant. La force de l'eau qui se retirait le fit tomber deux fois, mais grâce à la corde, il parvint à se relever. Il s'accrocha au poteau du fil à linge au bout du jardin au moment où les vagues s'abattaient de nouveau sur les maisons. Il se cramponna de toutes ses forces en bloquant sa respiration, puis il se rua vers la porte de derrière, qui était grande ouverte. L'eau qui se retirait l'entraîna à l'intérieur, et il s'agrippa à la rampe en bas de l'escalier pour résister à un nouvel assaut des vagues qui inondaient le rez-de-chaussée en entrant par les fenêtres brisées de la façade. Il retint de nouveau sa respiration et tint bon. La rampe se brisa entre ses mains juste au moment du reflux. Retenu par la corde arrivée en bout de course, il s'en libéra et monta l'escalier à toutes jambes en passant la main sur son visage pour s'essuyer. Mrs Tyle et sa petite-fille avaient peut-être trouvé refuge dans une pièce à l'arrière.

En haut des marches, il trébucha sur un corps. À tâtons, il constata qu'il s'agissait d'une adulte. Ses doigts cherchèrent en vain le pouls. Le fracas des vagues revint une nouvelle fois mais un peu moins fort cette fois. Il ouvrit la porte de la chambre du fond et entendit des sanglots du côté du plafond.

– Où es-tu ? s'écria-t-il.

– Ici, répondit une voix d'enfant tremblante.

À la lueur de la lune, il distingua une vieille armoire. Deux yeux d'enfant le regardaient du haut de ce perchoir.

– Je suis là pour te sauver ! Donne-moi la main.

Une petite main prit la sienne.

– Saute, je t'attrape ! dit-il en tirant.

La petite fille lui tomba dans les bras. La serrant contre lui, il courut à l'escalier juste au moment où une nouvelle vague s'abattait sur la maison. À cet instant, le plafond de la chambre s'écroula sur l'armoire.

– Il est foutu, cria Andy Crummack aux hommes qui l'aidaient à ramener la corde.

Ils reculèrent et s'assirent par terre, trop choqués pour retourner se mettre à l'abri, contemplant le tumulte bouillonnant de vagues et d'écume sous la lune.

Ils restèrent là, hébétés, les vêtements malmenés par le vent, trempés par les embruns. Une énorme vague noire se fracassa sur les maisons, et Andy enleva sa casquette et baissa la tête, le sel de ses larmes se mêlant à celui de l'eau de mer qui ruisselait sur son visage.

– Là-bas ! hurla l'un de ces compagnons. Je vois quelque chose bouger !

Avec le ressac, ils virent la haute silhouette d'Hamish sortir en titubant par la porte de la cuisine, un enfant dans les bras.

Ils coururent à sa rencontre, glissant et trébuchant, et parvinrent à l'attraper. Grâce à leurs forces conjuguées, ils le tirèrent hors d'atteinte des vagues et le ramenèrent à l'abri dans l'église.

– Il faut sécher la petite et lui mettre des vêtements secs ! ordonna Hamish. Et donnez-lui quelque chose de chaud à boire. Comment s'appelle-t-elle ?

– Annie, répondit une dame.

Eh bien, voilà au moins une Annie que j'ai réussi à sauver, songea Hamish qui dit doucement à l'enfant :

– Tu n'as plus rien à craindre.

– Où est mamie ? demanda-t-elle.

– Elle va nous rejoindre plus tard. Va te changer. Tu te sentiras mieux après.

Fergus Mackenzie le rejoignit.

– J'ai apporté quelques affaires dans l'église. Je vous ai sorti des vêtements secs et une serviette.

Hamish le suivit dans la sacristie.

– Je suppose que Mrs Tyle est morte, dit le pasteur.

Hamish confirma, et entreprit de se déshabiller.

– C'était une vraie tête de mule, soupira Fergus tristement. Elle a absolument refusé de partir de chez elle.

Andy Crummack les rejoignit. Il tendit à Hamish une petite bouteille de whisky.

– Tenez, buvez un coup.

– On ne boit pas dans la maison de Dieu, protesta le pasteur.

Sans l'écouter, Hamish but une gorgée et rendit la bouteille à Andy. Ensuite il se sécha vigoureusement et enfila le caleçon, le jean et le pull que le pasteur lui avait sortis, ainsi que de grosses chaussettes et des pantoufles.

Remarquant un vieux fauteuil dans un coin, il annonça :

– Je vais juste m'asseoir un peu. Je suis mort de fatigue.

Il se laissa tomber dans le fauteuil, ses yeux se fermèrent et il sombra aussitôt dans un profond sommeil. Andy retourna dans l'église et en rapporta deux couvertures qu'il étendit sur lui.

Il se tourna vers le pasteur.

– J'imagine que vous allez nous raconter que cette tempête est une punition divine.

– Je ne sais pas... Je ne sais plus, gémit le pasteur en fondant en larmes.

Hamish se réveilla en sursaut. Il regarda sa montre et la secoua, mais elle ne marchait plus. C'était une bonne affaire achetée pour deux livres sur un stand pendant les jeux des Highlands. Une montre de plongée, qui, selon le vendeur, était étanche et résistante aux chocs. Il aurait dû se douter qu'il s'agissait d'une contrefaçon.

Il sortit de la sacristie et passa dans l'église qu'il trouva vide, mis à part quelques poules qui couraient ici et là, et deux chats qui dormaient sur un banc.

Dehors, le soleil brillait. Le vent soufflait encore, mais beaucoup moins fort, et dans le ciel bleu pastel ne flottaient que quelques légers nuages de beau temps. La mer s'était retirée, mais les vagues venaient encore frapper la digue, envoyant des gerbes d'eau sur le quai. Les habitants déambulaient de maison en maison, inspectant les dégâts.

Raide et courbatu, Hamish alla chercher sa Land Rover en se mouillant les pieds dans l'herbe détrempée. La voiture, protégée de la férocité du vent par les hautes parois de la carrière, était intacte. Il alluma la radio de bord pour appeler le commissariat et rapporter les événements de la nuit. Daviot lui demanda d'attendre l'arrivée de la mission de sauvetage en mer. Les gardes-côtes allaient être avertis, mais ils ne pourraient peut-être pas intervenir tout de suite car ils avaient des opérations de secours à mener un peu partout sur le littoral.

– Dans ce cas, monsieur le commissaire, dit Hamish, je vous demande l'autorisation de retourner à Lochdubh pour passer mon uniforme et m'assurer qu'il n'y a pas eu de dégâts au poste. Il ne va rien se passer ici avant l'arrivée des secours.

– Si vous voulez, mais ne traînez pas en route.

Aucunes félicitations, songea Hamish. Pas de « Rentrez chez vous pour vous reposer ». Cela ne l'empêcha pas de profiter de l'autorisation pour filer chez lui, heureux qu'il n'y ait pratiquement pas d'arbres entre Stoyre et Lochdubh, car autrement la route aurait été bloquée.

Il espérait que Lochdubh aurait moins souffert que Stoyre. Au moins, le village n'était pas directement sur la côte, mais au fond d'un loch de mer, donc beaucoup plus protégé.

La Land Rover passa enfin le pont en dos-d'âne

et entra dans le village. Apercevant Mrs Wellington, il s'arrêta à sa hauteur et sortit la tête par la vitre ouverte.

– Il y a eu beaucoup de dégâts ?

– Des tuiles arrachées et l'électricité coupée, lui apprit-elle. Nous avons eu de la chance. C'est la forêt d'en face qui a le plus souffert.

Hamish regarda de l'autre côté du loch et constata en effet que de nombreux pins avaient été déracinés.

– Je vais vite voir au poste si tout va bien, dit-il.

Il repartit et se gara devant chez lui. Pas de chance... Le toit du poulailler avait été emporté et la fenêtre du séjour avait volé en éclats.

Fatigué, il descendit de voiture et alla chercher ses outils. Il aurait eu grand besoin de faire un somme, mais quelques réparations d'urgence s'imposaient. Un aboiement familier lui fit tourner la tête alors qu'il clouait des planches pour couvrir le poulailler. Angela arrivait avec Lugs.

– Je me suis inquiétée hier soir en ne vous voyant pas rentrer, expliqua-t-elle. Je suis venue chercher Lugs et il a fallu que j'empêche Elspeth de partir à votre recherche dans la tempête.

Hamish descendit de l'échelle sur laquelle il était juché et caressa son chien.

– Si ça ne vous embête pas, Angela, j'aurais besoin que vous me le gardiez un peu plus longtemps.

Après l'avoir brièvement mise au courant de la situation, il ajouta :

– J'ai un autre service à vous demander. Pourriez-vous aller raconter aux Bain le fin mot de l'histoire ? C'est pour leur gamine qui doit faire des cauchemars depuis les apparitions de Stoyre.

– Vous n'allez pas retourner tout de suite là-bas, j'espère ! Vous avez l'air épuisé.

– Je veux être présent pour la fin de l'opération. J'ai hâte de savoir s'il y a des survivants du naufrage, et ce que ces hommes repêchaient. Ce matin, on ne pouvait toujours pas approcher de Scorie Bay. La mer était encore trop grosse.

Après le départ d'Angela, qui traînait derrière elle un Lugs plus que récalcitrant, Hamish condamna la fenêtre cassée du séjour, se rasa, mit son uniforme, puis reprit la Land Rover. En passant devant les locaux du journal, il pensa à Elspeth et se dit qu'il devrait la mettre au courant, mais préféra attendre.

Sur la route de Stoyre, il rattrapa un long convoi de véhicules de police.

Au-dessus de la mer, deux hélicoptères de sauvetage s'activaient.

Rassuré par cette mobilisation générale, Hamish suivit le convoi jusqu'à Stoyre.

Alors qu'Hamish descendait de voiture sur le port, Blair déboula, rouge de colère.

– Vous avez retardé l'intervention en ne parlant de vos conclusions à personne ! hurla-t-il. Nous aurions pu les pincer !

– En pleine tornade ? ricana Hamish.

L'inspecteur-chef ouvrait déjà la bouche pour

l'abreuver de reproches, quand il fut interrompu par Daviot qui les rejoignait.

– Ah, vous voilà, Hamish ! C'est bien !

Si le commissaire l'appelait par son prénom, c'était le signe qu'il était vraiment content.

– Vous tombez à pic pour guider les hommes sur le sentier des falaises jusqu'à Scorie Bay. La marée sera basse dans une demi-heure, et la tempête se calme. Nous allons peut-être pouvoir descendre.

– C'est une chance que la presse ne soit pas dans nos pattes, observa Hamish.

– J'ai donné des instructions très strictes. Il ne doit y avoir aucune fuite dans les médias tant que l'enquête est encore en cours.

Hamish remarqua que Blair faisait une drôle de tête et se demanda si l'inspecteur-chef n'avait pas déjà averti ses contacts.

Prenant la tête de la colonne avec Jimmy Anderson, il fit traverser le village aux sauveteurs en tenue d'escalade pour leur indiquer le sentier. Les habitants, qui erraient autour de leurs maisons ravagées, en état de choc, les regardèrent passer sans sembler vraiment les voir. Dans le port, les chalutiers gravement endommagés oscillaient dans une houle encore un peu forte.

Le retour du beau temps chassait le souvenir de la tempête de la veille comme celui d'un terrible cauchemar. Sans les dégâts dans le village, on aurait eu du mal à croire que la nuit avait été aussi difficile.

– Alors, pas d'escalade des falaises pour vous, aujourd'hui ? demanda Jimmy.

– Si je peux éviter, je préfère. Je suis lessivé.

– Quelle bande d'imbéciles d'avoir cru à ces hologrammes, reprit Jimmy, qui avait été informé. Des vrais moutons de Panurge, ces gens !

– Que celui qui ne s'est jamais égaré jette la première pierre, riposta Hamish, mélangeant allègrement les thèmes bibliques. Ne les jugez pas trop sévèrement. La vie n'est pas facile à Stoyre, surtout l'hiver quand le village est coupé du reste du monde. Il n'y a pas de réseau, et pas de télévision à moins de prendre une box, et je pense que personne ici n'a les moyens de s'en payer une. Je vous assure que par les nuits de tempête bien noires en plein hiver, il peut m'arriver à moi aussi de croire aux fantômes.

– Je ne comprends pas ce qui vous retient à Lochdubh, mais de toute façon, cela ne va sans doute pas durer.

– Pourquoi dites-vous ça ?

– Vous n'allez plus pouvoir éviter la promotion qui vous pend au nez après une réussite pareille.

– Je saurai bien me débrouiller.

– Vous vous souviendrez de l'endroit où il faut descendre pour arriver à Scorie Bay ?

– J'ai coincé mon sac à dos entre deux rochers pour marquer l'entrée du sentier.

– Vous n'avez pas emmené votre fiancée la journaliste ? Je m'attendais à la voir.

– Ce n'est pas ma fiancée !

Hamish, pris de remords, se promit de téléphoner à Elspeth dès qu'il aurait une minute.

Ils poursuivirent leur chemin sous une douce brise, le vent s'étant encore apaisé en cours de route.

– Il y a eu des dommages ailleurs dans le pays ? demanda Hamish. Je n'ai pas eu le temps de m'informer.

– Non, la tempête n'a traversé que l'extrémité de l'Écosse. C'est nous qui avons tout pris. Je m'étonne toujours que dans un pays aussi petit, il y ait une telle différence entre le sud et le nord.

– Ah, c'est ici ! s'exclama Hamish. Je vois mon sac à dos !

Il montra le chemin aux grimpeurs.

– C'est par ici. On peut descendre par ce petit sentier, mais votre équipement vous servira peut-être plus tard. Il y a une grotte que je voudrais explorer.

Quatre hommes prirent le sentier pendant que les autres attendaient.

– J'ai emporté ma flasque de whisky, annonça Jimmy. Asseyons-nous un instant et buvons un petit coup avant que Blair ne nous rattrape.

– Non merci, Jimmy. Je vais descendre avec eux.

Jimmy remarqua alors qu'Hamish portait ses chaussures d'escalade avec son uniforme et eut un sourire.

– Vous avez l'air d'un sacré guignol habillé

comme ça. Alors vous aviez quand même prévu d'y aller ?

– Par ici, c'est assez facile. Je les laisserai peut-être arriver tout seuls à la grotte.

– Bon, moi, je vous attends, dit Jimmy qui s'installa sur un rocher et sortit sa flasque.

Hamish dévala le sentier presque à pic qui permettait d'atteindre le bas de la falaise, se retenant aux touffes de végétation pour ne pas tomber.

Il arriva sur l'étroite bande de galets que la mer laissait à découvert. Les hommes entouraient un corps qui gisait à moitié dans l'eau.

Un appel fut lancé à l'hélicoptère qui les survolait.

– Laissez-moi jeter un coup d'œil avant qu'on l'hélitreuille, demanda Hamish.

Il se pencha sur le mort. C'était un homme blond aux traits rudes.

– Aidez-moi à lui enlever son gilet de sauvetage. Il ne lui sert plus à rien.

– Il pèse une tonne, observa l'un des hommes en manipulant le mort.

– Ah oui ? Intéressant…

Hamish s'accroupit près du cadavre. Il fouilla les poches du ciré et en sortit deux lingots d'or.

– Ça n'a pas dû l'aider à surnager… L'appât du gain, c'est surtout cela qui l'a tué.

Derrière eux éclata un vacarme de pierres éboulées et de jurons. C'était Blair qui achevait sa descente sur l'arrière-train. Daviot le suivait, agile comme un cabri malgré ses élégants souliers.

– Alors, Hamish, qu'avez-vous trouvé ? demanda Daviot.

– Vous n'auriez pas dû toucher au corps sans la présence de vos supérieurs ! hurla Blair. Vous n'êtes qu'un simple agent !

– Assez, Blair, intervint Daviot avec un sourire. Il ne restera pas longtemps simple agent, après ce qui vient de se passer.

Sans trahir sa contrariété, Hamish les mit au courant :

– Cet homme avait sur lui deux lingots d'or.

– Intéressant, commenta Daviot en se penchant sur le cadavre. J'imagine qu'ils proviennent d'une épave. Portent-ils un poinçon ?

– Non, aucun signe distinctif.

Daviot s'adressa à l'un de ses hommes :

– Fouillez-le pour voir s'il a des papiers d'identité. Le photographe et le légiste vont arriver. Allez les chercher là-haut, Hamish, ensuite nous ferons remonter le corps. Vous redescendrez avec eux. Les plongeurs seront bientôt là aussi et je voudrais que vous leur indiquiez l'endroit où vous avez vu sombrer l'embarcation.

– À vos ordres, commissaire, dit Hamish avec un petit salut militaire, désireux avant tout de garder ses distances avec Daviot, la menace de sa promotion planant dans l'air.

Il remonta donc, recru de fatigue. Il vit arriver

le photographe de la police judiciaire et le légiste, et leur apprit qu'il était chargé de les mener au lieu de l'accident.

– Les journalistes ont envahi Stoyre, ronchonna le légiste. La police tente de les retenir au village.

Dévoré de culpabilité, Hamish songea une nouvelle fois à Elspeth.

L'électricité n'était toujours pas revenue à Lochdubh, mais le journal ayant un générateur de secours, Elspeth alluma la télévision de la salle de rédaction pour écouter les informations. La chaîne locale de Strathbane permettait parfois de glaner des faits intéressants.

– L'un des lieux les plus rudement touchés par la tempête qui a sévi au nord des Highlands se situe dans le Sutherland, à Stoyre, disait le présentateur. Retrouvons notre envoyé spécial, Callun Sinclair.

Un barbu en anorak apparut à l'écran.

– Je suis devant les ruines d'un petit port de pêche en grande partie détruit cette nuit par la tempête.

Comme souvent, le cadrage en gros plan du reporter empêchait de voir ce qui l'entourait. À peine si on distinguait un mur derrière lui.

– Mais la tempête n'est pas la seule préoccupation des autorités, ajouta le reporter. Le mauvais temps a permis de démasquer une bande de criminels qui terrorisait les habitants de Stoyre. Une importante présence policière a investi les falaises au nord du village, à la recherche de mystérieux plongeurs étrangers qui…

Elspeth éteignit le téléviseur et courut à sa voiture. Comment Hamish avait-il pu lui faire un mauvais coup pareil ? Elle allait le tuer !

Hamish attendait sur la plage le bateau des plongeurs-sauveteurs. Si seulement Daviot et Blair n'avaient pas été là, il se serait allongé sur les galets pour dormir un peu.

La vedette des secours en mer passa enfin la pointe et arriva dans la baie. Hamish désigna l'endroit où le bateau avait disparu, puis, le légiste et le photographe ayant terminé leur travail, Daviot fit signe à l'hélicoptère que le corps pouvait être remonté.

– Je ferais bien de conduire les grimpeurs à la grotte, dit Hamish.

Il remonta avec eux le sentier de la falaise et donna ses indications au chef du groupe.

– C'est par là. En bas, vous trouverez une faille entre les rochers, et à l'intérieur, vous verrez un passage qui mène à l'endroit où le bateau était amarré.

– Il vaut mieux que vous veniez nous montrer le chemin, dit l'homme. Ne vous inquiétez pas, nous allons vous assurer pour la descente.

Épuisé, Hamish fit ce qu'on lui demandait. Il poussa un soupir de soulagement en posant les pieds sur la grève.

– La mer remonte, indiqua-t-il au groupe quand tous furent rassemblés. Nous ferions mieux de nous dépêcher.

Il leur montra le passage et suivit la faille jusqu'à la grande salle qu'il avait explorée avec Elspeth. Désolé, Elspeth, songea-t-il sombrement, je suis impardonnable...

Leur regard fut immédiatement attiré par un rocher plat à côté du poteau d'amarrage : une grande quantité de lingots d'or y était empilée.

– Vous avez vu ça ! s'exclama l'un des hommes. Il y en a pour une fortune !

Une vague s'abattit sur la grève, et remonta presque jusqu'à l'entrée de la grotte.

– Il ne faut pas traîner, avertit Hamish.

– Attendez, j'ai un appareil photo, dit l'un des grimpeurs.

Hamish attendit avec impatience pendant qu'il prenait des photos de l'or, puis ils rebroussèrent chemin.

Les bras tétanisés, étourdi de fatigue, Hamish se hissa avec peine en haut de la falaise, espérant bien que ce serait la dernière fois qu'il aurait à descendre dans cette grotte.

Arrivé en haut, il rapporta sa découverte à Daviot, puis demanda :

– A-t-on retrouvé d'autres corps ?

– Un autre, échoué non loin de Scorie Bay. Lui aussi était alourdi par des lingots d'or. Bravo,

Hamish. Nous retournons au village pour faire un point presse.

– Je m'en charge, s'empressa de dire Blair.

– Non, Hamish est mieux placé que vous pour s'en charger. Quelque chose de bref. Dites seulement que des plongeurs étrangers fouillaient une épave illégalement, et qu'ils ont été surpris par la tempête. On suppose qu'ils sont tous morts. Et puis vous direz que Strathbane fera une autre déclaration plus tard dans la journée. Vous voyez le genre ? Après cela, vous pourrez rentrer chez vous.

Sur le point de refuser, Hamish, en entendant ces mots magiques, se dit que si cela lui permettait d'aller plus vite se coucher, il pouvait bien fournir ce dernier effort.

En arrivant au village anéanti par la tempête, ils furent entourés par des équipes de télévision, des reporters et des photographes de presse.

Daviot présenta Hamish comme étant le policier qui avait résolu le mystère de Stoyre. Ce dernier débita les quelques phrases prévues, et venait de conclure quand Andy Crummack cria :

– Il faut leur dire que vous avez sauvé la vie de la petite Annie !

– Quoi ? Racontez ! s'écrièrent les journalistes.

Micros et caméras se tournèrent vers Andy.

Andy livra un récit détaillé de l'exploit d'Hamish qui avait risqué sa vie pour sauver une petite fille.

Blair suffoqua de rage en voyant les flashes

des photographes éclater devant le visage fatigué d'Hamish.

– Voilà, intervint Daviot. C'est fini. Vous pouvez rentrer, Hamish. Bravo.

Hamish ne se le fit pas redire. Il rassembla ce qui lui restait de forces pour courir à la Land Rover, mais avant de l'atteindre, il fut attrapé brutalement par la manche.

– Espèce de traître ! siffla une voix.

– *Och*, Elspeth, gémit Hamish. Je n'ai pas eu le temps. Mais ce n'est pas trop grave : de toute façon, vous travaillez pour un hebdomadaire.

– Je fournis aussi des articles à la presse nationale. Je ne veux plus jamais vous parler !

Voyant la meute des journalistes sur ses talons, il sauta dans la Land Rover et démarra, se promettant de se racheter. Il fournirait à Elspeth plus de détails sur l'affaire qu'aux autres reporters. D'ailleurs, elle était déjà au courant de l'histoire des hologrammes.

Une fois de retour à Lochdubh, il alla voir Angela pour lui demander son aide. Il ne voulait plus qu'on le dérange.

– Attendez ce soir pour me ramener Lugs. Vous n'aurez qu'à me le laisser dans la cuisine. Mais surtout, ne dites à personne que je suis rentré. Je ne répondrai ni au téléphone ni à la porte.

Une fois chez lui, il avala un sandwich puis se déshabilla et, avec un long soupir de soulagement, il se coucha et sombra dans un profond sommeil. Ce jour-là, la presse eut beau faire le siège du poste de police, tambouriner à la porte et téléphoner non-stop, Hamish n'entendit rien. Le soir venu, Strathbane ayant annoncé une conférence de presse, ce fut la ruée et les journalistes désertèrent Lochdubh.

Angela profita de l'accalmie pour ouvrir la porte de la cuisine avec sa clé et faire rentrer Lugs. Le chien se précipita dans la chambre et sauta sur le lit en aboyant à pleins poumons. Hamish se réveilla et caressa son chien.

Il se leva, s'habilla, puis alla dans la cuisine. Il fouillait les placards et le réfrigérateur, la faim au ventre, quand Jimmy Anderson arriva, s'annonçant en criant par la fente à courrier dans la porte. Hamish lui ouvrit et vit qu'il ne venait pas les mains vides. L'inspecteur apportait une bouteille de whisky et une grosse tourte à la viande.

– Le whisky vous est offert par Andy Crummack, et la tourte par la femme du pasteur.

– Je vais la réchauffer au four. Alors, quelles nouvelles ? D'autres corps ont-ils été retrouvés ?

– *Aye*, quatre autres. Des Allemands. Et ce n'est pas tout ! Les plongeurs ont découvert un sous-marin allemand coulé avec son équipage. On a repêché des documents enfermés dans un sac étanche. L'or devait être livré à la Russie dans le cadre du pacte de non-agression germano-soviétique, un dédommagement qui s'ajoutait à l'attribution des États baltes et d'une partie de la Pologne. Je ne sais pas à qui appartient cet or aujourd'hui. Ce sera au receveur des épaves de le décider. Le trésor reste sans doute la propriété du gouvernement allemand… Je ne sais pas. C'est aux autorités de régler ce problème.

– Sait-on ce qui a causé le naufrage du sous-marin ?

– Il a heurté un gros récif immergé dans Scorie Bay.

– Les hommes n'auraient pas pu s'en sortir ? L'eau n'est pas très profonde à cet endroit.

– L'un d'entre eux, au moins, a atteint la côte, mais il est mort, disent les rares personnes assez âgées pour s'en souvenir. Les autres marins sont restés trop longtemps à l'intérieur. Et puis c'était en plein hiver et l'eau devait être glacée. Les Allemands décideront si les squelettes doivent être remontés à la surface pour être enterrés, ou laissés sur place dans une sorte de cimetière militaire sous-marin.

– Ils devaient sans doute prévoir de rejoindre la Russie par le nord en contournant les îles britanniques, réfléchit Hamish. Mais pourquoi approcher si près de la côte ?

– Une erreur de navigation peut-être. On ne saura jamais. On s'en moque un peu, non ? acheva Jimmy avec cynisme. Vous ne pensez pas que la tourte est assez chaude ?

– Pas encore : ce n'est pas un micro-ondes.

– Vous pourriez vous en acheter un. C'est par conservatisme ?

– Non… par paresse.
Jimmy eut un sourire.
– Blair ne décolère pas depuis que vous lui avez de nouveau volé la vedette. Il va pousser Daviot à vous donner une promotion, et peut-être même lui recommander de vous muter à Glasgow.
– Je trouverai bien un moyen de rester.
– Cette fois, la seule chose qui pourra vous sauver d'une promotion, c'est votre propre mort, ou à la rigueur une grave dépression.
Hamish quitta sa chaise.
– Je vais voir si la tourte est prête. En cas de dépression, on m'obligerait à me mettre en invalidité et ça ne me plairait pas non plus.
– Peut-être juste un petit coup de mou passager, alors.
– Il me faudrait un certificat du docteur Brodie, mais il est trop honnête pour donner des arrêts de complaisance et trop intelligent pour se laisser tromper par quelqu'un qui joue la comédie.
– Vous pourriez lui présenter la situation telle qu'elle est vraiment : si on vous retire de Lochdubh, le poste de police fermera à coup sûr. C'est ce qui se passe partout ailleurs dans le pays. On supprime les petits postes de village à tour de bras. Dites-lui que c'est pour le bien de Lochdubh, et qu'il doit seulement vous déclarer temporairement mal en point.
– Ça se tente… La tourte est prête.
Hamish la découpa, servit une grosse part à

Jimmy, prit une petite part pour lui-même et donna une petite part à Lugs.

– Vous n'allez quand même pas nourrir votre chien de tourte ! protesta Jimmy. Vous ne connaissez pas les croquettes ?

– Lugs aime manger la même chose que nous, se défendit Hamish. Et puis c'est mérité : je l'ai beaucoup laissé seul ces derniers temps. Il a bien droit à une douceur.

– *Och*. Vous avez besoin d'une femme, vous !

Lugs fit aussitôt entendre un grondement menaçant.

– Ne t'inquiète pas, il plaisante, s'empressa de dire Hamish d'un ton rassurant.

Lugs se calma et se mit à manger.

– Cette tourte est délicieuse…, commenta Jimmy. *Aye*, à propos de femmes, que devient la jolie petite journaliste ?

– Ce serait un miracle qu'elle accepte de m'adresser de nouveau la parole. Elle m'a trouvé quelqu'un pour projeter un hologramme. Elle m'a fourni des cartes de la côte. Elle a descendu la falaise avec moi pour explorer la grotte. J'aurais dû prendre le temps de lui parler de l'opération d'aujourd'hui.

– Offrez-lui des roses.

– Où voulez-vous que je trouve des roses à Lochdubh ?

– Il y a un très bon fleuriste à Strathbane.

– Ah… Si je vous donnais l'argent, vous pourriez lui faire envoyer un bouquet de roses ?

– Pas de problème. Vous voulez mettre quoi, comme message ?

– Juste : « Désolé, Hamish. » Ça devrait suffire.

Le lendemain, Jimmy se rendit donc chez le fleuriste. À côté, au kiosque à journaux, la presse rivalisait de gros titres sur la découverte de l'or. En encadré, on pouvait lire aussi des récits vibrants de l'« intrépide sauvetage d'un enfant ». Jimmy fit envoyer une douzaine de roses rouges à Elspeth à l'adresse du journal de Lochdubh.

– Quel est le message ? demanda la vendeuse.

– Attendez, je vais l'écrire moi-même…

Il mordilla le bout de son stylo. Le message d'Hamish était beaucoup trop sec. Ce garçon avait grand besoin d'un coach en séduction. Il écrivit donc, en belles lettres capitales : « Mes plus plates excuses. Je t'embrasse de tout mon cœur. Ton Hamish. »

Le jour suivant, pour fuir les journalistes qui tapaient sans relâche à la porte d'entrée, Hamish sortit par l'arrière en enjambant la fenêtre de la cuisine après avoir fait passer son chien. Il monta la colline par son champ à moutons et se rendit au cabinet du docteur Brodie par le chemin qui passait devant la maison des sœurs Currie.

Voyant la salle d'attente pleine, Hamish connut un regain d'espoir. La moitié de ces patients devaient être là pour des lombalgies imaginaires.

Si le docteur Brodie acceptait de donner des arrêts maladie à ces tire-au-flanc, alors il ne ferait pas plus de difficulté pour sa dépression fictive.

Il lut les petites histoires sentimentales de plusieurs vieux numéros de *People's Friend* pour passer le temps. Les forestiers et les employés de bureau de Strathbane se succédaient dans le cabinet, entrant pliés en deux et ressortant droit comme des I, l'air enchanté.

Enfin, ce fut le tour d'Hamish.

– Asseyez-vous, Hamish, dit le docteur Brodie. Qu'est-ce qui vous amène ? Je ne vous ai pas vu malade depuis des lustres. Avez-vous lu les journaux ? On ne tarit pas d'éloges sur vous. Vous êtes devenu un héros national.

– D'une certaine façon, oui, et c'est la raison de ma présence. Je m'explique : je sais qu'on va vouloir me donner une promotion, ce qui m'obligerait à aller vivre à Strathbane ou même à Glasgow.

– Il est peut-être temps pour vous de vous ouvrir au monde. Je ne vois pas le problème.

– Je voudrais que vous me fassiez un certificat disant que je fais une dépression.

– Sûrement pas ! Ce serait un mensonge.

– Quelle différence avec tous les arrêts de travail que vous donnez pour de faux maux de dos ?

– Ça n'a rien à voir. Certains de mes patients ont réellement mal au dos. D'autres ont des problèmes lombaires psychosomatiques parce qu'ils détestent leur travail mais ne peuvent pas se permettre de le quitter. Il suffit de leur accorder quelques jours de temps en temps pour qu'ils supportent un peu mieux leur emploi.

– Si vous tenez à apaiser votre conscience, dites-vous que si je suis muté, on fermera sûrement le poste de police de Lochdubh.

– Ça m'étonnerait énormément ! Vous avez vu le nombre d'affaires que vous avez résolues récemment ?

– Strathbane dirait que le sergent MacGregor, qui est un gros paresseux, pourrait tout à fait couvrir mon secteur en plus du sien avec l'aide d'un adjoint. Blair veut tellement se débarrasser de moi pour m'enterrer dans l'anonymat d'un grand commissariat, qu'il demande ma mutation. Vous n'aurez plus de policier à Lochdubh.

– Possible, mais si je mens en disant que vous avez un souci psychiatrique, l'administration risque de faire appel à un expert pour vous examiner.

– Ça ne me fait pas peur. Je ferai l'idiot en regardant dans le vide.

– Ce qui ne vous changera pas beaucoup de d'habitude. Personne ne verra la différence. Bon, d'accord, voilà ce qu'on va faire. Vous avez beaucoup travaillé récemment, personne ne peut le contester. Disons que vous souffrez de surmenage et d'une grande fatigue. Je vais vous prescrire du repos et un arrêt de travail sans obligation de rester chez vous. C'est tout ce que je peux faire. Si j'étais vous, j'en profiterais pour partir en vacances.

J'enverrai mes recommandations à Strathbane avec votre arrêt maladie.

– Super, je vous revaudrai ça, mais j'ai encore un petit service à vous demander.

– Je vous écoute.

– Pourriez-vous téléphoner à votre femme pour lui demander d'aller devant chez moi pour parler à la presse ? Qu'elle leur dise qu'ils me trouveront au commissariat de Strathbane.

– D'accord.

Le docteur Brodie prit son téléphone et l'affaire fut vite réglée.

– Elle y va tout de suite, annonça-t-il en raccrochant. Attendez un peu ici, elle vous appellera dès que le champ sera libre. Vous étiez mon dernier patient, il me semble ?

– Oui, le tout dernier.

– Vous allez partir tout de suite en vacances ?

– Je voudrais bien, mais je dois passer par Stoyre d'abord.

– La presse fait le siège aussi là-bas.

– Il me suffit d'attendre la fin de la journée. Il n'y a plus de pub à Stoyre depuis la tempête, et nulle part où passer la nuit.

Le docteur Brodie étudia le rouquin longiligne qui lui faisait face.

– C'est drôle, on a rarement l'occasion de rencontrer un homme aussi peu ambitieux.

– Pourtant, vous êtes comme moi, se défendit

Hamish. Vous pourriez avoir un cabinet florissant en ville mais vous préférez rester ici.

– Moi, ce n'est pas pareil, je suis fidèle à mes patients.

– Et moi, je suis fidèle aux habitants de Lochdubh, répliqua Hamish, soudain sérieux.

– C'est vrai. Alors espérons que mon certificat et ma lettre convaincront vos supérieurs.

Le téléphone sonna.

– C'est Angela, dit le médecin.

Il écouta sa femme, puis raccrocha.

– Elle a réussi à vous débarrasser des journalistes. Comment allez-vous vous déplacer ? Vous n'êtes pas censé vous servir de la Land Rover de service pendant votre arrêt maladie.

Hamish eut un sourire :

– C'est la faute au surmenage. Je fais un peu n'importe quoi. Et puis personne ne se donnera la peine d'aller voir ce qui se passe ici pendant mon absence.

Il passa devant le journal en sortant du cabinet, mais, alors qu'il hésitait à entrer, il vit arriver la camionnette du fleuriste. Mieux valait attendre encore un peu avant d'affronter Elspeth. Attendre même beaucoup...

De retour au poste, il remplit son sac à dos et imprima un message redirigeant les usagers vers le sergent MacGregor à Cnothan. Il exhuma ensuite sa tente et son matériel de camping d'un placard.

– Nous partons à l'aventure, Lugs, annonça-t-il. Plus de téléphone, plus personne pour nous déranger.

Il chargea ses affaires dans la Land Rover, puis attendit le soir. Des visiteurs venaient frapper de temps en temps à la porte, mais il n'alla pas ouvrir. Cela aurait pu être Elspeth, bien sûr, mais il préférait être à Stoyre pour lui téléphoner.

Il faisait nuit quand il arriva à destination. Stoyre était plongé dans l'obscurité, l'électricité n'ayant pas encore été rétablie dans le village sinistré. Il se gara, descendit avec Lugs et alla frapper à la porte du presbytère.

Fergus Mackenzie lui ouvrit. Son visage s'illumina quand il vit Hamish.

– Entrez ! Quel bon vent vous amène ?

Hamish le suivit jusqu'à la salle de séjour où Mrs Mackenzie travaillait à sa tapisserie à la lumière d'une lampe à pétrole.

– Asseyez-vous, dit le pasteur. Chérie, pourriez-vous avoir la gentillesse de nous préparer du thé ? Ou peut-être préférez-vous une boisson plus forte ?

– Rien pour moi, dit Hamish, je vous remercie. Je viens simplement vous demander comment tout le monde s'en sort. Les gens du village sont-ils tous assurés ?

– Non, beaucoup avaient fait l'impasse là-dessus. Les bateaux de pêche, eux, l'étaient, heureusement parce qu'aucun n'a été épargné. Il y a beaucoup de rancœur au village. Les journaux se sont trop amusés de la supercherie des hologrammes. Les gens sont dégoûtés. Ils ne veulent plus rien avoir à faire avec la presse.

– Je m'en doutais un peu. Pourtant, je vais vous demander d'accepter encore un reportage de la chaîne de Strathbane…

– Je sais que nous vous devons une grande reconnaissance, mais nous avons été assez tournés en dérision comme ça.

– Je me charge de convaincre vos fidèles. Pouvez-vous les rassembler pour que je puisse leur parler ?

– Sonnons la cloche, ça les fera venir à l'église.

– Très bien. Vous verrez, j'ai une idée.

Ils allèrent ensemble à la petite église et le prêtre laissa à Hamish l'honneur d'actionner la cloche. Les villageois sortirent peu à peu de chez eux et montèrent la colline en rangs dispersés. Hamish attendit qu'ils soient tous dans l'église et assis avant de s'adresser à eux.

– Je sais que la presse vous a malmenés, mais vous avez tous un grand besoin d'argent. Je vous propose de vous servir des médias à votre tour pour vous renflouer. Vous n'avez pas encore su vous attirer la sympathie du public britannique, mais il faut demander de l'aide, à moins que vous ne teniez à vous endetter jusqu'à la fin de vos jours. Vous voulez de l'argent ?

– C'est pas de refus ! cria Andy Crummack.

– Alors le pasteur doit faire venir la chaîne de télévision de Strathbane ici demain, et nous, nous allons nous préparer à recevoir l'équipe de tournage. Le pasteur bénira le port et…

– La religion, on en a jusque-là ! tonna une femme.

– Vous êtes seulement dégoûtés des fausses croyances, corrigea Hamish, puis il reprit : Pendant que le pasteur dira son service – il faut surtout qu'il soit très bref –, je vais demander à certains d'entre vous de pleurer. Vous devez avoir l'air désespérés.

– On ne devrait pas avoir à se forcer beaucoup, ironisa Andy, déclenchant des rires.

– Il me faut aussi une jolie fille qui chante bien.

– Elsie Queen ! lança une habitante. C'est ma fille. Elle a gagné des médailles au Mod.

Le Mod étant un festival écossais de chansons en gaélique qui avait lieu une fois par an.

– Elsie est-elle présente ? Pouvez-vous venir, Elsie ?

La petite dame autoritaire qui venait de parler poussa une adolescente vers Hamish. Elsie, grande et mince, avait un visage à la Modigliani encadré de longs cheveux très blonds. Ses yeux en amande semblaient un peu orientaux, comme il arrive parfois chez les gens des Highlands.

– Possédez-vous une robe blanche ? demanda Hamish.

– Oui, une super jolie que j'ai portée au Mod, répondit Elsie.

– Parfait. Maintenant écoutez-moi tous, voilà ce que vous allez faire…

Sharon Judge ne travaillait pas depuis très longtemps pour la télévision de Strathbane. En route pour Stoyre dans la camionnette de la chaîne, elle désespérait de trouver une bonne occasion de faire ses preuves. Stoyre était déjà de l'histoire ancienne, et les habitants, peu bavards, ne se livraient pas. Une fois de plus, elle n'allait rien trouver à filmer et la journée serait perdue.

Le pasteur avait parlé d'une cérémonie, cela donnerait au moins quelques images. Le cadreur ferait son travail, elle livrerait un petit commentaire, et tout cela pour que le reportage parte à la poubelle. Comme toujours. C'était fou, tout cet argent gâché à tourner des sujets qui n'étaient jamais diffusés.

Sharon se reprochait de n'être pas assez fonceuse… et pas assez sexy. Elle avait juste une gentille tête de bonne copine, coiffée d'une masse de cheveux bouclés. Les hommes la taquinaient en lui disant qu'elle avait l'air d'une gamine et ne s'intéressaient pas à elle. Son amie Elena, une vraie bombe, affirmait qu'elle était plutôt le genre de fille qu'on épouse. Un compliment à double tranchant qui ne la consolait guère.

Le preneur de son, au volant de la camionnette, s'arrêta au port.

– C'est parti, dit-il. J'installe le matos, et on ne devrait pas en avoir pour plus de dix minutes.

Ils descendirent et virent que les habitants de Stoyre étaient rassemblés sur le port. Ils étaient tous vêtus de noir, à l'exception d'une jeune fille très belle dans sa longue robe blanche. Un joueur de cornemuse attendait près de la digue en kilt traditionnel.

– Tiens, c'est pas mal, remarqua le cadreur avec un regain d'espoir.

– Je vais tenter d'interroger quelques personnes à la fin du service, décida Sharon.

Le cadreur, Jerry Mathieson, compatissait. Il savait qu'on ne confiait à Sharon que les reportages les moins glorieux, mais il l'appréciait. C'était une fille bien, différente des autres journalistes dures et cyniques de la chaîne. Il s'était d'ailleurs porté volontaire pour ce reportage parce qu'il avait envie de mieux la connaître.

– On pourrait faire un carton, dit-il. Si j'arrive à prendre des bonnes images du service, tu pourras te donner à fond sur le commentaire.

Sharon se prit au jeu devant le tableau frappant des habitants vêtus de noir devant le bleu étincelant de la mer. La jolie jeune fille en blanc était en train d'ajuster une écharpe écossaise sur son épaule. Une petite dame sèche la lui enroula autour de la taille et la fixa avec une magnifique broche en cairngorm, le fameux quartz écossais fumé jaune.

Le pasteur prit place face à l'assemblée et leva les mains.

– Nous célébrons aujourd'hui la mémoire de Mrs Tyle, morte noyée dans la tempête. Qu'elle repose en paix. Nous sommes ensemble aujourd'hui dans notre souffrance pour nous porter mutuellement réconfort. Vos maisons ont été saccagées, vos bateaux détruits. Vous vous demandez comment vous allez traverser les sombres jours qui s'annoncent...

– Regarde-moi ces visages au premier rang, chuchota Jerry à Sharon. Quelle chance ! Ils sont magnifiques.

Soigneusement mise en scène par Hamish Macbeth, la composition de l'assemblée ne devait au contraire rien au hasard : les villageois les plus photogéniques avaient été volontairement placés face au pasteur.

– Alors, continuait le prêtre, vous perdez peut-être espoir. Vous pensez que le monde vous abandonne et a oublié votre infortune. Vous vous dites que vous recevez une punition méritée car vous vous êtes laissé abuser par des criminels. Je vous demande pourtant de garder la foi. Il est en ce monde des gens de bonne volonté qui, j'en suis sûr, auront à cœur de vous aider. Que le Seigneur vous bénisse et les bénisse tous.

Il y eut un silence, puis Elsie Queen chanta une complainte en gaélique, sa voix pure et fraîche s'élevant vers les montagnes. Quelques femmes éclatèrent en sanglots et on vit même des larmes rouler sur les joues de plusieurs hommes. Sharon en eut la gorge serrée.

À la fin du chant, le joueur de cornemuse prit le relais, et tous entonnèrent le Psaume XXIII : « L'Éternel est mon berger ». Le cadreur n'avait que l'embarras du choix entre les visages douloureux, la jeune chanteuse dans sa robe blanche, les couleurs contrastées des vêtements noirs des fidèles et de la mer, et le joueur de cornemuse en kilt. Les images seraient excellentes.

Après le psaume, vint une courte prière.

Sharon entra dans la danse avec son micro, s'attendant à essuyer des refus comme d'habitude. Mais non, les gens se confièrent à elle avec émotion et parlèrent du traumatisme subi, des pertes matérielles et de la honte de s'être montrés aussi crédules face aux hologrammes.

Une fois le matériel remballé, sur le chemin du retour, l'équipe se félicita.

– C'est excellent, jugea Jerry. Ce reportage passera sûrement aux informations de dix-huit heures. Sharon, c'est le début d'une belle carrière. On boit un verre après pour fêter ça ?

– Tu es sûr que ce sera diffusé ?

– Absolument !

Elle lui sourit.

– Dans ce cas, c'est sûr que ça se fête !

– Je peux me tromper, intervint le preneur de son, tout en conduisant, mais j'ai cru apercevoir le grand flic à l'arrière, celui qui a sauvé la petite fille. Au moins au début, mais il n'est pas resté longtemps. Je ne l'ai pas revu ensuite.

– Le rouquin ? demanda Jerry.

– Oui, un type qui a une tête de plus que tout le monde.

– J'ai interrogé un grand roux, dit Sharon, mais c'était un gars du village.

– Oui, sûrement, il n'y avait aucune raison que le flic soit là.

Elspeth alluma la télévision pour attraper le bulletin de dix-huit heures au cas où il y aurait des détails supplémentaires sur l'épave. Presque aussitôt, le visage charmant de Sharon Judge apparut à l'écran, présentant une cérémonie qui avait eu lieu à Stoyre. Les premières images, très touchantes, lui firent regretter d'avoir manqué l'événement. En voyant la suite, elle fut alertée par quelque chose d'artificiel dans l'attitude des gens. Puis, dans un plan d'ensemble, elle aperçut le visage d'Hamish Macbeth qui s'écarta en se voyant filmé et disparut du cadre.

À la fin du reportage, elle n'avait plus aucun doute. Ce service n'était ni plus ni moins qu'un appel aux dons bien orchestré. Or les gens de Stoyre n'auraient jamais été capables de mettre en scène un événement pareil sans aide extérieure. Elle sentait qu'Hamish Macbeth était à la manœuvre. Furieuse, elle se demanda pourquoi, s'il avait voulu que les médias s'emparent du cas de Stoyre, il ne s'était pas donné la peine de l'avertir.

Les roses qu'il lui avait envoyées étaient sur son bureau.

Elle les sortit de leur vase et les jeta dans la corbeille à papier.

10

« GUILDENSTERN
... la substance de l'ambition n'est que l'ombre d'un songe.

HAMLET
Un songe n'est lui-même qu'une ombre.

ROSENCRANTZ
C'est vrai, et je tiens l'ambition pour chose si aérienne et si légère, qu'elle n'est que l'ombre d'une ombre. »

William Shakespeare

– Bien, messieurs, dit le commissaire Daviot à ses collègues réunis autour de la table de conférence. Alors, c'est entendu ? Hamish Macbeth doit être muté à Glasgow où il suivra une formation d'inspecteur ?

Il y eut un murmure d'approbation générale.

– Qui va reprendre le poste de Lochdubh ?

intervint Blair, flatté d'avoir été invité à participer et désireux de se faire remarquer.

Il y eut une brève discussion, puis le commissaire général prit la parole :

– Est-il vraiment nécessaire de conserver ce poste ? Nous avons un budget à tenir. Le sergent MacGregor de Cnothan pourrait très bien couvrir le secteur de Macbeth.

Un inspecteur-chef de Glasgow, un homme avisé, objecta :

– Attendez une seconde. Nous venons de voir toutes les affaires que Macbeth a résolues récemment. La fraude à l'assurance à Strathbane, pour commencer…

– Macbeth n'aurait pas dû s'en occuper, c'était dans le secteur central, protesta Blair.

– Dans ce cas, pourquoi a-t-il fallu qu'un simple agent d'un autre secteur comme lui intervienne ?

– Macbeth a enquêté parce qu'il a découvert la fraude dans l'exercice de ses fonctions lors d'un cambriolage à Braikie, expliqua Daviot.

– Nous aurions très bien pu nous débrouiller sans lui, insista Blair.

– Vraiment ? lança son homologue de Glasgow. Mais il y avait eu d'autres fraudes semblables par le passé et vous n'aviez rien vu.

Daviot jeta un regard d'avertissement à Blair, puis il expliqua d'un ton raisonnable :

– En temps normal, Macbeth n'a pas grand-chose à faire, et si nous avons organisé cette réunion, c'est parce qu'il nous semble que ses talents sont gâchés dans son petit village des Highlands.

À cet instant, un policier entra, porteur d'une enveloppe qu'il tendit à Helen, la secrétaire de Daviot. Elle interrompit sa prise de notes pour l'ouvrir, et s'exclama :

– Commissaire, regardez ça !

Elle tendit le document à Daviot qui s'assombrit en le lisant.

– Mauvaise nouvelle, messieurs. Je reçois à l'instant un certificat médical envoyé par le docteur Brodie de Lochdubh. Il m'apprend que Macbeth souffre de surmenage, et il recommande deux semaines de congé.

– C'est faux ! hurla Blair. Quel menteur !

– S'il est de nature fragile, commenta quelqu'un, il risque de mal supporter la violence d'une grande ville.

– Il simule ! rugit Blair, rouge de rage. Ce docteur est l'un de ses amis.

– Helen, pouvez-vous appeler le docteur Brodie, s'il vous plaît ?

Helen quitta la pièce et revint peu après.

– J'ai son numéro. Je le mets sur haut-parleur ?

– Non, passez-moi le téléphone.

Helen obéit, et tous attendirent pendant que Daviot posait des questions, puis écoutait les réponses du médecin. Finalement, il le remercia et raccrocha.

– Macbeth est parti on ne sait où, annonça-t-il d'un ton catastrophé. Il a laissé un message pour dire qu'il reviendrait prendre son poste dans deux semaines.

– Mais quel scandale…, s'emporta Blair.

Daviot le toisa froidement.

– Pourriez-vous attendre dehors, je vous prie ?

Le visage en feu, Blair quitta la pièce. Il fit les cent pas dehors en priant un Dieu auquel il ne croyait pas : par pitié, faites qu'ils envoient Hamish à Glasgow, ou dans les Hébrides extérieures, ou n'importe où, sauf à Lochdubh.

L'attente fut longue. Enfin, la porte s'ouvrit et les participants sortirent. Blair se jeta sur Daviot.

– Alors ?

– Alors quoi ?

– Eh bien, qu'avez-vous décidé ?

– Nous préférons laisser Macbeth là où il est pour l'instant. Il aurait dû nous avertir de son départ en congé. C'est un peu difficile de le suspendre juste au moment où tout le monde l'acclame pour son héroïsme, mais il ne fait jamais rien comme tout le monde, ce garçon ! Il vaut mieux ne pas trop changer ses habitudes. Non ! ajouta-t-il en levant la main pour endiguer les protestations de Blair. Vous exagérez. Je n'aurais pas dû vous faire participer à cette réunion. Vous auriez au moins pu rester discret au lieu de faire une scène pareille. Le docteur Brodie est un homme parfaitement crédible et respectable. Un jour, alors que je passais à Lochdubh avec ma femme, notre caniche, Snuffy, est tombé malade. Comme le vétérinaire était en vacances, nous avons dû aller consulter le docteur Brodie qui s'est montré d'une gentillesse incroyable. Il a gardé Snuffy en observation pour la nuit, et le lendemain, notre chien se portait comme un charme. Je respecte au plus haut point l'opinion de cet homme formidable. Le sujet est clos.

Blair, ainsi remis à sa place, n'eut plus qu'à aller boire pour oublier.

Hamish, qui marchait en montagne, entendit sonner son portable et prit l'appel. C'était le docteur Brodie.

– Votre copain Jimmy Anderson vient d'appeler. C'est bon, vous ne serez pas promu. Vous pouvez profiter de vos vacances.

– Merci !

– Remerciez plutôt le chien de votre commissaire. Il est tombé malade, je l'ai gardé une nuit au cabinet et je l'ai rendu guéri à son maître le lendemain. Daviot ne jure plus que par moi.

– C'était grave ?

– Pas du tout. J'ai mené ma petite enquête et j'ai appris que les Daviot étaient allés dîner au restaurant italien. J'ai su que Willie Lamont avait proposé de s'occuper du chien dans la cuisine et qu'il l'avait gavé comme une oie. Je n'ai eu qu'à laisser le toutou digérer en paix. Où êtes-vous ?

– Je campe au calme avec Lugs. Vous avez des nouvelles d'Elspeth ?

– La journaliste ? Non. Pourquoi ? Elle n'est jamais malade.

– J'ai essayé plusieurs fois de la joindre mais elle ne décroche pas.

– Que voulez-vous, vous n'avez pas de chance en amour ! commenta le médecin avec un rire moqueur.

Hamish continua sa randonnée, puis retourna à sa Land Rover qu'il avait laissée le matin dans un coin de rivière où il comptait passer la nuit. Il monta sa tente, sortit son réchaud et mit des saucisses à cuire.

– C'est la belle vie, Lugs, tu ne trouves pas ? dit-il en retournant les saucisses dans la poêle.

Lugs remua la queue, langue pendante, sans quitter les saucisses des yeux.

Le soleil se couchait derrière les crêtes, éclairant le ciel de lueurs magnifiques. Hamish profitait du moment, bien décidé à chasser de sa tête sa rupture avec Priscilla et les inquiétudes que lui causait Elspeth. Il avait deux semaines pour se libérer l'esprit et oublier ses responsabilités. Il n'avait pas vu âme qui vive de toute la journée, mis à part deux randonneurs au loin.

Après son dîner, il lut un peu à la lumière de sa lampe à gaz, mais il tombait de sommeil. Il fit une toilette sommaire et se glissa dans son sac de couchage en gardant ses vêtements car la nuit était froide. Lugs se blottit contre lui et, en cinq minutes, ils furent endormis.

Hamish se réveilla en sursaut en pleine nuit, en alerte. Il avança la main à tâtons pour chercher le poil rêche de son chien. Ne trouvant rien, il se dégagea de son sac de couchage, alluma la lampe à gaz et regarda autour de lui. Lugs n'était plus dans la tente.

Il se figea soudain en voyant le rabat de l'entrée s'écarter et un homme apparaître, revolver à la main.

– Pas un geste ! dit l'intrus en s'introduisant à l'intérieur.

Il avait une barbe de plusieurs jours et portait un anorak et un pantalon noirs salis de cernes de sel. C'était un homme de petite taille, nerveux, au visage émacié et dont les yeux sombres brillaient d'une lueur inquiétante dans la lumière crue de la lampe de camping.

– Mon chien, dit Hamish, la gorge sèche. Qu'avez-vous fait de mon chien ?

– Bizarre qu'il n'aboie pas, n'est-ce pas ? railla l'homme.

Son accent le trahissait.

– Vous êtes allemand, dit Hamish. Vous faisiez partie de l'équipe de plongeurs.

– Exactement, et moi, j'ai vu votre photo dans les journaux. C'est vous le flic qui nous a fait tout perdre.

– Comment êtes-vous parvenu à regagner la côte dans la tempête ?

– Pas trop difficilement, parce que je ne m'étais

pas lesté de lingots d'or comme les autres. Maintenant, vous allez me préparer quelque chose à manger. Ne faites pas le malin.

Il faut engager le dialogue, se dit Hamish. Se déplaçant avec peine dans la tente, il proposa :

– Ce serait mieux de sortir le réchaud.

– Non, ne bougez pas d'ici !

Hamish dut se débrouiller dans l'étroit espace. Il alluma le gaz et mit la poêle à frire sur le brûleur.

– J'ai des œufs et du bacon.

– Ça ira.

– Vous avez l'intention de faire quoi ensuite ?

– De vous tuer et de prendre votre véhicule.

Hamish considéra le revolver en prenant l'air intéressé.

– On ne s'y connaît pas très bien en armes à feu dans les Highlands, dit-il d'un ton léger, comme s'il parlait à un ami. C'est quoi comme flingue ?

L'homme eut un rire.

– Vous avez du courage. Je regrette d'être obligé de vous tuer. Ceci, camarade, est un pistolet semi-automatique HS 2000 de fabrication croate. On ne fait pas mieux.

L'huile étant chaude, Hamish posa deux tranches de bacon dans la poêle. Il me tuera peut-être, songea-t-il, mais je ne vais pas me laisser faire sans me défendre. Il pouvait peut-être espérer blesser son agresseur, mais il n'avait aucune chance d'attirer des secours car ils étaient dans un coin désert, sans habitation à des kilomètres à la ronde. Quant à des promeneurs au milieu de la nuit, il ne fallait pas y compter.

À cet instant, il entendit parler dehors. Il dressa l'oreille, ébahi. Une voix de femme monta alors, haute et claire.

– Tiens, éclaire par ici. Il y a un chien, là. Il a l'air blessé.

L'Allemand jura entre ses dents.

– Sors de la tente, ordonna-t-il à Hamish. Joins-toi à eux. Vite !

Hamish éteignit le réchaud et souleva le rabat en s'éclairant avec la lampe à gaz. La lumière tomba sur Lugs. Son chien gisait à terre immobile, une blessure saignante à la tête. Une colère folle s'empara d'Hamish. Deux personnes étaient accroupies à côté du chien. Un homme et une femme. Sans doute les randonneurs qu'il avait aperçus au loin.

L'homme dirigeait le faisceau de sa torche sur Lugs.

– Comment est-ce arrivé ? demanda-t-il.

– Debout ! ordonna l'Allemand. Mains sur la tête.

Saisis de stupeur, les randonneurs virent alors le pistolet et, sans le quitter des yeux, ils se relevèrent.

– Mettez-vous avec eux, dit l'Allemand à Hamish. Adossez-vous à la Land Rover. Je vais devoir tous vous tuer.

– Vous ne voulez pas que je finisse de vous préparer à manger ?

– Bien tenté, mais je sais me faire cuire un œuf.

– C'est vous qui avez blessé ce chien ? demanda la femme, les larmes aux yeux.

– Il fallait bien l'empêcher d'aboyer. Je l'ai attiré hors de la tente avec un bout de fromage. J'ai passé la journée à suivre cet homme et son chien.

– Faites ce que vous voulez de lui, mais laissez-nous partir, gémit la randonneuse. Nous ne dirons rien.

– Que faisiez-vous dehors au milieu de la nuit ? demanda Hamish.

– C'est notre lune de miel. Les étoiles étaient belles. C'était romantique.

– Je m'appelle Hamish Macbeth, agent du poste de police de Lochdubh. Vous êtes… ?

– Peter et Linda, répondit le randonneur.

– Nom de Tieu ! C'est fini ? gronda l'Allemand.

Il les visa.

– Dites, je préfère tourner le dos si vous voulez bien, dit Hamish. J'aime autant ne pas voir la mort en face.

– Peu importe. Tournez-vous tous les trois, face contre la Land Rover.

– Donnez-moi une petite seconde pour dire une prière.

– Vous êtes dingue. Allez-y, mais faites vite !

Hamish glissa discrètement un bras par la fenêtre ouverte de la Land Rover et trouva en tâtonnant ce qu'il cherchait.

– Allez, plus vite ! hurla l'Allemand. Je ne sais même pas pourquoi je vous laisse faire !

– Seigneur, dit Hamish d'un ton recueilli, donne-moi la force de me réjouir de ce qui va arriver.

Et tel le sportif qu'il était, il empoigna le fusil de chasse qu'il avait laissé chargé dans l'espoir de trouver un lapin pour son dîner, roula à terre et tira sur l'Allemand, qu'il atteignit en pleine poitrine.

Linda se mit à hurler.

– Taisez-vous ! ordonna Hamish. Vous m'empêchez de penser.

Il devait emmener de toute urgence Lugs chez le vétérinaire. Il fallait aussi trouver comment justifier son usage de la Land Rover de service pendant ses vacances. Plus grave, il faudrait faire admettre qu'il avait laissé un fusil de chasse chargé sur le siège avant d'un véhicule qu'il n'avait pas fermé à clé et dont la fenêtre était restée ouverte.

Il s'agenouilla près de l'Allemand. Son cœur avait cessé de battre.

Sans s'occuper de Linda, qui sanglotait, ni de Peter, qui vomissait, il monta dans la Land Rover et alluma la radio de bord. Il lança un appel d'urgence à Strathbane, et demanda l'intervention d'un hélicoptère. Après avoir expliqué brièvement ce qui s'était passé, il évalua sa position et dit qu'il allait allumer un feu pour orienter les secours.

Il demanda son aide à Peter.

– Il va falloir me donner un coup de main pour rassembler assez de bois et de bruyère. Allez, courage. Il faut réagir, là !

Il s'accroupit près de son chien. La blessure

saignait toujours. Lugs respirait encore… mais tout juste.

Il sortit son sac de couchage de la tente pour le couvrir, puis alla aider Peter à trouver de quoi allumer du feu.

– Il n'y a que de la bruyère, annonça Peter qui revenait en courant avec une poignée de brindilles sèches.

– On s'en contentera, mais il nous en faudra beaucoup.

Linda s'était laissée tomber par terre et restait inerte, appuyée à la Land Rover, les yeux fermés. Hamish l'obligea à se lever.

– Vous êtes en état de choc. Il ne faut surtout pas vous endormir. Aidez-nous à faire le feu.

– Vous ne pourriez pas couvrir cet homme ? demanda-t-elle avec un frisson en regardant le cadavre de l'Allemand.

Hamish alla chercher une couverture dans la tente et l'étendit sur le corps.

Quand ils eurent suffisamment de bruyère, Hamish arrosa le tas d'essence et craqua une allumette.

– Avec ça, nous devrions être facilement repérables, mais il va falloir l'alimenter.

Une heure passa, qu'ils occupèrent à aller chercher de la bruyère pour empêcher le feu de s'éteindre. L'angoisse au cœur, Hamish surveillait son chien.

Il pleura presque de soulagement quand il entendit un vrombissement derrière les crêtes. Un hélicoptère parut, puis un deuxième.

Ils se posèrent dans la bruyère et une escouade de policiers, menée par Jimmy Anderson, en descendit.

– Lugs est blessé ! cria Hamish. C'est grave ! Il faut l'emmener tout de suite chez le vétérinaire.

Le collègue de Jimmy, MacNab, qui était de la partie, protesta.

– Il faut d'abord qu'on prenne votre déposition, Hamish. Et puis on ne peut pas partir avant l'arrivée du légiste…

– Il y a deux hélicos, intervint Jimmy, et Macbeth a besoin de recevoir des soins d'urgence à l'hôpital.

– Qu'est-ce qu'il a ? demanda MacNab.

– Je trouverai bien quelque chose. Allez, filez, Hamish.

Hamish souleva Lugs avec précaution et le porta dans l'hélicoptère.

– On va à l'hôpital ? demanda le pilote.

– Non, chez le vétérinaire, répondit Hamish.

Hamish tint Lugs dans ses bras pendant tout le trajet. Au petit aéroport de Strathbane, une voiture de police les attendait, avertie par un message radio du pilote. Hamish, qui connaissait l'adresse du vétérinaire de Strathbane, donna l'itinéraire à suivre au chauffeur. À l'arrivée, il sauta de la voiture à peine arrêtée, alla tambouriner à la porte et n'arrêta que lorsque le vétérinaire, mal réveillé, vint ouvrir.

– Fred, mon chien est blessé ! On l'a frappé à la tête ! Il va mourir si on ne fait rien !

– Portez-le dans le cabinet. Je vais chercher ma blouse.

Lugs fut installé sur la table d'examen.

– Pas joli, marmonna le vétérinaire. Il va falloir me le laisser, Hamish. Non, il n'y a rien que vous puissiez faire de plus. Allez dormir un peu.

Hamish laissa son chien à contrecœur et retourna à la voiture de police.

– Il vient d'y avoir un message radio, annonça le chauffeur. Le commissaire a été tiré du lit et il veut que vous le retrouviez au commissariat pour faire votre rapport.

Un grand soupir échappa à Hamish.

Le commissaire Daviot ne reçut pas Hamish dans son bureau mais dans une salle d'interrogatoire. Un inspecteur qu'Hamish ne connaissait pas assistait à l'entretien. L'enregistrement fut lancé, et Daviot expliqua :

– Il me faut un récit complet des événements. J'ai compris que l'homme qui a été tué était le seul survivant du bateau allemand récemment perdu dans la tempête. Les deux randonneurs disent que vous avez pris un fusil de chasse dans la Land Rover de service et que vous l'avez abattu. Ils ont aussi mentionné qu'il s'apprêtait à tous vous tuer. Nous devons éclaircir plusieurs points, notamment la question de la présence de ce fusil chargé dans un véhicule non verrouillé, à la vitre ouverte. Nous voulons aussi savoir pourquoi vous avez pris ce véhicule pour ce déplacement.

J'ai intérêt à le convaincre, songea Hamish, sinon, je vais perdre mon boulot.

– Au départ, je n'avais pas la voiture, expliqua-t-il. J'étais en congé et une amie m'a déposé en voiture à mon point de départ avec mon équipement.

Il y eut un silence, rempli par le bourdonnement du magnétophone. Je demanderai à Angela de raconter qu'elle m'a emmené, pensa Hamish. Il continua son récit.

– Je marchais, sac et tente sur le dos, dans les hauteurs de Stoyre avec mon chien, quand j'ai cru apercevoir une silhouette furtive au loin. Tiens, je me suis dit, peut-être qu'ils ne se sont pas tous noyés.

– Pour plus de clarté, Macbeth, et pour que ce soit enregistré, pouvez-vous préciser ? Vous voulez parler des Allemands qui ont fait naufrage récemment, alors qu'ils repêchaient illégalement de l'or ?

– C'est bien ça. J'ai téléphoné à mon amie Angela Brodie et je lui ai demandé de revenir me chercher pour me ramener à Lochdubh. J'ai eu une petite baisse de forme après la dernière enquête, et je me suis dit que je me faisais peut-être des idées. Je voulais vérifier avant de donner l'alerte. J'ai pris mon fusil de chasse dans la Land Rover. Si c'était un des plongeurs, il pouvait être dangereux. Je suis parti à sa recherche, mais je ne l'ai pas trouvé. Dans la nuit, j'ai entendu du bruit, alors je suis allé déverrouiller la Land Rover et j'ai chargé mon fusil. Lugs, mon chien, est parti en courant et en aboyant dans le noir. J'ai entendu un choc. Sans doute le bruit du coup qui l'a blessé à la tête. J'ai couru vers ce bruit et j'ai découvert Lugs tombé dans la bruyère, et l'Allemand, qui m'a menacé avec son arme. Il m'a ordonné de rentrer sous la tente. J'ai ramassé mon chien et je l'ai ramené. Devant la tente, il m'a ordonné de poser mon chien par terre et de lui préparer un repas. Pendant que je lui faisais des œufs au bacon sous la tente, nous avons entendu Linda et Peter, des randonneurs, qui venaient de découvrir mon chien dehors. L'homme m'a ordonné de sortir. Il nous a dit qu'il allait tous nous tuer. J'ai demandé si je pouvais tourner le dos. Il a accepté. J'ai pu introduire le bras dans la Land Rover, j'ai attrapé le fusil, je me suis jeté au sol, j'ai roulé sur moi-même et j'ai tiré.

– Pourquoi ne pas avoir averti vos collègues qu'un dangereux criminel se promenait peut-être dans la lande ?

– Comme je vous disais, commissaire, je ne réfléchissais pas très clairement… Je ne me sens pas très bien ces temps-ci, expliqua Hamish d'une voix faible.

Daviot se tourna vers l'inspecteur.

– Bon, on arrête l'enregistrement. Attendez-nous dehors.

Quand ils furent seuls, Daviot soupira en dévisageant Hamish.

– Vous êtes terrible… Nous avons déjà annoncé

à la presse que vous aviez pris un congé. Il n'est pas question qu'ils apprennent que vous avez joué les shérifs de western. La version officielle sera qu'un homme suspect ayant été aperçu dans la montagne, vous êtes allé enquêter sur place. En mission commandée, et pas sur un coup de tête !... Ce que je voudrais bien savoir, c'est pourquoi cet Allemand vous a laissé le temps de mettre le bras dans la Land Rover, de prendre votre fusil, de vous retourner et de tirer...

– Je lui ai demandé de dire une prière. Il n'a pas su refuser. Il faut dire que je suis un tireur très rapide.

– C'est vrai que vous avez cette réputation. Vous aviez même l'habitude de rafler tous les prix de tir à la foire de Moy Hall. Pourquoi avez-vous arrêté la compétition ?

– Pour laisser un peu gagner les autres, répondit Hamish avec la vanité décomplexée des Highlanders. Je suis trop bon pour eux.

– Bon, c'est vrai que vous avez une sale mine. Nous allons vous reconduire à Lochdubh. Votre véhicule a déjà été ramené au poste par un de nos hommes.

– Monsieur le commissaire, si ça ne vous ennuie pas, je préfère rester ici cette nuit. Mon chien est chez le vétérinaire.

– Ah oui, bien sûr, répondit aussitôt Daviot qui, heureusement, aimait beaucoup les bêtes.

– Je peux dormir dans une cellule s'il y en a une de libre.

– Exceptionnellement, je vous autorise à aller à l'hôtel. Vous paierez avec votre carte de crédit et cela entrera dans vos frais de mission. Vous avez votre carte de crédit sur vous ?

Hamish se tâta les poches.

– Oui, j'ai mon portefeuille.

– Alors, allez vous reposer.

Hamish trouva un petit hôtel pas trop loin de chez le vétérinaire. Il téléphona à Angela Brodie qui accepta de jurer qu'elle l'avait emmené camper en voiture. Il était six heures du matin quand il put enfin se coucher. Il avait demandé à être réveillé à neuf heures.

Après avoir reçu l'appel de la réception, il fit sa toilette, s'habilla et passa la main avec regret sur le poil de deux jours qui roussissait ses joues et son menton. Il voulut prendre un petit déjeuner rapide dans la salle à manger, mais il ne put rien avaler. Il venait de repousser son assiette encore pleine quand Angela apparut à la porte.

Son visage s'illumina quand elle le vit.

– Je me suis dit que tant qu'à faire, nous serions plus crédibles si je venais jouer les chauffeurs. Allons voir comment va Lugs.

Pendant le court trajet jusqu'à la clinique vétérinaire, Hamish, tordu d'angoisse, se rappela qu'après la mort de son dernier chien, Towser, il s'était promis de ne plus jamais reprendre d'animal domestique. C'était Archie Maclean, le pêcheur, qui, ayant trouvé Lugs perdu dans la lande, l'avait offert à Hamish pour Noël. Hamish s'était tout de suite pris d'affection pour ce chien aux grandes oreilles et aux yeux d'un bleu étrange.

– Vous croyez qu'il va se remettre ? demanda-t-il à Angela.

– Attendons le verdict du vétérinaire… Ah, c'est ici. Doucement, Hamish. Ne descendez pas avant que la voiture soit arrêtée.

En voyant que la salle d'attente était pleine de gens avec leurs animaux, Hamish se dirigea droit sur la salle de consultation.

– Eh ! Attendez votre tour ! gronda une femme désagréable.

Ce qui n'empêcha pas Hamish et Angela d'entrer.

Fred, qui s'apprêtait à faire une piqûre à un chat, tourna à peine la tête vers eux.

– Il faut frapper avant d'entrer ! Patientez dans la salle d'attente, je vous appellerai.

– Comment va mon chien ?

– Votre chien va bien.

– Laissez le vétérinaire s'occuper de mon chat, protesta une maigre dame qui tentait de rassurer son siamois plaqué sur la table d'examen.

Ils allèrent donc s'asseoir et Angela prit la main d'Hamish pour le rassurer. Un geste qui fit le tour de Lochdubh en quelques heures. Hamish avait été vu main dans la main avec la femme du docteur.

La propriétaire du chat sortit enfin, caisse de transport au bout du bras, et fusilla Hamish du regard.

– En entrant brusquement comme ça, vous auriez pu causer une catastrophe pour mon petit Tiddles.

Le vétérinaire, resté derrière elle, leur fit signe.

– Allez, les resquilleurs, venez. Il est dans l'autre pièce. Ce chien doit avoir un crâne en acier. Je lui ai fait une radio et il n'a rien de cassé, malgré l'aspect de la blessure. Ce n'est qu'un traumatisme.

Ils entrèrent dans l'espace d'hospitalisation où des cages accueillaient les animaux malades.

– Le voilà, dit Fred.

Lugs, un pansement blanc autour du crâne, était allongé sur le flanc, yeux fermés.

– Lugs…, dit doucement Hamish.

Le chien ouvrit un œil bleu et agita faiblement la queue.

– Je peux le reprendre ?

– Pas tout de suite. Je vous appellerai. Je vous raccompagne. J'ai d'autres animaux à soigner.

Quand ils remontèrent dans la voiture d'Angela, Hamish soupira.

– Je pourrais dormir pendant un mois entier mais je ferais mieux de m'atteler à mon rapport dès que nous arriverons à Lochdubh.

– Si vous voulez, je vous le tape, proposa Angela. Vous n'aurez qu'à dicter. Vous êtes tellement fatigué que vous allez vous emmêler les doigts.

– Comment va Elspeth ?

– Je crois qu'elle était prête à vous pardonner, mais elle va encore vous en vouloir quand elle saura ce qui s'est passé. Vous ne l'avez de nouveau pas avertie.

– Mais je n'ai pas eu le temps !

– Espérons qu'elle le comprendra. Quelqu'un de Strathbane a appelé pour s'assurer que je vous avais bien conduit à Stoyre. Et puis mon cher époux, je suis heureuse de vous l'apprendre, a téléphoné à Daviot pour lui dire que vous aviez plus que jamais besoin de vous reposer. Donc votre congé se poursuit. Une fois que nous aurons envoyé ce rapport, vous pourrez dormir pendant des jours si ça vous chante.

La Land Rover était garée devant le poste de police. Hamish récupéra ses affaires à l'arrière et rentra chez lui avec Angela. Il lui dicta son rapport, qu'elle tapa comme promis sur l'ordinateur malgré de nombreuses interruptions. Ils furent en effet sans arrêt dérangés par le téléphone, les demandes d'interviews affluant.

– Cette fois, ce n'est sûrement pas Blair qui a vendu la mèche, remarqua Hamish. Il doit trouver que j'ai eu assez de publicité comme ça. Avez-vous eu des nouvelles de Stoyre ?

– Un reportage vraiment très émouvant est passé sur la chaîne locale. Depuis, les chèques ne cessent d'arriver pour l'aide aux sinistrés. Il va falloir gérer la collecte sérieusement. Ah oui ! et la petite Elsie Queen qui a chanté en gaélique a signé un contrat avec un agent d'artistes londonien. Ce village va beaucoup changer.

– Ou pas, fit Hamish. Le monde va continuer de tourner et Stoyre va retomber dans l'oubli. Vous ne trouvez pas désolant qu'on ne s'émeuve des malheurs des gens que si la télévision décide de s'en mêler ?

– La télévision et vous, Hamish, si je comprends bien... Je parie que vous avez conseillé les habitants. Ils n'auraient jamais été capables d'organiser ce genre de mise en scène tout seuls. On aurait dit une superproduction hollywoodienne.

– Vraiment ? J'aurais aimé voir ça.

– Donc vous n'y êtes pour rien ?

– Angela, je suis épuisé. Si ça ne vous ennuie pas, je vais aller me coucher.

Mais quand Hamish se mit enfin au lit, il ne put empêcher ses inquiétudes de revenir à l'assaut. Lugs allait-il vraiment se remettre ? Priscilla allait-elle vraiment se marier, et Elspeth allait-elle vraiment lui pardonner ?

Il eut l'idée de lire un peu et reprit son roman policier. Le détective privé américain avait été tabassé à coups de barre de fer et venait de passer deux nuits blanches mais il continuait son enquête comme si de rien n'était. J'ai l'impression d'être une mauviette à côté, songea Hamish. Il ferma les yeux, le livre lui échappa des mains et il sombra enfin dans le sommeil.

Hamish dormit d'une traite jusqu'au lendemain matin et découvrit avec irritation à son réveil que la presse faisait de nouveau le siège du poste de police.

Il téléphona à Strathbane pour demander l'autorisation de répondre aux questions, parce qu'il n'y aurait pas d'autre moyen de les faire partir et qu'il avait hâte de retrouver sa tranquillité.

La réponse de Daviot arriva un peu plus tard : le commissaire disait que puisque Hamish était supposé être malade, l'inspecteur-chef Blair allait venir lui-même parler aux journalistes.

Blair fit son apparition assez tard, apparemment de très bonne humeur. Hamish entrouvrit la porte de la cuisine pour écouter ce qui se disait.

– Alors, les gars, vous attendez une déclaration ? demanda l'inspecteur-chef. Allons au pub, et je répondrai à toutes vos questions.

– Où est Macbeth ? cria quelqu'un.

– Vous ne le verrez pas. il est en vacances. Allez, venez.

Hamish attendit qu'ils se soient éloignés, puis il téléphona à Archie Maclean.

– Blair a emmené la presse au pub pour faire une déclaration. Vous voulez bien me rendre un service ? Allez écouter ce qu'il raconte et mettez-moi au courant.

– D'accord, dit Archie, vous me devez un verre.

Hamish attendit patiemment une partie de la matinée, jusqu'à ce qu'Archie vienne frapper. Il lui ouvrit et le laissa entrer.

– Je n'ai jamais entendu autant d'âneries de ma vie, rapporta Archie. Vous allez être tranquille pendant un bon bout de temps.

– Pourquoi ? Qu'est-ce qu'il a dit ?

Hamish sortit la bouteille de whisky du placard et posa un verre devant Archie.

– Allez-y, servez-vous, dit-il.

– Votre chef a commencé par leur raconter que vous étiez encore surmené mais que vous reprendriez le travail dans deux semaines. Après cela, il n'a plus été question que de lui : quel grand homme il était, quel héros. Il était de plus en plus soûl et parlait de plus en plus fort. Les journalistes se sont sauvés les uns après les autres, et bientôt il n'y a plus eu personne pour l'écouter, mais ça ne l'a pas empêché de continuer à se vanter devant des sièges vides. Ensuite il est reparti en voiture.

– Dans son état, il a pris le volant ?

– *Aye*, mais il ne va pas aller très loin.

– Qu'est-ce qui vous fait dire ça ?

– J'ai passé un coup de fil au commissariat, et j'ai signalé qu'un gros bonhomme ivre mort venait de quitter le pub en direction de Strathbane dans une vieille Volvo. Dites, vous n'avez pas l'air aussi surmené que ça… Vous êtes vraiment fatigué ?

– Pas spécialement, mais j'ai envie de prendre des vacances.

– Vous allez partir ?

– Peut-être. Mon chien a été blessé.

– Lugs ! Comment ? J'ai entendu dire qu'il y avait eu du nouveau, mais je n'ai pas encore lu la presse.

Hamish raconta à Archie ses mésaventures.

– Donc, conclut-il, j'ai vraiment intérêt à profiter

de mon congé parce que, ensuite, je vais passer beaucoup de temps à témoigner au tribunal.

– Vous savez que tout Lochdubh raconte que vous avez été vu en train de tenir Angela par la main ?

– N'importe quoi ! s'indigna Hamish.

– Les sœurs Currie ont demandé à Angela ce qui se passait, et elle leur a avoué elle-même qu'elle était amoureuse de vous depuis des années.

– Ce n'est pas drôle ! Je vais dire à Angela d'arrêter de raconter des bêtises. C'est tout à fait son genre d'humour, mais elle ne se rend pas compte à quel point il est dangereux de faire courir des faux bruits dans un petit village.

Quand il lui reprocha sa plaisanterie une demi-heure plus tard, Angela eut le bon goût de s'excuser.

– Vous me connaissez, Hamish. Ces deux pipelettes sont tellement mauvaises langues que je n'ai pas pu résister.

– Oui, mais maintenant, je fais quoi ? Si je nie, tout le monde va croire que je cache quelque chose.

– Il faudrait peut-être vous montrer avec Elspeth.

– J'ai cherché à la joindre, mais elle ne prend pas mes appels.

– Parlez-lui. C'est une fille jolie et intelligente. Elle est faite pour vous.

– Merci bien ! J'ai assez souffert avec les femmes comme ça.

– Évidemment, si vous ne vous intéressez qu'à celles qui ne veulent pas de vous !

– De toute façon, j'ai quelque chose à lui dire.
– Vous voulez un café ?

Voyant les chats d'Angela se promener comme toujours sur la table de la cuisine, Hamish ne se laissa pas tenter.

– Je repasserai peut-être plus tard.

Il se rendit ensuite au journal, s'emplissant les poumons de l'air vif et pur de la mer. Le loch, calme comme un miroir, semblait n'avoir jamais été troublé par le moindre souffle de vent. Le bruit des tronçonneuses parvenait jusqu'à lui, les forestiers étant occupés, de l'autre côté du loch, à dégager les sous-bois des arbres tombés. De la fumée de tourbe montait des cheminées dans un immense ciel bleu pastel dominé par un soleil pâle, annonciateur du précoce hiver écossais.

Hamish apprit qu'Elspeth était partie en reportage, mais qu'elle devait bientôt rentrer. En attendant il prit le chemin qui passait devant chez les sœurs Currie et menait, tout au bout, chez les Bain.

Mr Bain vint lui ouvrir. Il eut l'air honteux en voyant Hamish.

– Vous devez me croire bien bête. Entrez.

Hamish le suivit dans le séjour.

– C'est à cause de cette histoire que vous avez quitté Stoyre ? demanda-t-il.

– *Aye*. Asseyez-vous, ça vous reposera. J'étais mort de peur et je ne voulais rien avoir à faire avec tout ça. On a du mal à le croire, mais les gens imaginaient qu'ils allaient recevoir le Saint-Graal et qu'en buvant dans la coupe ils gagneraient la vie éternelle.

– Et vous ? Vous ne l'avez pas cru ?

– Si, si, j'ai cru aux visions, mais je n'ai pas voulu me mêler de ça. J'ai préféré quitter Stoyre et aller mener une vie normale ailleurs. J'avais tellement peur que je n'arrivais pas à en parler. Je vous remercie : si vous n'aviez pas découvert la supercherie, il y aurait des enfants comme ma petite qui resteraient traumatisés jusqu'à la fin de leurs jours. Je vous offre quelque chose à boire ? Du café, du thé, un petit alcool ?

– Rien, merci. Je n'ai pas le temps, mais c'est gentil.

Harry Bain avait toujours l'air gêné.

– J'espère que vos problèmes vont s'arranger.

– Oh, oui, pas de souci. L'affaire est close et je suis en vacances. Tout est fini.

– Je ne voulais pas parler de ça...

– Ah non ? De quoi, alors ?

– Je me dis juste que ça doit être dur d'être amoureux d'une femme mariée.

– JE NE SUIS PAS AMOUREUX D'ANGELA ! brama Hamish.

– Oh, la pauvre ! Elle qui est tellement amoureuse de vous... Alors, ce n'est pas réciproque ?

– Vous connaissez le deuxième degré ? Elle se payait la tête des sœurs Currie quand elle leur a dit ça. Angela m'a juste accompagné chez le vétérinaire. Comme je me faisais un sang d'encre pour mon chien et qu'elle est gentille, elle m'a pris la main pour me réconforter, c'est tout.

– Ah, c'était donc ça ? Dommage. Vous allez décevoir beaucoup de monde.

– Vous croyez ?

– Ma femme m'a dit que ça alimentait toutes les conversations.

Hamish soupira.

– C'est fou : des apparitions, la promesse du Saint-Graal, un naufrage, un meurtre, une catastrophe naturelle, et tout ce qui intéresse les gens, c'est une liaison qui n'est même pas réelle.

– Oui… C'est comme ça… Je vais vous dire : je regrette presque d'avoir quitté Stoyre à présent que des fortunes arrivent grâce au reportage de la télévision. Sauf que j'aime mieux Lochdubh. C'est plus animé.

En le quittant, Hamish se rendit chez Mr Jefferson.

– Ah, c'est vous ! dit ce dernier en lui ouvrant. J'ai lu des tas de choses sur vous dans le journal. Vous auriez pu m'avertir, j'aurais voulu participer.

– Je ne pouvais pas prévoir que ce criminel allemand allait me tomber dessus. Comment vous portez-vous ? Vous avez toujours l'intention de retourner dans le Sud ? Londres vous manque toujours autant ?

– Je n'arrive pas à me décider. Il se passe beaucoup plus de choses dans ce village que je ne l'imaginais. Archie Maclean m'a emmené à la pêche une nuit. Le docteur Brodie m'a proposé de faire une partie de golf avec lui à Strathbane, et les dames du village m'invitent à dîner chez elles. Je m'amuse au point que je me sens coupable en pensant à Annie.

– Au contraire ! Annie Docherty aurait aimé savoir que vous vous plaisez à Lochdubh.

– Vous avez raison. On ne s'ennuie pas ici. Tiens, j'ai entendu parler de votre aventure avec la femme du médecin...

Hamish le détrompa, puis, après avoir défendu la réputation d'Angela, il retourna au journal. Cette fois, il trouva Elspeth assise devant son ordinateur, un crayon planté dans les cheveux.

– Ah, c'est vous, dit-elle sèchement. Combien d'autres sujets juteux me cachez-vous ?

– Elspeth, je suis vraiment désolé. Comprenez-moi. Je venais de passer une nuit blanche dans la tempête, et tous vos confrères ont débarqué de Strathbane. Je n'ai pas eu le temps. Vous avez reçu mes fleurs, au moins ?

– Oui, et votre drôle de message.

Hamish s'alarma.

– Un drôle de message ? Je vous demandais juste pardon.

– Et vous m'embrassiez de tout votre cœur.

– Jimmy Anderson a dû broder. Il trouvait le message trop sec.

– Ah, je vois ! Donc vous n'avez même pas été capable de m'envoyer les fleurs vous-même.

– Elspeth, c'est trop bête. Ça ne vaut pas la peine de se disputer pour ça !

Elle resta un long moment sans rien dire, les yeux posés sur son ordinateur, puis elle releva la tête.

– C'est bon. Invitez-moi à dîner et on n'en parle plus.

– Quand voulez-vous ?

– Ce soir, à vingt heures.

– D'accord. Chez l'Italien ?

– Pourquoi pas.

En début de soirée, Hamish apprit en téléphonant au vétérinaire qu'il pourrait aller chercher son chien le lendemain.

– Ce que je ne comprends pas, Fred, dit Hamish, c'est pourquoi Lugs n'a pas aboyé. L'Allemand a dit qu'il avait attiré mon chien hors de la tente avec un bout de fromage, mais Lugs est doué d'un sixième sens qui lui permet toujours de détecter le danger.

– Eh bien, je vais vous apprendre quelque chose : aujourd'hui, j'avais tellement de travail que je n'ai eu le temps que de grignoter au cabinet. J'avais des crackers et un morceau de stilton au frigo, et quand j'ai posé le fromage sur les crackers, j'ai entendu des aboiements terribles qui venaient du chenil. Je suis allé voir ce qui se passait, ma petite tartine à la main, et j'ai vu que c'était Lugs qui faisait tout ce vacarme. J'ai ouvert sa cage et je lui ai présenté le cracker au fromage. Il l'a englouti en emportant presque mes doigts avec. Vous ne connaissez toujours pas le passé de Lugs ?

– Non. Je sais juste qu'il était perdu dans la lande.

– Peut-être que son premier propriétaire avait des goûts de luxe. Votre chien va bientôt quémander un doigt de porto pour aller avec.

Hamish éclata de rire et annonça qu'il irait chercher son chien le lendemain matin.

Il se changea ensuite, sortit son beau costume qu'il brossa avec soin, mit sa plus belle chemise et sa seule cravate présentable, en soie. Pour les chaussures, c'était plus difficile puisqu'il ne portait jamais que ses godillots de service. Tant pis, ses pieds seraient sous la table.

Elspeth, vêtue d'une robe en laine rouge cerise, une étole de mohair noire sur les épaules, se dirigeait vers le restaurant en passant par le port. Elle se réjouissait que leur querelle soit terminée et de la perspective de cette soirée avec Hamish.

Perdue dans d'heureuses pensées, elle ne vit pas les sœurs Currie avant de se retrouver nez à nez avec elles, les lumières des maisons du port se reflétant dans leurs épaisses lunettes.

– Vous sortez, ce soir ? demanda Nessie.

– Je vais dîner avec Hamish.

– Une jolie jeune fille comme vous ne devrait pas se compromettre avec cet homme sans moralité. Vraiment sans moralité, dit Jessie.

– Je ne sais pas de quoi vous voulez parler, protesta Elspeth en essayant de passer.

Jessie la retint par le bras.

– Personne ne vous a avertie ? Tout le village – tout le village est au courant sauf vous, alors ! Sauf vous.

– Pas étonnant, intervint Nessie. On ne vous le dirait pas, à vous. Vous serez la dernière avertie.

– La dernière avertie, répéta Jessie.

– Avertie de quoi ? Je vais être en retard…

– Hamish Macbeth a une liaison avec Angela Brodie.

– Qui vous a raconté ça ? demanda Elspeth sans y croire.

– Angela en personne. Voilà-t-il pas qu'elle nous annonce, toute fiérote, qu'elle est amoureuse de lui depuis je ne sais quand.

– On m'attend ! protesta Elspeth en se dégageant de la main de Jessie.

Elle continua sa route vers le restaurant mais s'arrêta avant la porte. Hamish voyait souvent Angela et se confiait volontiers à elle. Elspeth se souvint de les avoir vus discuter sur le port, très proches l'un de l'autre.

Sa colère contre Hamish la reprit d'un coup et le ressentiment l'envahit.

Elle tourna les talons et rentra chez elle.

– Vous ne voulez toujours pas commander ? demanda Willie Lamont.

– Je vais encore attendre un peu. Elspeth doit me rejoindre mais elle est en retard. Je vais lui téléphoner.

Il attendit que Willie l'ait laissé, puis il prit son portable et passa un appel à Elspeth.

– Oui ? dit la voix d'Elspeth.

– Qu'est-ce que vous fabriquez ? demanda Hamish. Vous venez ?

– Non, mais je pense que vous ne resterez pas seul longtemps. Vous n'avez qu'à demander à Angela Brodie de vous rejoindre, à moins que vous n'ayez enfin quelques scrupules et que vous pensiez à son mari.

Hamish, qui ne perdait pourtant pas souvent son calme, entra dans une fureur terrible.

– Mais enfin, espèce de triple buse !...

– Quoi ? Vous osez me traiter de...

– Désolé, Elspeth, mais enfin...

Elle raccrocha brutalement. Il tenta de la rappeler plusieurs fois mais tomba tout de suite sur le répondeur.

Il fit signe à Willie.

– Finalement, elle ne va pas venir. Donnez-moi juste un plat de spaghettis et un verre de vin.

– Ça marche. Vous savez que vous pouvez toujours compter sur moi.

Hamish le regarda avec surprise.

– Merci, Willie.

– Quand on a des ennuis, on peut avoir besoin de quelqu'un à qui parler.

– Parler… de quoi ?
– Je sais que l'Église interdit l'adultération, mais…
– Adultère… On dit adultère ! hurla Hamish, exaspéré.
Un grand silence se fit dans le restaurant, et tous les regards se tournèrent vers lui.
– J'annule la commande, jeta Hamish Macbeth en se levant d'un bond.
Il traversa le restaurant en quelques pas et sortit en claquant la porte.

Le lendemain, Il alla chercher Lugs à Strathbane et rentra à Lochdubh, le chien couché à côté de lui sur le siège passager.
– Alors, mon vieux, dit Hamish. Il nous reste des vacances. J'ai un peu envie d'aller à Inverness et de rencontrer une jolie fille.
Lugs fit entendre un grondement sourd.
– Ah ! Là, tu as bien compris, s'amusa Hamish. En revanche, tu n'as même pas vu venir un assassin, et tout ça pour un petit bout de stilton.
Bigre, c'est mauvais signe, se dit-il tristement. Voilà que j'en suis réduit à discuter de mes vacances avec mon chien.

DU MÊME AUTEUR

AUX ÉDITIONS ALBIN MICHEL

Les enquêtes de Hamish Macbeth

1. QUI PREND LA MOUCHE
2. QUI VA À LA CHASSE
3. QUI S'Y FROTTE S'Y PIQUE
4. QUI A UNE TAILLE DE GUÊPE
5. QUI FRANCHIT LA LIGNE JAUNE
6. QUI SÈME LE VENT
7. RIRA BIEN QUI RIRA LE DERNIER
8. LES FLÈCHES DE CUPIDON
9. PETITS CRIMES ENTRE VOISINS
10. BOURREAU DES CŒURS
11. LA PAIX DES MÉNAGES
12. BRAS DE FER
13. DENT POUR DENT
14. SOUS LE FEU DES PROJECTEURS
15. EAUX TROUBLES
16. MÉNAGE DE PRINTEMPS
17. LA RANÇON DE LA GLOIRE
18. UNE RETRAITE EN OR

Agatha Raisin enquête

1. LA QUICHE FATALE
2. REMÈDE DE CHEVAL

3. PAS DE POT POUR LA JARDINIÈRE
4. RANDONNÉE MORTELLE
5. POUR LE MEILLEUR ET POUR LE PIRE
6. VACANCES TOUS RISQUES
7. À LA CLAIRE FONTAINE
8. COIFFEUR POUR DAMES
9. SALE TEMPS POUR LES SORCIÈRES
10. PANIQUE AU MANOIR
11. L'ENFER DE L'AMOUR
12. CRIME ET DÉLUGE
13. CHANTAGE AU PRESBYTÈRE
14. GARE AUX FANTÔMES
15. BAL FATAL
16. JAMAIS DEUX SANS TROIS
17. CACHE-CACHE À L'HÔTEL
18. UN NOËL PRESQUE PARFAIT
19. LA KERMESSE FATALE
20. VOICI VENIR LA MARIÉE
21. TROUBLE-FÊTE
22. DU LARD OU DU COCHON
23. SERPENT ET SÉDUCTION
24. GARE AUX EMPOISONNEUSES
25. AU THÉÂTRE CE SOIR
26. SECRETS SUR CANAPÉ
27. LES PISSENLITS PAR LA RACINE
28. CHASSE AUX SORCIÈRES

29. SONNENT LES CLOCHES !
30. BONNET D'ÂNE !
31. AU GALOP !
32. CUL SEC !
33. LE DIABLE AU CORPS

Les enquêtes de lady Rose

1. MEURTRE ET SÉDUCTION
2. SOUPÇONS ET PRÉJUGÉS
3. RAISON ET CHÂTIMENTS
4. PASSIONS ET TRAHISONS

Les chroniques de Bond Street

Tome 1

LADY FORTESCUE À LA RESCOUSSE

MISS TONKS PREND SON ENVOL

Tome 2

LA DISGRÂCE DE MRS BUDLEY

SIR PHILIP PERD LA TÊTE

Tome 3

COLONEL SANDHURST À LA RESCOUSSE

LA DERNIÈRE SAISON

Retrouvez toute l'actualité des éditions Albin Michel
sur notre site albin-michel.fr
et suivez-nous sur les réseaux sociaux !
Instagram : editionsalbinmichel
Facebook : Éditions Albin Michel
Twitter : AlbinMichel

Composition : Nord Compo
Impression : CPI Firmin-Didot en mars 2023
Editions Albin Michel
22, rue Huyghens, 75014 Paris
www.albin-michel.fr
ISBN : 978-2-226-46017-2
N° d'édition : 24405/01. N° d'impression : 173612
Dépôt légal : avril 2023
Imprimé en France